聖武天皇　父は㊵天武天皇の孫㊷文武天皇。母は藤原不比等の女《むすめ》宮子、夫人《ぶにん》は不比等の女《むすめ》光明子（皇后）。そのため藤原一族の影響を強く受ける。

長屋王　父は㊵天武天皇の長子、高市皇子。母は㊳天智天皇の皇女、御名部皇女。妃は㊸元明女帝の皇女、吉備内親王と、皇統では㊺聖武天皇をも上回る有力な皇位継承の血統。豪放磊落、文藝や詩歌管弦を愛した。藤原不比等の薨去後、実権を握る。皇親派の政治を主導し、藤原一族と対立する。

大伴旅人　大伴総本家の氏上《うじのかみ》。正三位中納言、大将軍として長屋王を支えたが、藤原の謀計により大宰帥として九州へ隠流《しのび》し（栄転に見せかけた左遷）。病妻郎女《いらつめ》、少年家持、書持を連れ赴任。太宰府では山上憶良に再会、家持兄弟の個人指導を要請した。愛妻郎女は太宰府で病没。憶良と筑紫歌壇を創り、人生歌、社会歌を詠んだ。

山上憶良　語学や漢学に優れ、遣唐使節の録事。長屋王の実力本位人事で、従五位下の貴族、伯耆守。聖武天皇の皇太子時代東宮侍講となるが、藤原一族に疎まれ筑前守として太宰府に左遷される。旅人に「山辺衆という候《うかみ》の首領」と身を明かす。「類聚歌林」を、歴史資料集として「万葉歌林」への充実を図り、旅人に協力を求める。

山上憶良の才能を見込み、養成。後に遣唐使節の録事に抜擢。白村江の惨敗以来絶えていた国交回復の交渉に成功。則天武后に「日本」の国名を認知させた賢人。

庶民出身で美貌と才智により唐の後宮に入り、高宗の寵を得る。王皇后を謀殺し皇后となる。高宗没後中国史上初の女帝として君臨。門閥を廃し実力者を登用した。

山上憶良率いる山辺衆の候。宮廷で最高の機密情報を入手し、甚の船便で、筑紫の首領憶良に迅速的確に報告する。長屋王の変の後は、遺臣の報復に協力。関与者十数名の天誅と廻向を果たしたあと、剃髪し、沙弥《しゃみ》閼伽《あか》となる。

遣唐使節船の水夫として渡唐中、憶良に一命を助けられ配下となる。帰国後は宗像海人部《むなかたあまべ》の頭。那大津（博多）と難波を結ぶ船便の船主兼船長として活躍。

権と助　山辺衆の候。憶良の信任厚く、水夫として渡唐。唐の武芸を学ぶ。憶良の身辺警護のほか旅人一家も陰で警固。家持には、自衛の武芸唐手を教える。

山上憶良の実像

国際通　遣唐使節の録事
教育者　東宮侍講
主管者　伯耆守・筑前守
文学者　類聚歌林編集・筑紫歌壇主催
貴族　従五位下の大夫

多彩な人脈

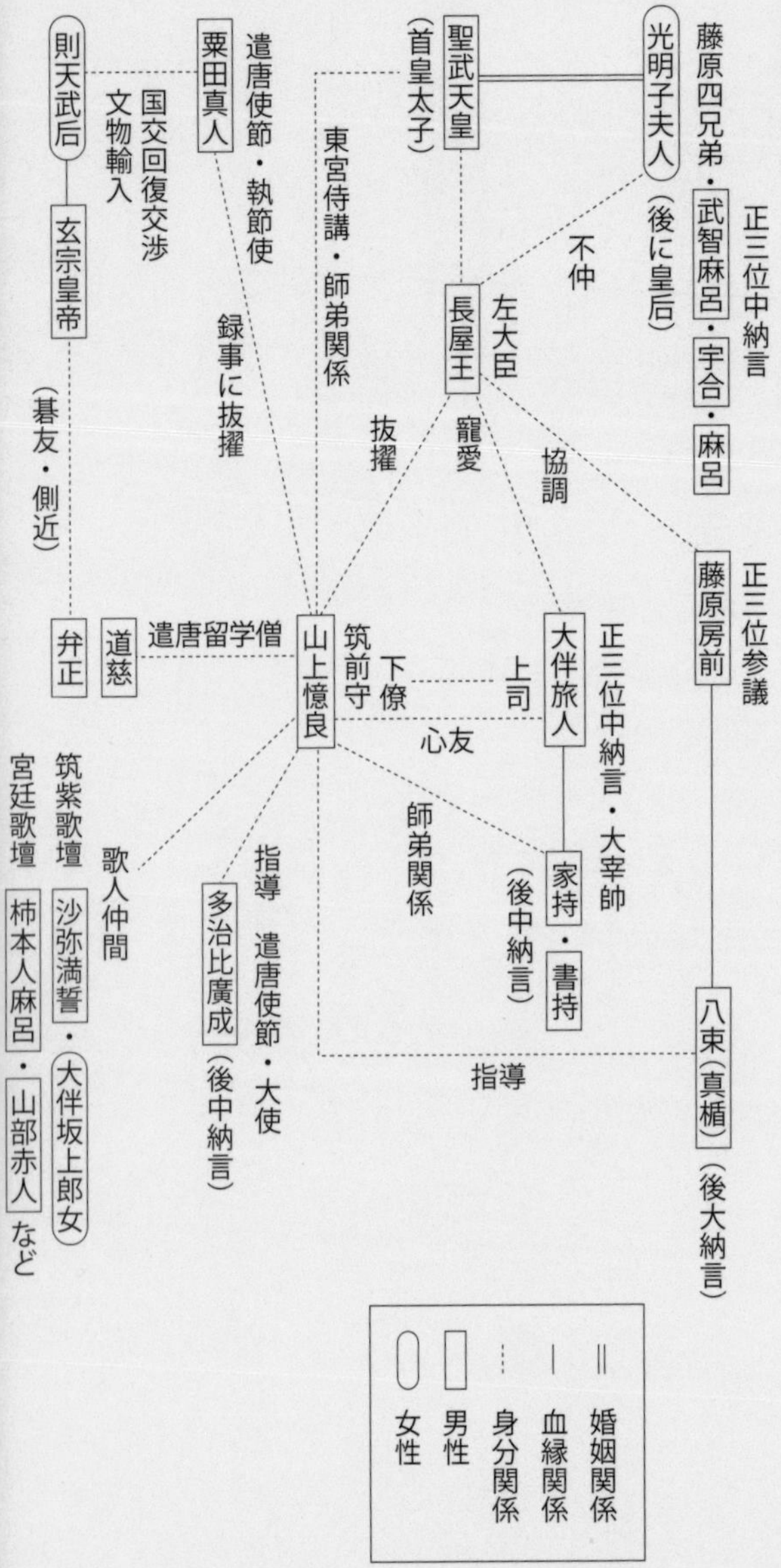

令和万葉秘帖

～隠流《しのびなが》し～

大杉耕一

郁朋社

令和万葉秘帖　隠流し／目次

【遣唐使節船の航路】

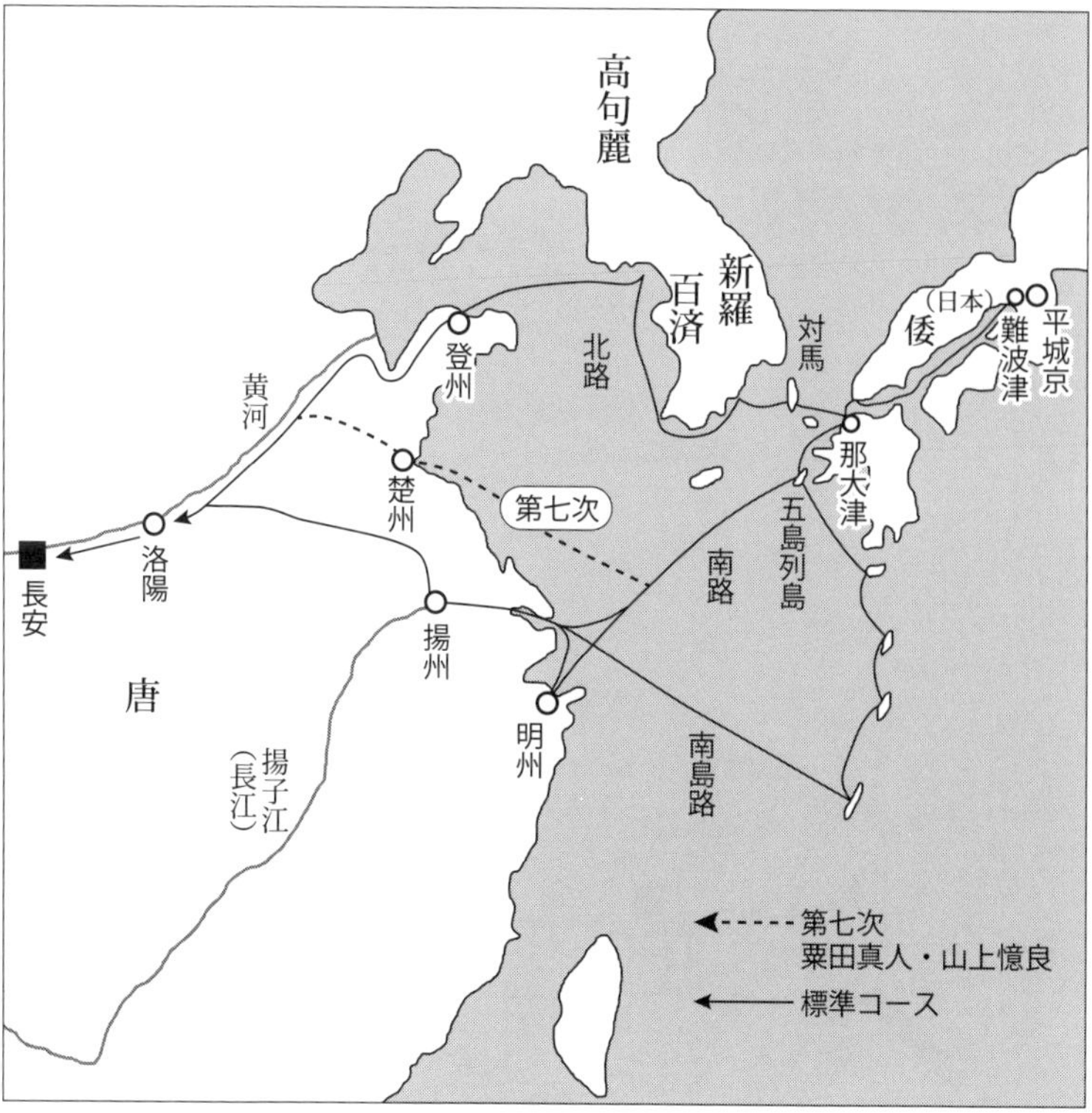
高句麗
新羅
百済
対馬
倭
(日本)
難波津
平城京
登州
北路
黄河
那大津
楚州
第七次
五島列島
洛陽
長安
南路
揚州
唐
明州
南島路
揚子江
(長江)
第七次
粟田真人・山上憶良
標準コース

【通商・外交の窓口「那大津」(博多)と、政治・国防の太宰府】

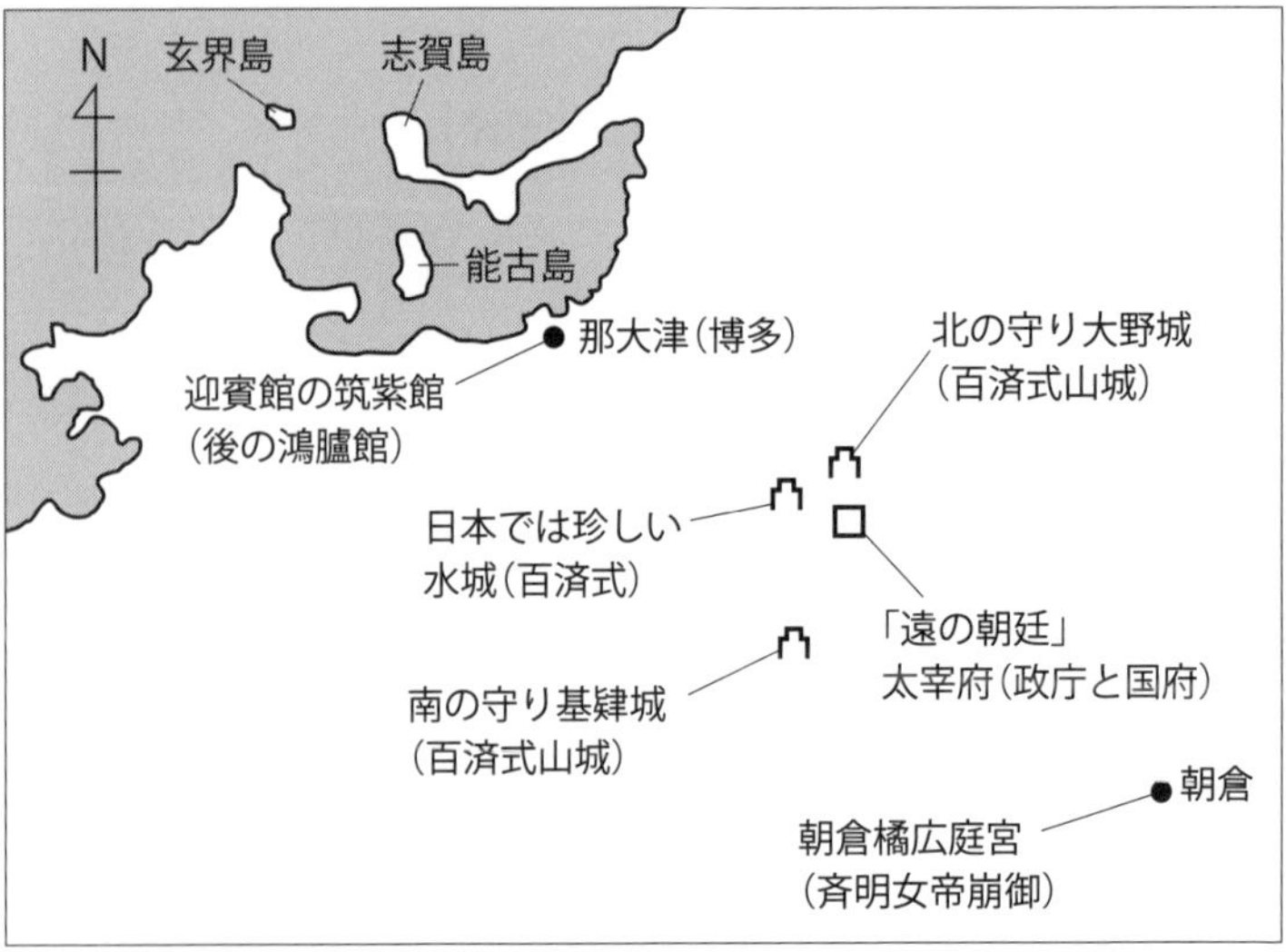

【太宰府概略図】

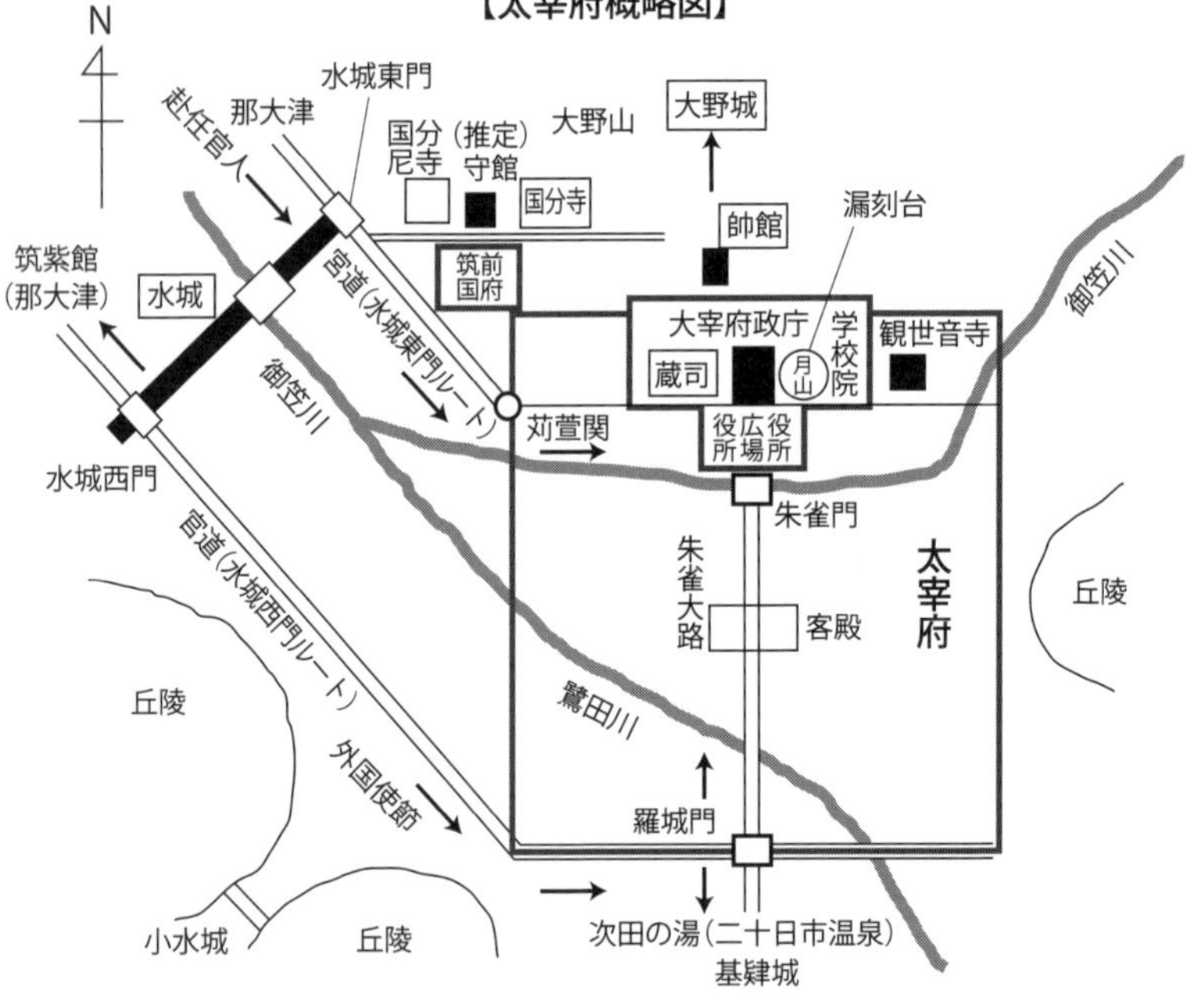

令和万葉秘帖

――隠流《しのびなが》し――

第一帖　三《み》津《つ》の濱松

朝なぎに眞楫《まかぢ》こぎ出《で》て見つつ來《こ》し三津の松原波越しに見ゆ
（山上憶良　万葉集　巻七・一一八五）

（一）茅渟《ちぬ》の海

茅渟の海。古代の人たちは大阪湾南部の和泉《いずみ》国から淡路島の間の海を、こう呼んだ。東の彼方には生駒《いこま》山がなだらかに連なっている。その向こう側は奈良盆地である。奈良盆地に流れる飛鳥《あすか》川、初瀬《はつせ》川、佐保《さほ》川、富雄《とみお》川、生駒川などの水は、合流して大和川となり、西に流れて茅渟の海に、滔々《とうとう》と注いでいる。河口に三津の港があった。現在の堺である。瀬戸内海から茅渟の海に入った船は、難波津《なにわづ》か三津（御津）に向かう。三津は古代から要港であった。三津の港に錨を下した船は、荷物を牛や車に積み替える。荷物は官道の大道《だいどう》（後の竹内《たけのうち》街道）を東へ運ばれ、二上山《にじょうさん》と葛城山《かつらぎ》の谷間を抜けて奈良盆地へ入る。

三津の港から南へ白砂の濱が延々と続き、大松原があった。人々はこの景観を「三津の濱松」と呼んでいた。さらに南には「高師《たかし》の濱」の名所がある。

大和川からさらに南の大津川（現在の泉大津）にかけての地域には、豊饒《ほうじょう》の海に糧《かて》を求めて、古くから茅渟族とも呼ばれた海人部《あまべ》族が居住していた。

伝説によれば、後に神武天皇と呼ばれた神日本磐余彦《かむやまといわれひこ》は、九州の豊後水道から瀬戸内海を経て、難波（大阪）に上陸し、大和を目指した。しかし、河内の孔舎衛《くさえ》坂（生駒山の麓、東大阪市日下町）で長髄彦《ながすねひこ》と闘い、敗走した。長髄彦は、当時中州《なかす》と呼ばれていた大和地方の、富雄川流域を拠点――根《ね》――にしていた出雲族の支配者であった。磐余彦《いわれひこ》の軍は多くの者が手傷を負って、大津川の河口に辿りついた。

茅渟族はこの敗軍に様々な食糧を提供した。その中に茅渟鯛《ちぬだい》と呼ばれた美味の黒鯛があった。この海はいつしか「茅渟の海」と呼ばれていた。この東征の際の故事により、茅渟鯛を宮廷の賄い方に供給する特権は、茅渟族に与えられていた。

時移り、茅渟族の住む和泉国は、大伴氏の所領になっていた。「茅渟の海」は「大伴の海」でもあった。いつしか三津は「大伴の三津……」と呼ばれていた。

（二）船出

聖武天皇の神亀四年（七二七）晩秋。

三津の港に衣冠を整えた佩刀の武人たちが集まっていた。武人たちの環の中に、旅支度をした親子四人と、家臣十数名が立っていた。

この和泉国を領地とした大伴一族の氏上《うじのかみ》、すなわち氏族の統領大伴旅人《たびと》と妻子たちであった。旅人に寄り添っているのは正妻の大伴郎女《いらつめ》、長子家持《やかもち》、次子書持《ふみもち》の二少年である。

この夏、旅人は、聖武帝より大宰帥《だざいのそち》に任命されていた。

大宰帥は、九州九カ国と二島――筑前《ちくぜん》、筑後《ちくご》、豊前《ぶぜん》、豊後《ぶんご》、肥前《ひぜん》、肥後《ひご》、大隅《おおすみ》、薩摩《さつま》、日向《ひゅうが》と壱岐《いき》島、対馬《つしま》島――を統括する総帥《そうすい》である。西国九州の行政と、唐や新羅《しらぎ》などの外国からの侵攻に対する防衛に加えて、それらの国と外交を担当する要職であった。したがって従三位以上の高官が任命されていた。

この時旅人は六十三歳。正三位中納言《ちゅうなごん》という高い地位に在った。本来ならば正三位は大納言《だいなごん》に昇進しても当然の位階であり、年齢であった。

大和朝廷は奈良平城京を中心に、地方の諸国に国司を派遣し、直接管轄《かんかつ》する中央集権体制を次第に確立していた。しかし、西海道《さいかいどう》とも呼ばれた九州だけは別であった。

筑前国に大宰府を設けて、朝廷の機能の一部を移し、権限を委譲していた。理由は、唐や新羅の侵攻に対する恐怖と、外交に配慮した対策であった。それゆえに、太宰府の市街は、京師《みやこ》のように整然と区画整理され、堂々たる政庁が建てられていた。

因《ちな》みに、人々は政庁を「大宰府」、その街を「太宰府」と使い分けていた。政庁は「遠《とお》の朝廷《みかど》」と、呼ばれた。

内陸にある太宰府の玄関口は、那大津《なのおおつ》である。現在の博多である。ここには、外国からの使節を宿泊接待し、逆に外国へ往来する遣唐使節や遣新羅使節の宿泊、さらには貿易管理の事務や交易の会館として機能する「筑紫館《つくしのむろつみ》」――後の「鴻臚館《こうろかん》」――があった。

大宰府を護る防衛陣地としては、百済《くだら》の築城技術を駆使した山城――大野城や基肄城《きい》――や、水城《みずき》が構築され、防人《さきもり》軍団が配備されていた。

表面的には大宰帥《だざいのそち》は栄転に見えた。

しかし、唐と新羅《しらぎ》は、百済を滅亡させた後、仲たがいしていた。特に唐は高句麗《こうくり》との戦いに戦力を振り向けていたから、唐や新羅が侵攻してくる危険性は薄らいでいた。むしろ両国ともわが国に友好的な関係を望んでいた。したがって、大宰帥は中央政権の高官が、在京のまま兼任するという事例が多くなっていた。例えば、旅人の前任の大宰帥は、大納言多治比池守《たじひのいけもり》であったが、在京兼官であった。大宰帥の実務は副長官の大宰大弐《だいに》が代行していた。大弐は上席次官であるが実質副長官である。余談ながら、旅人の死後、後任となった藤原武智麻呂《むちまろ》も、その後の藤原宇合《うまかい》も、在京のままの兼任である。

大宰帥として天皇から実際に赴任を命ぜられるのは、天皇や中央政権の中枢から煙たがられた人材であった。大宰帥は、栄転に見せかけた左遷人事――隠《しのび》流し――に利用された。

旅人の人事が公表された時、大伴氏族の長老はじめ下々まで驚き、息巻いた。

「氏上殿、これは明らかに左遷です」

「氏上殿を信頼され、片腕にされている左大臣長屋王《ながやおう》から、殿を引き離そうとする藤原一族の陰謀です。まことに許しがたい！」

だが、旅人は首を振り、静かに、懇々と諭《さと》した。

「聖武帝の勅命の人事異動ゆえに、軽々しく騒ぐではないぞ。『左遷』とか『陰謀』という言葉を、一族の長老がたや主だった者が、決して使うではないぞ。怒りを面に出せば、――勅命に反する。謀反《ほん》の意あり――と、見做《みな》される。律令に触れてはならぬ。ここは黙って耐え、それぞれが平然として自らの官職に励むべし。――藤原の候《うかみ》が耳を立てている――と心得よ」

と、一族の怒りを抑えていた。

候とはもともとは戦の斥候《せっこう》、物見である。複雑な政情――壬申《じんしん》の乱より続く、天智《てんじ》系と天武《てんむ》系の皇族・貴族の暗闘――が背景にあった。

旅人自身こそ、誰よりも――酷《ひど》い左遷だ――と、分かっていたが、端然《たんぜん》と勅令を受けていた。心の中に沸々と煮え滾《たぎ》る憤怒と、――ある重大な事件が勃発《ぼっぱつ》するのではないか――との危惧《きぐ》を、口に出したかった。

氏上としての理性が、感情を抑えていた。

(忌憚《きたん》なく、腹の中を相談できる相手は、これまでは弟の宿奈麻呂《すくなまろ》だったが……)

旅人の異母弟、大伴宿奈麻呂は、この春まで従四位下、右大弁《うだいべん》の高官であったが、初夏、急逝していた。

（今は、ただ一人……）

遠く筑紫にいた。筑前守《ちくぜんのかみ》山上憶良であった。

那大津へ向かう旅人たちを見送りに来た大伴一族の主だった武将たちは、

「氏上殿、三年後のご帰還を心待ちしていますぞ」

「郎女《いらつめ》様、どうぞお体をお大事に……」

と、挨拶していた。郎女はこのところ体調がすぐれなかった。

――律令の定めるところでは、大宰帥の任期は三年だ。通常大宰府の官人や国司は単身赴任の筈である。だが、氏上殿はどうして病身の郎女様や、幼い家持様、書持様を伴って行かれるのだろうか？

――

と、不審に思う者もいた。

しかし、任命後も平素と変わらず、泰然としている旅人の態度を見ると、問い質《ただ》すのは憚《はばか》られた。

――もう七年も前になるかな。養老四年（七二〇）旅人殿が、九州の隼人《はやと》の乱を鎮圧するため、征隼人持節《じせつ》大将軍として、大伴軍団を率いて大船団を組まれた時には、吾らも多数の兵士を連れて参加した。あの時は、見送りも華やかで、賑々《にぎにぎ》しかったなあ――

と、しんみり回顧する武将もいた。

今回の船出の見送りは少なかった。三津の街の人たちも遠慮をしていた。港は静かだった。

旅人は長老一人と身内二名を手招きした。

長老は大伴牛養《うしかい》。正五位下の貴族であったが、この頃、藤原一門と気が合わず、閑職にあった。身内は、庶弟《おとうと》、大伴稲公《いなきみ》と、甥の大伴古麻呂《こまろ》であった。

稲公は宮廷の武器庫を守る右兵庫助《うひようごのすけ》、次長の若き官人である。古麻呂は、初夏物故した宿奈麻呂《すくなまろ》の嫡男。従六位上、治部少丞《じぶしようじよう》という中堅の、有能な官人であった。

「牛養、稲公、古麻呂。留守中の一族の団結、よろしく頼んだぞ。また特に『例の件』は、道足《みちたり》には極秘だぞ」

と、念を押した。

『例の件』

それは、――万一、左大臣長屋王に、何者かが危害を及ぼしそうな場合には、氏上旅人の命令として、速やかに軍備を整え、お館を警備するように――との内密の指図であった。

道足。一族の長老の一人、大伴道足である。

旅人の大叔父になる大伴馬来田《まぐた》の嫡男。従四位下、弾正尹《だんじようのかみ》の地位に在る高官である。弾正台《だんじようだい》は、検察、警察の部門であり、尹《かみ》は長官である。道足は、藤原に女《むすめ》を嫁がせ、親しかった。

旅人の亡弟、宿奈麻呂は従四位下であり、氏族では本家筋であるので、旅人に次ぐ第二位の立場であったが、病死したので、今は道足が氏族第二の地歩にある。

三津の港に、その道足の顔はなかった。

――公務多忙でお見送りできない――

との伝言があった。

「氏上殿、案ぜられますな。心得ております」

と、牛養、稲公、古麻呂の三名は、力強く応えた。

(このような時こそ、兵部省《ひょうぶ》、刑部省《ぎょうぶ》などを管掌していた右大弁の宿奈麻呂が存命であれば、後顧の憂いはないのだが……ここは三名に任せよう……)

旅人は彼らの言葉に安心して乗船した。

しかし、後日、事件は起こった。旅人の予測を遥かに超えた狡猾《こうかつ》かつ遠大な謀略が、着々と進行していたのである。


大宰帥——西海道(九州)を統率する大宰府の長官である。しかし、平時の総帥《そうすい》としての赴任であるから、引率する家臣は僅かであった。律令の制度が次第に確立されていた。九州を守る防人の軍団は、地元の九州や、東国から徴収されていた。氏族の大伴軍団を組成し、率いていく必要はなかった。

旅人に随行する十数名は、旅人の手足となって支える幹部数名と、旅人の身の回りの警固や世話をする家臣、従者などであった。

大宰府政庁の大監《だいげん》となった大伴百代《ももよ》。政庁の事務を監査し、国司の不正などを摘発し、公文書の審査などを総括、精査する大役である。

防人司佑《さきもりのつかさのすけ》の大伴四綱《よつな》。防人司の副官として、防人軍団の参謀兼副指揮官である。武勇に優れた者でなければ務まらない。四綱は大伴氏族きっての豪傑であり、適役であった。

豊後守に任命された大伴首麻呂《おびとまろ》。豊後国(大分県中南部)は農水産物豊かな地であり、奈良との交通の要地でもある。国守として赴任する首麻呂は従五位下の大夫《まえつきみ》、貴族である。家臣、従者、それに病妻郎女の世話をする女人たちも皆乗船した。

旅人一家四人は船尾に立って、別れの手を振った。見送る側も一斉に応じた。

船長《ふなおさ》の甚《じん》が、水夫長《かこおさ》に出港を命じた。水夫長の号令一下、水夫たちが整然と櫂《かい》を動かし、水を掻いた。

「櫂は三年、櫓《ろ》は三月」という。那大津を目指すこの大船の水夫たちは、甚が選りすぐった腕の立つ者たちであった。櫂の動きと漕ぎの深さが見事に揃っていた。

秋空にはところどころ鱗雲《うろこ》が浮かんでいる。

港の辺りは凪いでいたが、さすがに沖に出ると微風が吹いている。老練な水夫長はすぐに帆を張り、風を捉《と》えて船は西に向かった。

三津の大松原が次第に小さくなっていく。

父祖が所領していた三津を、黙然と見詰めていた旅人が、和歌を口遊《くちず》さんだ。

　　朝なぎに眞楫《まかぢ》こぎ出《で》て見つつ來《こ》し三津の松原波越しに見ゆ

「憶良殿は遣唐使節の一員として大唐《もろこし》に向かう時に、詠《よ》まれたのであろうが、こうして船の上で口遊《くちずさ》むと、まるで吾らが今目にする風景そのものだな。良く詠まれているのう」

旅人は正三位大宰帥。憶良は従五位下の国守。身分、地位には格段の差がある。「憶良」と呼び捨てにしてよいところを、「憶良殿」と、敬称で呼んだ。年長であるからではない。前《さき》の東宮侍講《とうぐうじこう》。聖武天皇が即位される前の首皇太子《おびと》時代の専任家庭教師であった。当代きっての学識者——碩学《せきがく》に対する敬意であった。

長屋王の邸宅に招かれる文人仲間では、憶良の、漢詩、漢文、和歌、宗教、政事《まつりごと》、法令など多分野にわたる該博《がいはく》な知識、教養と経験や見識は、高く評価されていた。

「貴方様は筑紫にいらっしゃる憶良様との再会がお楽しみでございましょう」

と、妻の郎女がからかった。

「図星じゃ」

郎女にも誰にも話していないが、大宰帥に任命されて間もなく、憶良から密使が来ていた。

書面には——今回は必ず奥方様お子たちを同行され、船長の甚の船を利用されますように。おく——と、書かれていた。

(筑紫の憶良殿が、なぜこんなに早く吾が人事を知っているのか?……そのうえ、病妻と子たちを連れて、甚の船で参れとは……よほどの事情があるのだろう。筑紫で聞かねばなるまい。三人を連れていこう。さすれば後顧の憂いはないわ)

旅人は憶良を信頼して決断し、行動した。

「さて郎女《いらつめ》、風邪をひいてはいけない。暫く船室に入ろう」

旅人は郎女の肩を抱き、子供たちにも促した。

「父上、私は船から見る景色が面白い。母上とどうぞ船室でお休みください」

と、家持が旅人に言った。

「私も兄上とここにいます」

書持も船上で遊びたいらしい。

「氏上殿、手前が若様方の面倒を看ますぜ。どうぞご安心くだされ」

陽焼けして逞《たくま》しい顔をした巨躯《きよく》の船長《ふなおさ》が、二人の少年を小脇に掻き抱くようにして、旅人と郎女を安堵させた。

「それでは甚。よしなに頼んだぞ」

（いざという時には、吾が大伴の水軍に早変わりさせたい面々だな）

武将らしい思いをしながら、

「家持、書持。良い機会だから、那大津へ着くまでの間、船長の甚や水夫たちに、船のことや海のことを良く学んでおくように」

と、指示した。大伴総本家の嫡流《ちやくりゆう》として、一刻でも疎《おろそ》かにできなかった。

旅人と郎女は船室に移った。

茅渟《ちぬ》の海を越えた船は、右手前方に六甲の山々を、左手前方に淡路島を視界に入れて、海岸沿いに進んだ。

病弱な郎女を気遣って、初日の泊りは近くの大輪田《おおわだ》（神戸港）にしていた。

船は六甲山脈の麓、敏馬《みぬま》の海岸を航行していた。現在の神戸市灘区岩屋付近である。

甚が船室に来た。

「氏上殿、敏馬の海岸でございます。もうすぐ大輪田に着きまする」

旅人と郎女は船室から出て、敏馬《みぬま》ケ崎《さき》の景観を眺めた。

「船から見る敏馬や六甲の連山は素晴しゅうございますわね」

「その通りだ。三年後に帰る時も、この景色を楽しめる」

それが叶わぬことになろうとは、この時夢にも思わなかった。

船は帆を下ろし、滑るように大輪田の港へ入っていった。

第二帖　海路《かいじ》

ともし火の明石大門《あかしおほと》に入らむ日やこぎ別れなむ家のあたり見ず
（柿本人麻呂　万葉集　巻三・二五四）

（一）明石大門

早朝、大輪田の泊《とまり》を出た船は、急速に船足を増していた。

「兄上、大きな船なのに早く進みますね」

と、書持が感心していた。

「ウワッハッハッハッハッ」

船長《ふなおさ》の甚が笑った。

「若、今は上げ潮に乗っているのじゃよ。遥か南の外海から押し寄せた潮で、この茅渟《ちぬ》の海の水が、瀬戸の内海の方へ流れているのじゃ」

甚はそう言って右手を指した。

「ご覧の通り、この明石の辺りは山が近い」

次に左手を示した。

「淡路島も寄っているので、船乗りにとっては大きな門のように見える。だから『明石大門』と、呼んでいるのじゃよ。水の通る道が急に狭うなっておる。だからここが激しい潮の流れになるのじゃよ」

「海水が川の流れのように動くのか？」

「その通りじゃ。海には潮の流れがあるのよ。茅渟の海の外海《そとうみ》には、遥か南から黒潮という流れが、滔々《とうとう》と北へ北へと流れている。蝦夷《えみし》の住む北国の方からは親潮という冷たい海流が下っている。茅渟の海の中でも流れはある。外海と違うのは干潮と満潮によって、その流れが逆になるのじゃ」

二人は甚の説明を熱心に聴いた。

「今、この船の周りには、上げ潮に乗って、外海から茅渟の海に来た魚の群れが、同じ方向に一斉に泳いでいるのじゃ」

「魚の群れが？」

「そうじゃ。鰯《いわし》や鯵《あじ》、それを追う鯖《さば》などじゃ。魚にも大きく分けて二種類あってのう。群れて回遊する魚と、海底の岩場や砂に棲《す》みついている魚もいるぞ。回遊する魚は、瀬戸内の海にいる豊富な餌を求めて入り込み、潮が引く時にはまたこちらの海に戻ってくるのじゃよ」

甚の話は、奈良の佐保の館に住んでいた家持、書持には興味深かった。

「この明石の海の底にいる魚で有名なのは？」

すかさず家持が答えた。

「鯛じゃ」

「よう知っとるのう」

「明石の鯛の塩焼きは、時々食べているぞ」

「その鯛は今どうしとるか分かるか、若」

二人は首を振った。

「岩陰に身を寄せて、潮に流されまいと懸命に泳いでいるのよ。上げ潮に逆らってな。つまり、回遊の魚は潮の流れに乗って楽々と移動し、他方、岩の根に付いている魚は、必死で頭を潮の流れに向けて泳いでいるのよ。だから明石の鯛は、身が引き締まって旨い」

甚は続けた。

「人間も同じことよ。楽に潮の流れに乗っておれば、鰯のように弱《よえ》え魚になる。時には逆境に遭い、苦しいことに立ち向かえば、鯛のように強《つえ》え骨を持った、その道で一流の男になるものさ。若たちよ」

二人は中老の船乗りの話にのめり込んでいた。

甚が右舷と左舷を指した。

「ご覧あれ。この狭い明石の海峡を進むのは、西へ行く船ばかりだ。回遊の魚と同じように、わしら船乗りは潮の流れを利用するのさ」

水夫たちがあちこち座り、休んでいた。

「潮に乗っているから、今は舵を取っている者や、帆を張っている綱を、風の方向に合わせて操っている二〜三の者が働いておればよい。潮が止まり、風が凪いだら、水夫たち漕ぎ屋の出番だからな」

二人は納得した。

「若たちよ、後ろを向いてみよ。もう三津の方はすっかり見えぬわ」

兄弟は船尾の方を振り返った。

(和泉《いずみ》国ともお別れだ……)

家持たちは少し感傷的になっていた。

その気配を察したのか、甚が話題を変えた。

「ところで若たちよ。わしらがこの明石の海門を通る時、口遊《くちずさ》む歌があるぞ」

「船長《ふなおさ》は歌が好きか?」

「好きじゃや。好い歌は誰にでも好かれる。特に海を詠んだ歌は好きじゃや。どーれ、二つ三つ、どら声を出してみるか……」

水夫たちが拍手をした。兄弟も釣られて拍手を送った。家臣たちも同調していた。

「それじゃ最初に、この明石の海でいつもわしが詠唱する名歌を披露しよう。ちょうど、今のわしらのように、西へ旅された柿本人麻呂殿の作じゃ」

甚は一つ咳払いした後、朗々と声を張り上げた。


ともし火の明石大門《あかしおほと》に入らむ日やこぎ別れなむ家のあたり見ず

「三津の港を出て、この明石の海峡を通過する頃には、陽は傾き、家族のいる故郷の方は次第に見えなくなる。わしらの気持ちを人麻呂殿はうまく詠まれたものよ」

（和歌を愛唱するのは、皇室や貴族の男女、あるいは父のような身分の高い武人たち）

と、思っていた家持は、髭《ひげ》もじゃの船長の朗詠と解説に驚きの色を隠さなかった。

三人の背後で落ち着いた太い声がした。

「左様。人麻呂は歌の聖《ひじり》じゃ。上手過ぎる」

旅人が立っていた。

「いやあ、殿、お聞きでごぜえやしたか」

と、甚が頭を掻いた。家臣や水夫たちが居住まいを正そうとした。

「船の中だ。そのまま気楽に致してよい。さて甚、人麻呂が西国の旅から帰ってきた時の歌も、子供たちに聞かせてくれ。言葉は子供には難しいかもしれないが、いい機会だ」

甚はやや緊張した顔で、

「それでは続けてやりますか」

と、大きく息を吸い込んだ。再び拍手が起こった。

天《あま》ざかる夷《ひな》の長道《ながぢ》ゆ戀ひ来《く》れば明石の門より大和島見ゆ

（柿本人麻呂　万葉集　巻三・二五五）

甚が、音吐《おんと》朗々、二回繰り返した。皆拍手した。

「いい咽喉《のど》をしておるのう、甚」

旅人が誉めた。

「恐れ入りまする。いつも潮風に晒されて、水夫《かこ》どもを怒鳴り散らしておりますれば」

水夫たちがドッと笑った。和やかな雰囲気であった。

「家持、書持には少し説明がいろう」

旅人が二人に顔を向けた。

「冒頭の『天ざかる夷の長道ゆ』とは、京師《みやこ》の空から遠く離れた田舎への長旅という意味だ。――西国へ仕事で出向いていた長旅で、家郷や家族を恋しいと思い続けて、東へ向かって帰ってきた。ここ明石の海門まで来ると、遥か前方にやっと大和の山々が、島のように見えてきた――という喜びを、大きな景色の中で詠《うた》ったものだ。『大和島』という島があるのではない。遠くに見える大和の山々を、島に見立てたものだ」

旅人は噛んで含めるように説明した。

「若たちも、三年後にお帰りになる時、この明石の海に来れば、人麻呂殿の気持ちを実感されますぞ。大の男のあっしら船乗りも、古里の女房子供が恋しい。西国から辿《たど》りついた時、毎回合唱して『もう一息だ、頑張ろう』と、声を掛けあっておりますぞ」

と、甚が口を添えた。旅人の前では「あっし」とへりくだっていた。

旅人が声を掛けた。

「家持、書持。それに吾が大伴の者どもよ。それでは水夫どもも共に、皆で人麻呂の名歌二首を続けて吟誦《ぎんしょう》しようぞ」

「おうっ」

家臣や水夫たちが立ち上がった。

明石の海に、轟《とどろ》く如く、男たちの声が波間に流れた。

(和歌はいいな)

家持は初めて心の奥底に響くものを感じた。まだ少年である。「琴線《きんせん》」という語を知らないが、感動に震えていた。

(二) 海路

明石大門を過ぎると、海は再び広くなった。

甚が二少年に言った。

「若たちよ。いよいよ瀬戸内の海へ入ったぞ。瀬戸内の海はのう、長々と、まるで大きな海水の帯よ。このような広い海があるかと思えば、島々が重なり合《お》うて、船の進む先がまるで迷路のような水道もある」

甚の話は説得力がある。

奈良の盆地に比べれば、二人にとっては初めて目にする広大な視界であった。

「右手の平野は播磨《はりま》国じゃ。だからこの海はのう、播磨灘《はりまなだ》と呼ばれておるのよ」

「播磨灘？」

「そうじゃ。『灘』というのは難所、つまり荒波が立ちやすく、航海には危険な海ということよ」

「甚、今はさほどの浪はなく、穏やかではないか？」

と、家持が疑問を述べた。

「上げ潮が停まって満潮じゃ。おまけに風が凪いでおる。だから水夫たちが漕いでおる」

先刻まで休んでいた水夫たちが、持ち場について、一斉に櫂《かい》を取り、水夫長《かこおさ》の掛け声に合わせて水を掻いていた。帆はいつの間にか畳まれていた。

「この播磨の国の中心地は、右手の飾磨《しかま》（姫路）じゃ。少し古い歌で詠み人は誰か分からんが、あっしらが船上でよく吟唱する歌を二首披露致しやそう」

甚は水夫長に「一休みさせよ」と、指図した。船長としての配慮であった。水夫たちの荒い息が鎮まる間を取った。大伴の家臣たちも静かに甚の朗唱を聴いた。

わたつみの海に出でたる飾磨川《しかまがは》絶えむ日にこそ吾《あ》が戀止《や》まめ
（作者不詳　万葉集　巻一五・三六〇五）

飾磨川は現在の姫路市の船場川である。甚が二人に歌の意を説明した。

「若たちにゃちょっと早えかもしれぬが、恋の歌よ。――この海に注ぐ飾磨川の流れは絶えることがないが、もし絶えることがあれば、初めてこの俺の恋も止まるだろう――という歌じゃ。詠み人はこの辺りを漕いでいた名もない船乗りじゃろうが、恋心をよう表現しちょる」

甚は独りで感心していた。

「じゃあついでに、飾磨を過ぎて、少し先の日笠《ひがさ》の浦を展望した風景歌もあるぞ」

甚は背筋を伸ばした。


飾磨江はこぎ過ぎぬらし天《あま》づたふ日笠《ひがさ》の浦に波立てり見ゆ
（作者不詳　万葉集　巻七・一一七八）

（甚というこの船乗りが、これだけの和歌を平素朗唱するとは……唯者ではないな）

と旅人は感じていた。

「船乗りたちの歌はこれぐらいにしよう。ところで若たちよ、今まで明石の海門を、あっしらの船と前後して進んでいたいろいろな船が、それぞれの目指す港へと、散らばっていったのがお分かりじゃろう。岸へ寄っているのは、播磨国の揖保《いぼ》川の河口にある室津《むろつ》の港へ行く船さ。左の方に消えてしまったのは、淡路島の西海岸や、四国の讃岐《さぬき》国の方に行った船さ」

「甚、吾の頭の中にはどこが播磨か、讃岐か、よう分からぬが……」

と、書持が首を振った。

「こりゃあっしのしっぺー（失敗）だ。そうだな、ちょっくら待ってくだされや。汚いが海図を持って参りやんしょう」

甚は船室へと去った。


「それでは暫く父がそなたたちに、この播磨灘で詠まれた別の和歌を教えてやろう」

旅人が息子たちに声を掛けた。

（仕事を離れて、子供たちとこのようにじっくり話す機会が少なかったな……二人の教育を郎女に任せっきりだったが、よくここまで育ててくれた……）

船室に臥《ふ》している病妻に感謝していた。

「家持、書持。前方を見よ。こちらに向かって漕ぎ進んでくる船が見えよう。吾らが通過した明石大門の方へ、更には難波津や三津へ行くのだろう。こうした船を見て、今京師《みやこ》で宮廷歌人として活躍している有名な山部赤人が詠んだ歌がある」

旅人は、身分の低い下級官人の赤人は呼び捨てにしたが、尊敬の念を以て吟唱した。

島隠《がく》れわがこぎ来《く》ればともしかも大和へ上《のぼ》る眞熊野《まくまの》の船
（山部赤人　万葉集　巻六・九四四）

「先刻甚が播磨《はりま》国室津《むろつ》の港と言ったが、赤人はこの歌をその室津の沖で詠んだという。この歌は――

島隠れ、つまり荒波を避けて島陰を漕いでいると、羨《うらや》ましいなあ、大和の方へ上る熊野で造船された特徴のある熊野船が見える——という意味だ」

（氏上殿今の胸中は、まさに——羨《とも》しかも大和へ上る船——であろう……）

家臣たちは複雑な気持ちで、旅人の解説を聴いていた。

「赤人はこのように船旅の歌をよく詠んだが、最も有名なのは……」

書持が旅人を遮《さえぎ》るように大きな声を出した。

「父上、以前母上から教わりました富士の歌でしょう」

旅人が微笑みながら同意した。

家持と書持が、少年らしい張りのある瑞々《みずみず》しい声で朗唱した。

田児《たご》の浦ゆうち出《い》でて見れば眞白《ましろ》にぞ不盡《ふじ》の高嶺に雪はふりける

（山部赤人　万葉集　巻三・三一八）

「景色を詠む和歌を叙景歌という。覚えておくがよい。その中でこのように雄大で格調高い作品はそう多くはない。大いに学ぶべき歌だ」

（しかし、後日、憶良の家持への特訓「八雲《やくも》の道」で、旅人父子は——この歌が船中の詠でない——と知る）

「まっこと名歌中の名歌でございますのう。あっしらも酒を飲むとよく口遊《くちずさ》みますぞ」

いつの間にか甚が、海図を手にして戻っていた。甚は海図を親子の前に広げた。

「若たち、ご覧あれ。今、あっしらの船はこの辺りを航海中でござる。もうすぐ室津の港じゃ。ここの鯛も旨いぞ。楽しみじゃのう」

「甚、室津のもう一つの名物があろう。ははは。吾が配下の者どもや水夫たちと今宵はこの金でゆっくり飲み、遊んでくれ。先は長いから英気を養ってくれ」

室津は名高い色街である。旅人は銭の入っている袋を甚に手渡した。

「ありがとうごぜえます。では遠慮のう」

秋の陽の落ちるのは早い。夕焼けが美しかった。

家持、書持は船旅がすっかり好きになっていた。

甚は水夫長《かこおさ》を呼び、密《ひそ》かに今夜の警備を手配した。筑紫《つくし》の憶良の指示であった。

第三帖　懐旧隼人《はやと》の乱

> 月《つく》よみの光を清み夕なぎに水手《かこ》の聲呼び浦廻《うらみ》こぐかも
> （作者不詳　万葉集　巻一五・三六二二）

（一）旅人と西国

旅人の一行は室津《むろつ》で潮待ちをして、翌朝出港した。船は左手に家島《いえしま》諸島、右手に播磨《はりま》国（兵庫県南西部）の海岸を眺めながら進んだ。

「もうすぐ小豆島《しょうど》が左前方に現れるぞ」

と、旅人が家持、書持《ふみもち》に言った。

「父上は瀬戸内を二度目だから地理をよくご存じですね」

書持が感心した。

「いや、実は三度目だ」

「三回目の船旅ですか？　知らなかった」

「そうか、話してなかったか。どうやら景色もちょっと大味になってきたな。退屈しのぎに少し昔話をするか。甚、船の真中あたりに茣蓙《ござ》を敷いてくれ」

「承知しました」

旅人は子供二人が船酔いしないように、船の中央部に連れていき座らせた。

「氏上殿、吾らもお聴きしとうございます」

「遠慮はいらぬ」

家臣たちが周りを取り巻いた。

「あっしが氏上殿を運びましたのは、養老四年（七二〇）でしたな」

と、甚が口を添えた。

「そうだ。二回目の船旅だった」

「氏上殿は大伴軍団を中心とした征隼人軍団を引率されて、西海道へ参りましたな」

「甚はあの時にも父上を運ばれたのか」

「はい。水夫長《かこおさ》から船長《ふなおさ》になったばかりでしたな」

「もう七年ほどになるな。あの遠征はつい昨日のように思い出すのう」

と、旅人が懐かしんだ。

「父上、最初の航海や、二度目と言われた隼人の乱の鎮圧の話を聴きとうございます」

「よかろう」

旅人の顔が、穏やかな父親から、引き締まった武人に変わった。家持、書持は正座し、背筋を伸ばした。

（さすがは帥殿のご子息方だ）甚は感服した。

「ではいささか昔話になるが、まずは最初の西国経験の時代の背景などから話そう。わが父、そなたたちには祖父になる安麻呂殿が、朝廷に参議として登用された大宝二年（七〇三）から話をしよう。いまから二十年ほど前だな。この年をはっきりと覚えているのは理由《わけ》がある。日本から大唐《もろこし》に、約三十年ぶりで遣唐使節が出港した年だからだ。その使節団の一員に、これから筑紫《つくし》で顔を合わせる者が乗船していた。当時は録事、今は筑前守の山上憶良だ」

旅人は、水夫の一人が運んできた渋茶を啜《すす》った。茶は貴重品であった。日本ではできない。唐の産物で入手は難しい。実は憶良と甚の配慮であった。

――茶を入手するとは、甚はますます唯者《ただもの》でないな――

旅人は悠然として、家持、書持に、

「さて、ちょっと脇道にそれるが、筑前守は大宰帥である吾の配下になる。公式の場や、他人がいる時には、『筑前』とか『憶良』と、呼び捨てにする。しかし、仕事を離れて、私的な場では、『憶良殿』と呼ぶ。わが歌仲間というよりも、学問全体の師だからだ。そなたたちも、時と場を心得て、敬称をつけ、敬語で話すように」

「心得ました」

（この親にしてこの子たちありか……）

　甚は、中納言という大官に在りながら、公私の立場をわきまえる旅人の人間性に心服した。

「では本論に戻ろう。あの頃は日本建国というか、大唐《もろこし》や新羅《しらぎ》などに見劣りせぬ良い国家にしようと、公卿《くぎょう》も官人も武人も、皆燃えていた時代だった。国の規則である大宝律令《たいほうりつりょう》が出来て、地方の国司たちに配られた。京師《みやこ》から派遣されている国司たちは、日本という統一国家の形成に張り切っていた。

——この新しい法令を、土着の民に定着させよう——とした。熱心な余り、ついつい行き過ぎる国司も出てきた」

　旅人は、二人の理解度を確かめるように、ゆっくり話した。まずは大宝律令が施行された時代から話を進めた。

「九州の南部には、古くから『隼人《はやと》』と呼ばれる民が住んでいた。遥か南方の海から渡来した民族だ。定住した地方によって、日向《ひゅうが》隼人、大隅《おおすみ》隼人、薩摩《さつま》隼人、甑《こしき》隼人などと呼ばれている。甑は薩摩の西の海にある甑島《こしきじま》列島だ。彼らはもともと——大和朝廷何するものぞ——という気概があったので、しばしば国司に反発して、反乱を起こした。だが部族の反乱程度は、大宰府の防人軍団ですぐに鎮圧されてきた」

　二人は納得して頷いた。

「さて大宝二年に参議となった父は、二年後の景雲二年（七〇四）に、大納言に昇進した。同時に大宰帥も兼任となった。九州は隼人が反乱を起こすだけでなく、対外的には大唐や韓半島からの侵攻に備える重要な地域だ。それゆえ武将の父が帥に任命されたのだ。しかし、父は大納言の要職にあるから九州には赴けない。そこで代役として、嫡男のそれがしが、無役の代役で筑紫に赴いた。それが最初の西海道の体験だ」

「何歳ぐらいの時ですか」

「そうだな。四十歳前後であった」

旅人は語り続けた。

「それがしは三年ほどいて、隼人のことを学んで京師《みやこ》に戻った。数年後の和銅六年（七一三）、時の女帝、元明天皇は、前年の古事記の完成に続いて、各地の風土記《ふどき》の編集を開始された。この風土記の編集に異論があったのか、あるいは国司の政事《まつりごと》、――租税の徴収や戸籍の整理――に不満があったのか知らぬが、この年、日向の隼人の一部が反乱を起こした」

旅人は少し間を置いた。家臣たちも熱心に聴いている。

「朝廷は、国司が地方豪族や隼人を統治しやすいようにと、この時は日向国《ひゅうが》から大隅《おおすみ》地方を分離して、独立の大隅国とした。日向隼人と大隅隼人は部族が違うからだ。この措置が良かったようで、反乱は収束した」

「隼人はよく反乱を起こすのですね」

と、家持が感想を述べた。

「隼人だけではない。東国の方では蝦夷《えみし》もしばしば反乱を起こしてきた。隼人も蝦夷も、吾らとは祖先が異なり、住む環境も辺境である。それゆえ中央政府、つまり大和朝廷の威令が行き届きにくい」

「そうだったのか。日本という国は、大和朝廷の国と、征服されて従っている隼人や蝦夷たちの地域の総称ですか？」

と、弟の書持が呟《つぶや》いた。

（怜悧《れいり》だ！）

と家臣も甚も驚いた。

「その通りだ。隼人たちには——大和朝廷に征服されてきた——という屈辱の意識が根深くある。——もともと自分たちの土地だった——という思いが残っている。それに加えて、土壌の問題がある」

「土壌？」

「そうだ。九州南部は桜島火山の噴火で火山灰が積り、水田に適さない。稲作を勧めても無理な土地が多いのだ。だから、国司は調（税）の徴収に苦労する地帯だ」

旅人は、中央政権や国司など官人の立場と、征服され支配されている者たちの、心の奥底の相違や、土地の特徴、身分制度などを、兄弟に語った。

家臣も甚も、氏上旅人の体験に基づく話に感服していた。

（二）隼人の乱

「養老四年（七二〇）二月二十九日、この大隅国の国司、陽候史麻呂《やこのふみまろ》が、反乱を起こした隼人に殺害される事件が生じた。大和朝廷を代表する国司が殺されたことは、任命された天皇に対する侮辱であり、朝廷の否定である。しかも七カ所の砦に、総勢五～六千人が立て籠った。近来にない大規模な反乱だ。これまでのように、大宰府の防人軍団だけではとても鎮圧できない。朝廷は慌《あわ》てた」

（いよいよ氏上の登場だな。早く話してほしい）

と、大伴四綱《よつな》や大伴百代《ももよ》などの戦《いくさ》経験者は、心待ちしていた。

「時の右大臣は藤原不比等卿《ふひとけい》であり、補佐する大納言は長屋王であった。不比等卿は文字通り文人であり、大反乱に色を失われた。だが長屋王は豪胆であられた。間髪《かんぱつ》をいれず右大臣を説き、帝《みかど》に奏上して、吾を征隼人持節《せいはやとじせつ》大将軍に任命された」

持節とは天皇より軍事の大権を象徴する節刀《せつとう》を授与されることをいう。

兄弟二人は、これまで乱の鎮圧に参加した家臣から、個々の戦については武勇伝を聴いている。しかし、父から筋道立てて話を聴くのは初めてであった。聞き耳を立てた。

「長屋王は吾の手を取り、『旅人、京師《みやこ》は平和呆けしている。ここは大事な局面だ。頼んだぞ』と仰せられた。実はその頃不比等卿は病気がちで、朝政は長屋王が取り仕切られていたのだ。大納言長屋王の責任は重かった。事態は深刻だった。その時吾は直ちにお応《こた》えした。『吾が大伴の家臣を中心に強力な軍団を編成し、短期間に断固鎮圧致します。ご安心くだされ』とな」

「父上は、どう戦われたのですか？」

「戦いの前に大事なのは全体の方針と戦略、それに個々の戦術だ。その時吾はこう考えた。――武力に優れる吾ら大伴の一族を中心とし、五衛府の選抜軍と、大宰府の防人軍団を率いて大軍団で戦えば、必ず勝つであろう。武具や兵員では圧倒的な優位だ。しかし武力による一時的な制圧はできても、真の治世にはなるまい――とな。だからまずは鎮圧後の民政を頭に置いて、戦闘を進めることにした。

ここまでは分かるな」

兄弟は父の考えに頷《うなず》いた。

「先に述べたように、隼人たちは七砦《とりで》に分散して籠った。吾は手勢《てぜい》を分けずに、一カ所ずつゆっくり攻めることにした。戦えば勝てるが、両軍に血を流すのはできるだけ避けたかった。圧倒的な軍勢で砦を包囲し、隼人たちの戦意を喪失させた。そこで軍使を出した」

二人は手に汗を握って聴いていた。乱の鎮圧に参加した者は昔を思い出し、若くて不参加だった者は、氏上の解説を聞き漏らすまいと熱心だった。

「軍使にはこう伝えさせた。――まず、隼人たちが国司を殺害し、反乱した理由を詳しく申せ。それを聴いた上で、政事《まつりごと》を改めるべき点があればすぐ改めよう。難しい問題は、相互に対等の立場で納得いくまで話し合う。余は帝より節刀を授与され大権を委任されている。したがって余の結論は、帝の結論と心得よ。だが余で判断が出来ぬ問題は、速やかに京師《みやこ》に持ち帰り、朝議に諮《はか》る。しかし、余の申し入れを全く聞かず、なお抵抗を続けるならば、大将軍大伴旅人の名誉にかけて、大隅隼人と一戦を交え、徹底的に打ちのめすのみ。しかし、この旅人は最後の手段はできるだけ避け、腰を据えて話し合いたい。熟慮し回答せよ――と」

兄弟は征隼人大将軍だった父の、軍使に与えた文言の一言一句も聞き漏らすまいと、熱心に旅人の口許を凝視していた。

「大隅隼人と総称していても、現地では部族は分かれておる。不満の理由も微妙に異なっている。一部族ずつこの作戦で交渉して、不満を聴き、七月までの間に五カ所の砦を鎮圧した。実際に剣を交える戦いもあったが、相手はすぐに降伏し、実際には殆ど戦わず制圧した」

「父上、三月から七月というと、一カ月に一城を落としていったのですか。それも戦わずに」

「そうだ。あと二つの砦が残った。その時、京師《みやこ》の長屋王から早馬が来た」

旅人は間を置いた。家臣も真剣に傾聴していた。

(上に立つお方は大変な判断をされているのだな……)

「――不比等卿が薨去《こうきょ》された。汝のみ至急京師に引き返せ――との指示であった。不比等殿は長期間政権の座にあったので、長屋王は政事の混乱や民心の不安を懼《おそ》れたのだ。そこで吾は二人の副将軍に――対峙《たいじ》したままで居よ。無理に攻めるな――と命じた。降伏した五部族の族長を引き連れて、八月に京師へ帰還した。彼らの口から朝廷に――大隅は火山灰の地で稲作が難しく、さらに調《ちょう》の納付も苦しいことや国司の圧政――などを説明させた。吾は、朝廷に――地方特産品の物納税である調に代えて、腕の立つ隼人たちを平城京や内裏《だいり》の警備の兵や雑役《ざつえき》に使用してはどうか――と提案した。朝議はこれを認めた。彼らは納得して大隅へ帰った」

家持兄弟が――よかった――という表情をしていた。

「頑固だった二つの部族も納得した。翌年夏には副将軍はじめ全軍が大隅から引き揚げた。朝廷には――隼人の乱の斬首、捕虜千四百名――と報告したが、斬首は少ない。捕虜のうち六百名ほどを京師に連れてきた。牢に入れるのではない。吾が話をつけ、彼らに働き口を与えるためだ。――六年間宮廷の警備の下役として働き、非番の時間には、得意とする竹笠を編む――という条件で、隼人の乱は収まった。宮廷の衛門府に隼人司《はやとのつかさ》が設けられたのはこの時だ」

旅人は再び茶を飲み、咽喉を湿した。

「隼人たちが京師へ来た時、彼らはそれぞれの出身部族で祖先から受け継いできた歌や踊りや相撲などを宮中で披露した。大宮人たちの優雅な舞楽とは異なり、いかにも荒々しく、賑々《にぎにぎ》しく、時には卑《ひ》猥《わい》な舞や音曲に、宮廷の者たちは大いに興味を持った。以後、『隼人舞』として、宴《うたげ》の際に披露される慣習となった」

「父上は隼人の為に良いお仕事をなされたのですね。佐保の館に毎年薩摩や大隅の酒や産物が届いている背景が分かりました。感謝のしるしだったのですね」

「吾もそう思いたい。ところが、京師《みやこ》住まいしか知らぬ官人たちの中には、隼人を蔑視《べっし》──つまり、見下す考え方──が、なお強かった。卑猥な踊りを更に大袈裟《おおげさ》な振り付けに変えさせ、嫌がる隼人に強制する貴人も出てきた。吾が主張した隼人たちの待遇は、吾が思案したほどには改善されなかった。──乱が収まってしまえば、武人大伴に用はない──という顔をする高官もいた。今回大宰府へ赴任するのも、これまで、ちと隼人の肩を持ち過ぎた結果かもしれぬ」

「それは非道《ひどう》ございます」

「家持、書持。よく聞くがよい。律令の制度が出来て、日本の国は法治国としても統一されてきた。壬申《じんしん》の乱のように、国内を二分するような内乱は、もう起きないであろう。起きてはならぬ。しかし、日本列島の南部には吾らとは祖先を異にする隼人、あるいは昔の熊襲《くまそ》、東国には蝦夷《えみし》と呼ばれる部族もいる。辺境の地は土質が痩せており、あるいは寒気が強く、米作が進まないことは先に話した。稗《ひえ》や粟《あわ》などを食べ、狩りで生活をしている地域だ。辺境の民は、大和朝廷からの税の取り立てや、防人などの役務《えきむ》の提供を強いられ、苦しんでいる。京師《みやこ》から派遣される国司の政事《まつりごと》が悪いと、すぐに反乱になる」

兄弟だけでなく、傍聴する家臣の顔は厳しくなっていた。

「吾が大伴は、本来は大王家、今の天皇家の警備役であった。しかし律令の制により、皇居に衛門府《えもんふ》が出来た現在は、武人としては、その一員として警備の役目だけにとどまらず、例えば臨時に辺境の反乱鎮圧とか、あるいは平時には中央政府の官職や地方の国司など多様な職種をこなさねばならない。そなたたちは少年なれども、この機会に次の三点を心に刻んでおくがよい」

家持と書持は姿勢を正した。

「第一は、吾らの糧《かて》は、大伴の旧領のみでなく、これら辺境の民の汗の結晶を、朝廷より報酬としてうけていると心得よ。機会あるごとに、畿内はもとより辺境に至るまで、国内各地の民の暮らしをよく勉強するがよい。第二は武人としての武技の訓練、および将来武将として一軍を指揮する心得は当然のこと。第三は、更に官人としての立居振舞、知識教養も必要ぞ。父安麻呂殿と吾。二代にわたって大宰帥に任命された。家持、書持にも、いずれ西海道を治め、大唐《もろこし》や韓半島《かんはんとう》に備える大宰府勤務を命ぜられる日も来よう」

「家持、よく分かりました」

「書持も同感です」

「そうか。大宰府に落ち着いたら、そのうち薩摩や大隅を巡視の折に連れていこう。隼人たちは荒々しく粗野だが、気持ちのいい連中だ。日本の最南端を、自分の眼で見るのは、いい勉強になろう」

余談ではあるが家持は、後年薩摩守や大宰少弐を経験する。

船長《ふなおさ》の甚は、旅人親子とは少し離れて船首よりに立ち、船の進行を指揮しながら、背中全体を耳にして、会話を聴いていた。

（さすがは旅人殿だ。この筑紫旅も後継者教育の場にされている……二人の若たちは、驚くほど聡明だ。俺は気に入った……）

甚はさりげなく振り向いた。

「氏上殿。お話はそれぐらいにして、若たちの退屈しのぎに、水夫たちと相撲を取らせましょうぞ」

「甚。面白い。相撲を取ろう」

と、少年二人は嬉しそうにはしゃいだ。旅人は甚の気配りに感謝した。

（三）豊旗雲《とよはたぐも》

好天に恵まれた日であった。夕方、見事な夕焼けになった。

甚は、船室に休んでいる旅人父子に――是非観せたい――と、誘った。

「氏上殿、前方に豊旗雲《とよはたぐも》がでて、夕陽に輝いておりますぞ。鞆《とも》の浦の島影も見事ですぞ。このような真っ赤な夕焼けは珍しゅうございます。若たちも甲板にどうぞ。今宵は佳い月夜になりますぞ」

「豊旗雲か……」

旅人は呟《つぶや》きながら、やおら立ち上がった。

「凄い！」

家持たちは奈良では見たこともない雄大な空と海との織りなす景観に圧倒された。

旅人は腰に手を当てた。胸を張り、呼吸を整え、朗々と詠《うた》った。天智天皇の御製であった。


渡津海《わたつみ》の豊旗雲に入日さし今夜《こよひ》の月夜《つくよ》清明《あきらけ》くこそ

（天智天皇　万葉集　巻一・一五）


（待てよ、——甚はこの入道雲を『豊旗雲』と呼び、夕映えでいい月夜になる——と、余を誘いに来た。……ひょっとすると、——この御製を知ってのことか？——）

想いを巡らしていると、甚が、

「あっしも一首、愛唱歌で和《こた》えましょうぞ」

と、前置きして朗唱した。


月《つく》よみの光を清み夕なぎに水手《かこ》の聲呼び浦廻《うらみ》こぐかも

「鞆《とも》の浦までの間に、この陽は完全に沈み、夜になりましょうが、幸い佳い月夜になりますぞ。近くの漁村の小さな漁《いさ》り船も、あちこちに出ますゆえ、両舷の水夫《かこ》たちが声を掛けあって、衝突を避けながら、狭い水道を往くことになりあんしょう。あっしら船乗りの生活の知恵と慣習でごぜえやす」

「この歌は甚の作か?」

「いえいえ、作者は誰か不明でごぜえますが、あっしらの気持ちを巧く歌っておりまする」

(天智天皇の御製の下の句を受けて、すぐさまこの作者不詳の歌で繋ぐとは!……甚は唯者ではないな。作者不詳と謙遜したが、甚の作に相違あるまい。……この船旅の間に、一度、甚とゆっくり酒を酌《く》み交わしてみたいものだ)

と、旅人は痛感しながら、所望した。

「甚、その歌、もう一度唱ってくれ」

(歌に品がある。……水夫《かこ》の作なのか?……甚は何者か?)

旅人の疑問が膨《ふく》らんでいた。

第四帖　海人部《あまべ》の甚

いざ子どもはやく日本《やまと》へ大伴《おほとも》の御津《みつ》の濱松待ち戀ひぬらむ
（山上憶良　万葉集　巻一・六三）

（一）佐婆津《さばつ》の泊《とまり》

数日後、順調に佐婆津の泊に入港した。佐婆津は現在の山口県防府《ほうふ》市である。瀬戸内海の山陽道沿岸を航行する船は、荒波を避け、潮と風を見つつ、おおよそ次のような航路を選んでいた。

大伴の三津《みつ》――武庫《むこ》浦――明石門《あかしのと》――備中《びっちゅう》多麻浦――備後《びんご》長井浦――安芸《あき》風速《かざはや》浦――周防《すほう》麻里《まり》布《ふ》浦――周防《すほう》熊毛浦――佐婆津《さばつ》――那大津《なのおおつ》

天候にもよるが、船便での日数は七日ほどで佐婆津まで来た。

「甚、明日は那大津だ。今宵は人払いして余と二人きりで飲もう。そちにとって瀬戸内は庭のようなものであろう。なじみの店《たな》があろう。離れがあればなお好いが任せる」

「では、お言葉に甘えまして。佳《よ》い遊行女婦《うかれめ》を揃えておきましょうぞ」

正三位中納言、大宰帥の高官が、下賤《げせん》の船長《ふなおさ》と飲む——ということは、京師《みやこ》ではありえない。旅先でも異例である。異例を承知で、旅人は——甚という男を知りたい——という本能的な欲求を抑えきれなかった。

甚が口にした遊行女婦《うかれめ》とは、男たちの酒席に侍《はべ》り、歌舞音曲の芸を披露し、時には春色を売る女性である。港には船乗りや旅人を相手にする風情《ふぜい》ある色街《いろまち》が栄えていた。

旅人は苦笑した。

「いやいや、今夜は夜遊びではない。そちと差しで、ちと話がしたいのじゃ。食膳や酒の酌が終わったら、手当てをはずみ、適当に退席させてくれ」

「恐れ入りやす。承知致しやした」


二人は佐波《さば》川に面した静かな船宿の離れで、酒肴《しゅこう》を楽しんでいた。

ひとしきり料理が終わって、旅人が話題を変えた。

「甚、ここ七日ほど旅を共にして気が付いたが、そちはなかなか和歌に詳しいな。誰か師につき教わったのか？」

甚は頭を下げ、右手を挙げて左右に振った。

「滅相《めっそう》もござんせん。好きでござぜえますれば……耳学問とでも申しましょうか。船旅ではいろいろなお客を乗せますれば、雑学が出来て面白うごぜえます」

「いやいや。余の眼は節穴《ふしあな》ではないぞ。ちと小耳に挟んだところでは、そちは遣唐使船で大唐《もろこし》に渡ったそうじゃな」

「さすがは氏上殿。恐れ入りやした。命がけで玄界灘やその先の大海《おおうみ》を漕ぎ切った大唐帰《もろこしがえ》りは、船乗りの世界じゃ仲間から一目も二目も置かれますゆえ、頭の悪いあっしも、いつの間にか船主《ふなぬし》とか船長《ふなおさ》になっておりやす」

「憶良の船の水夫《かこ》だったのか？」

旅人は、外では当然ながら「憶良」と呼び捨てにする。

甚は目を丸くして旅人を見た。不意を突かれたようであった。

「その通りでがす」

「和歌はその折に習ったのか？」

「いいえ、滅相《めっそう》もござんせん」

旅人は、（おやっ？）と思った。

――多分唐への往復の船旅の合間に学んだのであろう――と予想していたからである。

「氏上殿。遣唐使船は大唐《もろこし》の船を真似て造っておりやすが、あっしら船乗りの眼で見ても造船の技術は劣っておりやした。船乗りの帆を操《あやつ》り、櫂《かい》の漕ぎ方などの技も、未熟でごぜえます。那大津《なのおおつ》を出港し、壱岐《いき》、対馬《つしま》を過ぎ、大海に出ますと、天気平穏な日でも波浪《なみ》は高うごぜえます。必死で帆を張り、凪には漕ぐ日々でごぜえます。とてもとても、この瀬戸内の比じゃござんせん。和歌など学び、詠むような暇も、心の余裕もありませなんだ」

「そうであったか」

旅人は甘い認識を内心愧《は》じた。

「それに、当時はあっしは二十五歳の水夫。憶良殿は四十歳過ぎの官人。少録とはいえ、れっきとした遣唐使節四等官の録事という、高えご身分でごぜえやした。口をきいたことさえござんせん」

遣唐使節四等官というのは、大使、副使、判官《ほうがん》、録事である。録事には大録と少録の二階級がある。憶良は少録、最下位の使節団員であった。現代風に表現すれば、議事録や日記、報告書作成担当の二等書記官兼秘書官であった。

「ほう……知己《ちき》ではなかったのか？」

旅人には意外なことばかりであった。

「ではゆっくりと話を聴こう」

旅人は横に侍っていた美人の遊行女婦《うかれめ》二人に、酒を数本追加させると、甚に、多い目の心づけを渡させ、退出させた。女婦たちは心残りするような仕草《しぐさ》で去った。

（二）水夫《かこ》の甚

甚が、ぐいッと酒杯を空けて、話し始めた。

「それでは水夫の立場から、大宝二年（七〇二）の遣唐使船の話から参りやしょう。あっしにとっても二十数年も昔のことを、こうして高貴のお方に久々に、いや初めて聴いてもらえることや、相対《さしむけえ》で酒《ささ》を頂けることも、生涯二度とありますめえ。光栄でやす。実はこの船旅の前に、憶良殿から話がありやして」

「エッ、何と申した？」

「へえ。――氏上殿に、もし訊ねられたら、唐の話は包み隠さずにお話し申し上げてよい――と」

「何？　憶良の了解を得ていると？……では、余が甚の船に乗ることも……もしや」

「へえ。すべて憶良殿のご手配でごぜえやす」

「いざという時には、大伴水軍になる船の筈だぞ」

「憶良殿は、かなりの船主《ふなぬし》、船長《ふなおさ》、水夫長《かこおさ》を意のままに動かすことができますする」

「まことか!?」

旅人は絶句し、一瞬、背筋に寒さすら感じた。（なぜ筑前守の憶良が？）

「今回あっしの役目は、――氏上殿と奥方、お子たちを無事筑紫《つくし》にお連れすること――でごぜえやす」

旅人は、佐保の館に夜更けて訪れてきた密使を想い出していた。

（病身の郎女と幼い子二人を佐保に残し、単身赴任しよう――と、考えていた。憶良の密使で、――何か裏があるな――と、予定を変えた……）

甚の話は続く。

「憶良殿はあっしにこう申されやした。『ある巨大な勢力が、何を仕掛けるや知れず。瀬戸の海賊に見せかけ、夜陰に紛《まぎ》れ船宿を襲うやも知れぬ。那大津に着くまで心せよ』と。それゆえ泊りは時折予定地を変えて参《めえ》りやした」

「そうか。それで通常の泊を避けたのか」

(憶良、いや、憶良殿は何とそこまで吾ら一家に気を配ってくれたのか。これには深い理由《わけ》があろう
……それは直接本人に尋ねよう。よし今夜は甚と憶良殿の実像に迫ろう)

「では話を戻しやしょう」

(酒など飲みながらのんびり聴く話ではないな)

想像を遥かに超えた展開に、旅人は酔えず醒《さ》めていた。

「あの時の遣唐使船は、約三十年ぶりの復活とかで、時の帝《みかど》、文武《もんむ》天皇は大変な力を注がれた。多くの貴族、豪族の子弟が、——栄誉ある遣唐使節の一団に選抜されよう——と、政府要人に働きかけたものだ。余も一時は副使か判官の候補になっていたようだ」

と、旅人が懐かし気に語った。

「左様でごぜえましたか。三隻の船のために、瀬戸内と西海道から、水夫が一隻に八十人ほか予備二十名、合計二百六十名ほどが集められやした。豊後海人部《ぶんごあまべ》のあっしらの里長《さとおさ》にも、海犬養家《あまのいぬかい》より、若者の募集が来やした。血の気の多かったあっしも応募致しやした。ど田舎の漁村から珍しく一人採用されたのは多分、速吸《はやすい》の海で漕ぎ馴れ、腕っ節が強かったせえでっしゃろ」

速吸は豊後水道である。今は関鯵《せきあじ》、関鯖《せきさば》で有名であるが、潮流の変化が激しい難所でも知られている。

「あっしが配属されたのは旗船《はたぶね》——旗艦——『佐伯号《さえきごう》』でした。執節使《しつせつし》・粟田真人卿《あわたのまひとけい》をお乗せしました。山上憶良殿は、真人卿に直属する録事でごぜえました。他の二隻には、大使・坂合部大分殿《さかあいべのおおわけ》と、副使の巨勢邑治殿《こせのおおじ》が分かれて乗られやした」

因《ちな》みに、執節使は押使や大使よりも上位の国使である。現代の特使である。

（そうであったな。あの時の大和朝廷は、大使の上に執節使を付けるほど、この遣唐使節の派遣を重要視していた。なにしろ白村江《はくそんこう》の惨敗以来絶えていた国交の回復という大きな課題を抱えていた。それゆえ朝廷の人選は慎重だった……）

旅人は往時を回顧していた。

甚は手酌して飲み干し、続けた。

「あっしの船に、二人の山男が水夫《かこ》として乗っておりやした。何でも大和の奥山の出身で権と助という名の若者でした」

「何だと？　山男が水夫に？」

「へえ。大和では粟田真人様のご領地の若者とかで、前の年の随員採用の時に、あっしらの船長《ふなおさ》に、——真人様から養成訓練を頼まれた——と、聞いておりやす。一年近くあっしらと共に、水夫の訓練を積んで参《めえ》りやした」

「ほう。——粟田真人卿は思慮深いお方であった——と聞いていたが、領地の山の若者に水夫の訓練を受けさせていたのか」

旅人は驚いた。

「権はあっしと同年。助はまだ二十歳《はたち》でした。二人とも中肉中背でしたが、なかなか柔軟な筋肉質で、力もごぜえました。何でも山ん中で、鹿や猪を追っかけていたようでがす。敏捷《びんしょう》じゃったなあ。難しい櫂《かい》の使い方、帆の張り方、舵の操《あやつ》り方までもすぐに会得し、あっという間にあっしら海人と同じ腕《うで》前《めえ》になったのにゃ、実際魂消《たまげ》ましたなあ」

「魂消《たまげ》る」とは、甚の故里《ふるさと》豊後の方言で、――魂が消えるほど吃驚《びっくり》すること――である。

「口数は、あっしら海人と比べりゃあ滅法静かで、黙って微笑《わら》っている連中でした。が、休みの時には、海岸近くの山から、山鳥や兎、猪などを獲ってきて、あっしらを喜ばせましたなあ」

旅人は権と助という山男にも興味をそそられていた。

「あっしらと、権と助は、ただの水夫仲間であり、それ以上深けえ関係はありませなんだ。ところが、ある出来事が縁で、兄弟《きょうでえ》以上の切っても切れねえ親密な仲になりやした」

「兄弟以上に親しいと？」

「へえ。それは往きの航海で、――もうすぐ唐だ――という時でしたなあ」

そこまで話すと、再び酒徳利から盃になみなみと注ぎ、ぐいッと、豪快に飲んだ。酒好きの旅人ではあるが、飲みたい気持ちを抑え甚の話を待った。

（三）暴風雨《おおしけ》

甚は、美酒と自らの想い出話に酔ったのか、次第に訛《なま》りの強い方言になっていた。

「それまで快晴に恵まれ、風を受けた船は順調に進んでおったんじゃが、前方に突然小さな黒雲が現れやした。これが見る見るうちに天空《そら》を覆い盡しましたんじゃ。あっしはあのような気味《きび》の悪《わり》い雲は、それまで見たことは無《ね》えんじゃ。それ以後もありませぬわ」

余程気味悪い雲であったのだろう。甚は思い出したくもないように、眉を顰《ひそ》めていた。

「風が急に強うなり、波浪《なみ》が高うなったんで、船長《ふなおさ》から『誰か帆を下ろせ！』と、命令が出やした。操作していた男の手から綱がぶっ飛んで、帆柱に巻き付き、どうしようもありゃせん。帆を急いで降ろさんと、船は転覆しやす。老練な先輩《せんぺえ》の水夫たちさえ尻込みし、船倉へ逃げ込む始末で……まるで龍が暴れ回っているような気がしやした」

旅人は、その光景を頭に描いていた。

「あっしが『よっしゃ、俺が行くぜ！』と、必死で帆柱のてっぺんまでやっと登って、縺《もつ》れを解こうと致しやした」

（なるほど、侠気《おとこぎ》のある甚ならやりそうだ）

「帆柱のてっぺんは前後左右に大きく揺れまする。その中で必死に作業致しやした。縺《もつ》れをやっと解いて、帆が降り始めた時でした。物凄《ものすげ》え一陣の強風が、吹き上げてきやした。どういうわけか分からんが、綱があっしの首に、生蛇のように絡みつき、他の綱にも手足が絡まれました。あっしは頭を下に、宙吊りになりやした。アッという間もなく、あっしは失神致しやした」

甚が話を止めた。その瞬間を想い出したのか、目を閉じ、頭を左右に振った。

（相当の悪夢であったらしいな……）旅人は静かに暫く待った。

甚は目を開けると盃に酒を注ぎ、咽喉《のど》に流し込んだ。

「甚ともあろう男が、気を失なったと?」

「へえ。目の前が真っ暗になり、薄れゆく記憶の中で、幽《かす》かに覚えていたのは『おかしら!……』と、叫んだ権の声だけでした。……気が付いた時にゃ嵐は静まり、船長《ふなおさ》と権と助が、あっしの顔を心配《しんぺえ》そうに覗き込んでおりやした」

「ふーむ」

「船長が『オウッ甚、気が付いたか!』と、厳《いか》つい顔をくしゃくしゃにして、涙を流し喜んでくれやした。あっしは船長に、『誰があっしを助けてくれたのか?』と訊ねやした」

「で、……誰だったのか?」

「船長はこう申しやした。『恥ずかしいというか、みっともねえというか、わしはあの凄《すげ》え風にぶっ飛ばされて、甲板の隅に這いつくばっておるのが精一杯《せえいっぺえ》じゃった。帆柱には新参の権と助がしがみつき、援《たす》け合って帆を降ろして居ったわ。そけえ、突然、船室から黒装束に身を固めた黒覆面の男が、短刀を口に銜《くわ》えスルスルッと、帆柱を登ったんじゃよ。まるで、猿《ましら》のようじゃったわ。権が何か声を掛けたようじゃが、風の音で分からん。その男は、短刀でお前《めえ》の首や手足に絡んでいた綱を断ち切り、おめえのでっけえ躰《からだ》を、どさっと権と助に投げ落とした』と」

旅人は固唾《かたず》を飲んで聴き入っていた。

「船長の話では『その男は帆柱を降りると、お前に当て身で活を入れ、お前の息を吹き返らせると、そのまま船室へ消えた。まるで夢を見とるような、ほんの一瞬の間じゃったぞ。船長のわしがこのままじゃいかんと、必死で這うようにして、お前に近づき、三人で船倉に運んだのじゃよ』と」

「その黒覆面の男は誰であったのか？」

「命の恩人ですけえ、あっしは権や助や船長に聞きやしたが、三人とも『見知らぬ男だった』というばかりでごぜえやす。だが、あっしは権の声で『おかしら！……』と呼んだのを、幽かにじゃが確かに記憶しておりやす。権や助の統領《かしら》は、粟田真人《あわたのまひと》様でごぜえやす。しかし真人様は七十過ぎのご老体であり、あのような猛烈な暴風雨の中で、帆柱によじ登られるような方ではござんせぬ。船の中にゃ留学僧、薬師《くすし》、陰陽師《おんみょうじ》、船匠《ふなだいく》、通辞など様々な人間が乗っておりやす。あっしはこのような身体能力を持っていそうな若者を中心に、恩人探しを致しやしたが、見つかりゃせん」

「見つからぬとは、解せぬが？」旅人は疑問を呈した。

甚がにやりと笑った。

「判ったのか？　誰だ？」

甚は、旅人を焦らせて楽しんでいるようであった。

「氏上殿も一杯《いっぺえ》飲んで、もう少しお聞きくだせえ」

（四）修行

「あっしらは陸《おか》に上がれば、荷物担ぎや従者に早変わりし、遣唐使節のお供をして洛陽《らくよう》にまで参《めえ》りました」

旅人はゆっくり頷いた。

「真人様の唐の朝廷での公式行事も一段落された頃だったと記憶しておりやすが、権と助が真人様に呼ばれやした。——録事の山上憶良殿に連れられて、郊外のお寺へ暫く仏道の修行に行く——との話でごぜえます。あっしは動物的な勘が働きやした」

「ほう。——勘が働いた——とな」

「へえ。——水夫が坊主の修行に行くのは妙だ。何かあるな？——と、気になりやした。録事の憶良殿は、平素口数は少ないおとなしい官人でごぜえやした。足腰、腕っ節が強そうには見えませぬ。だが、——山奥の出身ゆえに、山上《やまのうへ》の姓を名乗っている——と、小耳に挟んだことを想い出したんでごぜえやす。——山奥ならば木登りも……山上？……もしやあの黒覆面か？——と、思いましたが、証拠はありませぬ」

「うむ」

「そこで厚かましく憶良殿にこう願い出ました。『あっしも寺の修行に連れていってくだされ。嵐の中で命を生き永らえたのは、仏様のお加護でごぜえやす。命を助けてくださった権と助と共に、修行させてくだせえ』と」

「甚、実に上手い理屈を考えたな。それで？」

「何度も断られやしたが、こちとらも引っ込めねえ。憶良殿は遂にあっしに根負けされたのか、条件付きで同行の許可を得たのでごぜえやす」

「ほう。で、その条件とは？」

「寺での修行の内容は、たとえ船長、家族であろうが、一切他言《たごん》せぬこと――万一他言した場合は、……これでがす……」

甚は、右手で自分の首を斬る所作をした。

「では、余にも話せぬな」

「いえ。――旅人殿だけにはよい――と、今回憶良殿からお許しを得てごぜえます」

旅人は酔いが完全に醒めていた。頭の片隅に、突如、若き日々が浮かんできた。

（当時の甚が知っていたのは――粟田真人卿の録事、秘書官としての官人、それも中年にして末席少録の山上憶良――の筈だ。……だが……吾は――もっと若い頃の、舎人《とねり》の憶良――を知っている。

……そうだ！　あの頃……川島皇子の舎人だった憶良は、不思議な剣の腕前だった。誰と立ち会っても、誰にも負けない。しかし誰にも勝たない。引き分けの試合ばかりであった。――強いのか、弱いのか、さっぱり分からぬ男――と密《ひそ》かに名が通っていたな）

旅人は――帆柱を猿の如く登った男――と、聞いた瞬間に、（もしや、憶良か？）と、直感がかすめていた。

（その頃からすでになにかの首領《かしら》であったのか）

「甚、もしや、その寺の名は嵩山《すうざん》少林寺。修行は仏道ではなく、唐《もろこし》の古寺に伝わると仄聞《そくぶん》する武術、剣を使わぬ徒手空拳の唐手ではなかったか？」

甚は口で答えず、即座に黙って頭を下げた。間を置いて口を開いた。

「図星でごぜえます」

「その寺への旅で、――命の恩人が山上憶良――と知ったのだな」

「左様でごぜえます」

「委細よく分かった」

甚はまた盃を重ねて語りを続けた。

「この旅で、憶良殿が実に流暢《りゅうちょう》に唐人と話されることや、山男の権や助も、日常会話ぐれえはできることに驚嘆致しやした。そこで憶良殿に訊ねやした」

旅人はますます興をそそられてきた。

「で、憶良はどう説明したのか?」

「こう申されやした。『甚、異国の言葉はどこでも学べる。お前は船乗りで、あちこちの港の色街で遊行女婦《うかれめ》と遊ぶだろう。わが国には百済《くだら》の滅亡や、白村江《はくそんこう》の敗戦以来、多くの百済人が亡命して、苦労しながら生計を立てている。女婦《おんな》たちは情報通だ。色街や飲み屋、食事処で働いている渡来人を探しだして、これと思う者と仲良くなればよい。馴染《なじ》みになるもよかろう、彼あるいは彼女らの相談に乗り、便宜を図ってやれば、百済人の知恵や絆《きずな》を、韓《あや》の言葉以上に、お前に返してくるであろう。相手の身に己を置き換えて、考えて見よ。――異国で暮らす異国人の琴線《きんせん》に触れよ――ということだ。さすれば、お前は、点から線、線から面の知識と情報と語学力を得るであろう』と」

(知識、教養、語学力を、点から線、線から面で得ると……なるほどそういう発想か)

旅人は納得した。

「面白半分に人生を送り、女人を買って楽しんでいたあっしは、脳天をぶん殴られたような衝撃を受けやした」

「うむ。で唐《もろこし》の言葉は？」

「『那大津で学べ』と、言われやした。『那大津には唐の使節や交易の商人が来る。唐より日本に落ち着いた商人もいよう。船乗りを酒に誘えばよい。唐人の血を受けた遊行女婦を贔屓《ひいき》にすれば、女を抱いて寝物語を愉《たの》しみながら、生きた唐の言葉や学問が学べよう』と。あっしはこの時、――人を見て法を説く憶良殿の着想は凄え――と、感服致しやした」

（しかし、憶良自身は韓や唐の言葉を、何処で学び、読み書き会話が自由自在になったのであろうか？……しかも、遣唐使節の派遣や、大唐との交易は三十年間も途絶えていたのに？）

旅人は心の片隅に疑問を一つ持った。

（いずれ筑紫でゆっくり本人に訊ねてみよう）


「話が横道にそれたが、甚、少林寺の方の修行はどうであったか？」

旅人が本論に戻した。

「憶良殿は洛陽で公用がおありのため、すぐにお独りで引き返されやした。寺ではあっしら三名は頭を剃り、粗末な僧服を着て、沙弥《しやみ》の格好になりやした。仕事は飯炊き、風呂焚き、東司《とうす》の掃除、料理の下働きでごぜえやした」

「沙弥」というのは、出家をしてまだ正式に僧になっていない者をいう。

「甚は唐に厠《かわや》の掃除に行ったか、ハハハ」

甚は頭を掻いた。

「その合間に拳法と棒術を習いやした。あっしはずっと初級でごぜえやしたが、権や助は、すでに相当の武道家でごぜえやした。たちまち上級へ進みやした。あっしは力仕事じゃ誰にも負けねえと自慢しておりやしたが、日頃目立たねえ権や助の腕前にゃ、ぶっ魂消《たまげ》やした。二人とも樵夫《きこり》とか猟師とか卑下しておりやしたが、そんな者じゃありゃせん。――ひょっとしたら、粟田真人様の護衛の兵士か――とも思いやした」

「なるほど」

「二年の修行が終わる頃、憶良殿が迎えに来られやした。その時、寺から多くの経典を頂きやした。あっしらを連れてきた時、金子を渡され、蒐集を頼まれたようでがす。あっしら三名は、経典を牛車に積んで、洛陽に帰りやした。途中で僧服を脱ぎ棄てやした」

「水夫に戻ったのだな」

「へえ。仲間に合流した時、船長は『坊主の修行をしたせえか、甚よ、引き締まったいい顔になったのう』と、誉めてくれやした。多分、――読経三昧《どきょうざんまい》の日々だった――と、思い込んでいた様子でごぜえやす。あっしは、憶良殿との約束通り、船長にはもちろん、誰にも何も話しておりやせぬ」

「うむ。余が初めてか？」

「左様でごぜえやす」

（すると……ここ二十数年、誰も知らなかった……か）

「船長は『日本へ帰ったら、俺の娘婿になれ』と、半ば強引に、あっしを跡継ぎにされやした。船長は筑前宗像《むなかた》の海人部族でごぜえやす。そこであっしは、今、この船など十数隻ほどの船主にもなっておりやす」

旅人に閃《ひらめ》くものが走った。

（筑前国宗像だと！　大海人皇子（天武天皇）のご長子、高市皇子《たけちのみこ》のご生母は、宗像の豪族、宗像君徳善の女《むすめ》の尼子娘《あまこのいらつめ》様だ。そうか、遣唐使船を操るのは、玄界灘の荒波と海路を熟知している宗像の海人部族だったか）旅人の頭の中に、線から面が出来ていた。

「甚なら誰でも――婿に欲しい――と、思ったであろうぞ」

「いやいや、お恥ずかしい。ところで、洛陽でも帰りの船でも、再びあっしらは――録事・山上憶良殿と一介の水夫の立場に戻りやした」

「では……和歌は？」畳みかける旅人に、甚は右手を挙げた。

「咽喉《のど》が乾きやしたので、一杯《いっぺえ》飲まさせてくだされ」と、盃に酒を注いだ。

（五）帰心

「あっしが――和歌を学ぼう。憶良殿を生涯の師、いや心の主に頂こう――と、決心したのは、帰りの出港の日でごぜえやす」

「ほう、帰国の日とな」

「へえ。粟田《あわた》の大殿《おおとの》、……権や助がそう呼びやすけえ、あっしもいつしか『大殿』と呼ぶ癖がつきやした。その大殿が、三隻四百五十名の乗員を前に、こう申しやした。『皆の者、これまでご苦労であった。いよいよ帰国だ。力を合わせ、無事日本《やまと》へ帰り着こうぞ。録事、山上憶良、前へ出よ』」

甚は一呼吸置いた。

「憶良殿が全員の前に立たれやした。大殿は『出港に際し、喜びと祈りを籠めて、一首吟唱せよ』と命ぜられやした」

甚はいつの間にか姿勢を正していた。

「憶良殿は、大殿が立たれていた壇上に上がりやした。落ち着いた、よく透るお声で、感動的な名歌をご披露なされやした」

甚は目を閉じて、渋い低音で詠唱した。

(憶良になりきっているな……)と、旅人は受け止めていた。

いざ子どもはやく日本《やまと》へ大伴《おほとも》の御津《みつ》の濱松待ち戀ひぬらむ

「憶良殿がこの歌を朗唱されると、全員から『オウッ!』という海鳴りのごとき大歓声が湧き起こりやした。大きな拍手が続きやした。これまで渡海の苦労、暴風雨を乗り越えてきたあっしら、これから危険な大海へ乗り出す不安を抱えたあっしらしか、この歌の心は分かりませぬわ。今でも、この頭と身体が覚えておりやす。あっしは生まれて初めて、歌に胸の震えを感じやした。他の者もそうだったようでがす。憶良殿は『では合唱しよう』と、提案されやした。『ヨッシャー』と、喜びの大歓声です。二回目は四百五十名全員で斉唱致しやした。心が一つになり申した。いや、まっこと感動致しやした」

甚はうっすらと涙ぐんでいた。

「港に別れを告げに来ていた者、見物に来ていた者など、大唐《もろこし》の連中が、驚きと畏敬の眼《まなこ》であっしらを眺めていた様子は、今でも瞼《まぶた》に浮かびまする」

（そうであったか。これが名歌の背景であったか）旅人は歌の奥深さを共感していた。


「無事に那大津（博多）へ辿《たど》り着いた夜でごぜえやす。あっしは憶良殿に強引に頼み込んで、心の臣《しん》従《じゅう》を誓い致しやした。――これほど奥の深《ふけ》えお方を知ったのも、命を助けられたのも、何かの縁《えにし》――と、考えたからでごぜえやす」

「心の臣従――と、申したな」

「へえ。あっしの表の主は宗像《むなかた》家でごぜえますれば……」

「相分かった。憶良は受けたのか？」

「へえ。憶良殿は『お前は海人部族なれば、山部族の吾らとは同じ品部《しなべ》の仲間だ。終生《しゅうせえ》、世の為に尽くすお方に尽くすそうぞ』と、配下に認めてくだされやした」

「何？　何と申した？　――世の為に尽くすお方の為に尽くす――だと？」

「へえ。あっしも頭が混んがらがったんで、憶良殿に聞き返しやした。すると、こう申されやした。『粟田真人卿は、若い頃からご自分の出世や蓄財ではなく、――日本を大唐《もろこし》のような律令《りつりょう》国家、文化国家にしよう――と、大唐の文物や経典などの輸入を考えられ、国家建設に尽力されているお方だ。だから自分や権や助は、真人様が働きやすいように、尽くしているのだ』と」

「そうであったか。納得できた。ところで粟田真人卿が薨去《こうきょ》され、この世にいない今、そちが憶良に尚も仕えておるのは何故か？」

「憶良殿は、粟田の大殿とは別の形で、世の為に尽くされよう――と行動されているお方でごぜえますれば……」

「何？　別の形で？」

旅人は甚の話の展開に、次々と質問を発していた。

甚が、一瞬考えこんだ。

「それは……筑紫《つくし》で氏上殿より直接憶良殿にお聞きくだせえまし」

「うむ。そうしよう」

(憶良、いや憶良殿は、こうして海人部の甚を品部《しなべ》と説き、――世の為に尽くそう――と、筋をはっきりして、配下にしたのか……)旅人は感服した。

品部は皇室の賄いに、農産物や海産物を納める民である。山の幸、農産物は山部《やまべ》が、鮮魚海藻、貝類は海人部《あまべ》が納める。

(そうか。吾ら大伴一族は血統で結ばれている。彼らは精神で結ばれているのか)

「甚、そちの水夫から見た遣唐使節談には得るところが多かった。これを機に家持や書持にも、大唐《もろこし》や海人《あま》の話などをしてくれ」

「光栄でごぜえやす」

旅人は酒徳利を取り上げ、甚の盃に酒を満たした。自分の盃にもなみなみと注いだ。

「乾杯しよう」

二人は目と目で笑い合った。

（美味い！）

旅人は、久々に鬱屈《うつくつ》していた左遷の痼《しこり》を忘れていた。

「ではそろそろ宿舎に戻ろうか」

甚と酒食を共にした船宿を出た。星空が美しかった。

「明日も良い天気でやす」

旅人は道案内をする甚の後ろを歩きながら、道々の物陰に、黒衣の者たちが、二人を警備しているのを察知していた。

「念のために、腕の立つ奴を配置しておりますけえ、ごゆっくりお休みくだせえ」

「うむ。礼を申す」

道すがら旅人は思考していた。

（山上憶良――遣唐使節録事、伯耆守、東宮侍講、筑前守、歌人――いずれも表の顔だ。家柄がないゆえに万年従五位下の最下級の貴族であるが、衆目の認める優れた大宮人《おおみやびと》だ。……しかし今宵――これまで知らなかったもう一つの秘められた顔がある――と、知った。『首領《かしら》』……もしや……候《うかみ》の首領か？……筑紫《つくし》ではできるだけ早く、憶良とじっくり話をしよう）

旅人は、大伴一族郎党を率いる武将の顔になっていた。
その眼光の鋭さに、甚は酔いが醒めた。

第五帖　島門《しまと》見ゆ

大君の遠《とほ》の朝廷《みかど》とあり通《かよ》ふ島門《しまと》を見れば神代《かみよ》し思《おも》ほゆ
（柿本人麻呂　万葉集　巻三・三〇四）

（一）玄界灘

昼寝を十分とった家持兄弟は、甚に呼ばれて再び甲板に出た。

「若たちよ、岸を見られよ」

二人は驚いた。

「見事な松原じゃ。三津の濱松を想い出すのう、書持」

「はい」

船が航行しているのは、現在の福岡県芦屋町の新松原海岸辺である。

「船はのう、こうした白砂の岸には近付けぬ。――浅き瀬にこそ白波は立つ――という諺もある。岸に近寄って並行すると、横波をもろに受けて大きく揺れ、場合によっては転覆したり、座礁したりするんじゃ。横波は危険じゃ」

「だから少し波が高くてもこうして沖を進むのか」

「その通りじゃ。横波は、じぐざぐに斜めに切って進まねば危ねえのさ」

二人は甚との何気ない会話で、船の知識を随分得ていた。

松原が切れて岬へと進んでいた。

「若たちよ、この岬が鐘崎《かねざき》じゃ」

西国の海人たちは岬を「はな」とも言う。「突き出た場所」の意である。

鐘崎は現在の福岡県宗像市鐘崎である。

「岬を抜けて舵を左に切ると玄界灘に入る。すると前方に玄界島と志賀島《しかのしま》が見ゆるぞ」

二人は甚の海図と見比べていた。

「実はのう、神功皇后が三韓征伐の折に、この志賀島に立ち寄られた――との伝説がある。志賀島には志賀海《しかうみ》神社があり、安曇《あずみ》の海人族の本拠地じゃ」

「覚えておるぞ、甚。今朝早鞆《はやとも》の瀬戸を抜けた時、――岸に見える和布刈《めかり》神社の第五神は安曇磯良命《あずみいそらのみこと》だ。志賀島の神社の大神に祀られている――と説明された」

（家持殿は、何と素晴らしい記憶力の持ち主か！）

甚は驚き絶句した。一呼吸置いた。

「こういう和歌が詠まれておるのじゃ」

ちはやぶる金《かね》の岬《みさき》を過ぎぬとも吾《われ》は忘れじ志珂《しか》の皇神《すめがみ》

（作者不詳　万葉集　巻七・一二三〇）

「鐘の岬は響灘と玄界灘を分けるように突き出ているけえ、このように波が高《たけ》え。快晴《はれ》でも荒れ狂っておるわ。――その鐘の岬を過ぎてなくても、吾は海の神である志賀の大神を忘れませぬ――誰が詠んだか知らぬが、この海をよく往来した海人じゃろう」

「甚よ、詠み人知らず――というが、そちではないのか」

いつの間にか旅人が甚の背後に立っていた。

「これはこれは、帥殿、恥ずかしゅうござりやす」

と、甚が頭を掻いた。

旅人が続けた。

「甚、そちは宗像の海人部。この辺を本拠地にしている頭《かしら》に婿入りしているが、志賀島《しかのしま》は安曇族の海人であったな。宗像海人部と安曇海人部は仲いいのか？」

（さすがは帥殿だ。いい所を衝《つ》いてくる）

「へえ。それぞれ気位は高うごぜえやすが、吾らはともども宗像三女神を崇拝し、かつ安曇磯良命を祀る志賀海《しかうみ》神社を崇敬しておりやす」

「そうか。よく分かった。落ち着いたら宗像三社と志賀海神社に参詣しようぞ。その旨を、甚より四社に伝えておいてくれ」

「合点致しやした」

（帥殿は打つ手が早えわ。これも若たちへの現場教育だな）

大宰帥の内意を伝えることによって、宗像海人や安曇海人の中での甚の地歩はますます高まるはずである。甚は旅人一家にますます惚れ込んでいた。

余談であるが、この志賀島で江戸時代、天明四年（一七八四）百姓甚兵衛が水路を掘り起こしている時、金印を発見した。「後漢書」に書かれている漢の光武帝が、倭の奴国の使者に与えた「漢委奴国王」の五文字が刻まれている金印である。——どうしてこの小さな志賀島の、館でもない鄙《ひな》びた海岸近くの山畑に埋没されていたのか——いまだに謎である。

閑話休題。

「ところで歌の話でごぜえやすが、この玄界灘で起きた遭難者を悼《いた》んで、筑前守山上憶良殿が詠まれた挽歌をご存知でごぜえやすか？」

「いや知らぬ。筑前はどのような挽歌を詠んだのじゃ」

「十首ごぜえやす。その前にその水難の悲話と背景をお話し致しやす。大宰府政庁に関わりがありやすんで、帥殿のご着任前にお耳に入れておくのが良かろうかと……」

「何？　大宰府が絡む話だと？　それは是非知りたい」

旅人は身を乗り出した。

（二）荒雄追悼《あらおついとう》

「それじゃ、若たちにもいい機会じゃで、玄界灘の島々の事から始めやしょう。この海図をご覧くだされや」

と、甚が使い古した海図を拡げた。旅人親子三人が覗き込んだ。

「これが対馬その南にあるのが壱岐。九州九カ国とともに国司が置かれている島で、お父上帥殿の管轄される西国じゃ。この鐘崎からは遥か彼方で、島陰は見えぬ」

家持と書持は、甚の指さす彼方を眺めた。父が統括する海の広さに驚いていた。

「対馬には吾ら海人族全員が崇敬する古い神社がある。浅茅湾《あそうわん》という風光明媚で波静かな入り江の奥にある、豊玉姫を祀る海神《わたつみ》神社じゃ。山幸彦が木の上にいて、井戸の水を汲みに来た豊玉姫を見初めた場所だ。対馬は平地が少なく、島全体が急傾斜の山また山のため、島民は漁業でかろうじて生計を立てちょるんじゃ。壱岐島はこれと反対に、峻険な山はなく、島全体が平坦で、農産物が豊かにとれる。ずっと昔、百済復興の支援をするため玄界灘を渡っていった倭国の六万の大軍は、百済の白村《はくそん》江《こう》、――『はくすきのえ』ともいうがのう――ここで、大唐《もろこし》と新羅《しらぎ》の連合軍に惨敗した話は、知っとるかのう？」

「父と母から教わっている」

「その時負けた中大兄皇子、後の天智天皇は慌てて、韓半島から最も近いこの対馬に山城を築いて、防人を置いたんじゃ」

　少年は戦話が好きである。

「東国の防人たちは、この海を渡って、遠い対馬に行ったのか？」

「そうじゃ」

（大変だったろうな）少年家持が防人の苦労の一端を、初めて実感した瞬間であった。

　甚は兄弟に噛んで含めるように話を続けた。

「浅茅湾《あそうわん》を眼下に見下ろす金田城《かなたのき》の景色はいい。しかし、さっき話したように対馬にゃ農産物はできぬ。防人には食糧を本土から届けねばならぬ。その運搬の仕事を吾ら海人族が命ぜられてきたのよ」

　二人は深く頷いた。船上の話だけに理解が身体から入る。

「先年、大宰府の政庁は、筑前国宗像に住む宗像部津麻呂《むなかたべのつまろ》に、肥前国で集めた糧食を対馬まで運ぶ船頭役を命じやした。津麻呂は年を取っていたんじゃが、まだ元気だったので引き受けやした。ところが急に体調を壊したんで、志賀島に住む年若い友人の白水郎荒雄《あまのあらお》の所に行き、代役を頼んだのよ」

　具体的、かつ身近な話題になってきた。旅人父子は興味深く聴いていた。

「荒雄はあっしも知っとるが侠気《おとこぎ》のある男じゃった。こう言いやした。『津麻呂兄いよ、お主《ぬし》とは住む村も年も違うが、これまで船乗り仲間として、仕事を共にしてきた。勝手知った玄界灘じゃ。まあ遭難するこたーあるめえ。万一そげんことがあっても、親友のお主の為なら死ぬことも平気さ。誰かが運ばにゃ防人たちが飢え死しちまう。よかろう、引き受けた。任《まか》しておきな』と」

「なかなか言えぬことだな」旅人が感心した。

「あっしも同感でやす。荒雄は肥前国松浦県《ひぜんのくにまつらのあがた》の美禰良久《みねらく》の港から船を出し、対馬に向かいやした。ところが突如天候が崩れ、暴風雨《おおしけ》となり、遂に沈没し、荒雄は水死致しやした」

「可哀相に」書持が同情した。

旅人が尋ねた。

「妻子はいたのか？」

「へえ。荒雄の妻や子は、毎日海を眺め、門に立ち、荒雄の帰りを待ちやした。が、帰りませぬ。家族は悲嘆に暮れ、働き手を失った田や畑は見る見るうちに荒れ果てやした」

旅人は眉を顰《しか》め、頷《うなず》いた。

「この家族に同情された筑前守殿は、早速、挽歌十首を詠まれ、まとまった見舞金を添えて遺族に与えられやした。憶良殿を管轄する大宰府政庁のお役人のお立場や人間関係を慮《おもんぱか》られ、歌は『詠み人不詳』としておられやす。それゆえ、志賀島の村民は、憶良殿に感謝しておりやす」

「そうであったか」

(憶良殿は志賀島の安曇族だけでなく、全国の海人族の心を掌中にしたな)

と、旅人は事態を正確に理解していた。

「ではそん中の二首をご披露致しやしょう」

甚は静かに詠唱した。

大君の遣《つか》はさなくにさかしらに行きし荒雄《あらを》ら沖に袖振る

（作者不詳　万葉集　巻一六・三八六〇）

荒雄らが行きにし日より志賀の海人《あま》の大浦田沼《おほうらたぬ》はさぶしくもあるか

（作者不詳　万葉集　巻一六・三八六三）

「この二首は若たちにも説明なしで分かろう。一首目は――荒雄は、大宰府つまり天皇の直接の命令ではなかったが、自分から進んで行動して、波に呑まれてしまった――と、彼の侠気《おとこぎ》を詠んだ歌じゃ。二首目は――荒雄が逝《い》ってしまったので、働き手を失った田圃は荒れて寂しくなった――と、遺族の落胆と没落の実情を詠まれた」

（首領《かしら》の歌には粉飾はありませぬぞ。だからこそ心に沁《し》みますのじゃ）

と添えたかったが、甚は抑制した。

「大君の遣《つかは》さなくに……さかしらに……か。防人に糧食を届けさせねばならぬ政庁の立場。命令が出れば運ばねばならぬ船乗りの立場。義侠心ゆえに遭難した遺族の、何処へも当たり散らせない嘆き。なんとも心が痛む挽歌よ。家持、上に立つ時には、命令の出し方に心せよ、よいな」

「心得ました」

暫く船上に沈黙が続いた。波を切る舷側の音が、かすかに耳に入る。

皆、白水郎《あま》荒雄の冥福を祈っていた。

船はいつしか志賀島の沖にまで来ていた。

(三) 島門《しまと》見ゆ

「甚、あの白砂の連なりは何じゃ?」

と、書持が声を出した。

「『海の中道』と呼ばれちょる、名勝でござるよ。あすこを歩いていけば、そのうち那大津へ辿《たど》りつきますぞ、ハッハッハ」

甚が大笑した。

「志賀島《しかのしま》の向こう側にあるのが玄界島でござる。この二つの島の中間で、舵取りに舵を左に切らせるんじゃ。するとまた素晴らしい景色になるぞ」

船は甚の指示で方向を左に変えた。

前方に新しい島が現れた。彼方には筑紫の山や陸地が見えた。見事な景観である。

「能古島《のこのしま》じゃ。島の向こうの陸地が那大津《なのおおつ》(博多)よ。この能古島と志賀島を、那大津への門と見立てて、歌を詠んだのが柿本人麻呂殿でごぜえやす」

那大津が近いと聞いたので、郎女や家臣たちも次々と船上に集まってきた。

追い風を受けて船足は早い。

「甚、それではこれまでの船旅の無事の終わりを寿《ことほ》ぎ、人麻呂殿の歌を皆に披露するがよかろうぞ」

と、旅人が促した。

一斉に拍手が起こった。

「それではお言葉に甘えて……」

甚が潮風を大きく吸い込んだ。


大君の遠《とほ》の朝廷《みかど》とあり通《がよ》ふ島門《しまと》を見れば神代《かみよ》し思《おも》ほゆ

「人麻呂殿の歌は、さすがだ。格調が高いのう」

と、旅人は傍らに立つ郎女や、大伴百代《ももよ》ら家臣に感慨を述べた。

(これから三年間、その『遠の朝廷』の主となるか……)

「百代、首麻呂《おびとまろ》、四綱《よつな》、ほか皆の者よ。全員で人麻呂殿の歌を斉唱しようぞ」

「おうっ」

旅人を支える家臣団と船長の甚の水夫たちの、気合を込めた大合唱が流れた。

那大津でひときわ目立つ建物、筑紫館《つくしのむろつみ》が丘の麓にくっきりと見えてきた。

第六帖　遠《とお》の朝廷《みかど》

> 天皇《おほきみ》の　遠《とほ》の朝廷《みかど》と　しらぬひ　筑紫《つくし》の国は　賊《あた》守る　鎮《おさえ》の城《き》ぞと
> 聞《きこ》し食《を》す　……
>
> （大伴家持　万葉集　巻二〇・四三三一）

（一）那大津《なのおおつ》

甚の船は、予定通り夕刻、那大津（博多）に入港した。
海辺にこんもりと森が覆《おお》っている小高い丘がある。小さな島の様に見えた。その中腹にある大きな建物――筑紫館《つくしのむろつみ》に接した浜に、那大津の港が造られていた。

余談ながら、後にこの丘に福岡城が築かれた。第二次大戦後、城内に造られた元平和台球場は、当時の筑紫館の跡地である。現在遺跡の発掘が行われている。

港には溢れんばかりに人が集まっていた。寂しかった出発地、三津《みつ》（堺）とは大違いであった。

これまで大宰帥――西海道九カ国二島を統括する長官――は、朝議に連なる貴人の名誉職的な在京兼任が多かった。その場合、大宰帥の実務は、大宰大弐《だいに》が代行していた。大宰大弐は上席の次官であるが、実態は副長官であった。

例えば、大伴旅人の前任者、多治比池守《たじひのいけもり》は霊亀《れいき》元年（七一五）大宰帥に任命されたが、赴任していない。養老二年（七一八）に中納言、同五年（七二一）には大納言として政権の中枢にあった。

――正三位中納言の顕官《けんかん》で、前《さき》の征隼人持節《せいはやとじせつ》大将軍の武将、大伴旅人殿が、実際に大宰府に着任される――との情報は、西国の津々浦々にまで流れていた。

情報通の那大津の商人たちは、藤原一族に体よく京師《みやこ》を追放された武将旅人に同情していた。同時に、大宰帥の常駐赴任を大歓迎していた。

「那大津の誇る迎賓館である筑紫館《つくしのむろつみ》――後の鴻臚館《こうろかん》――での、外国の使節や貿易商人たちとの宴会が多くなろう」

「『遠の朝廷』に主《あるじ》が常勤されるので、各地の国守たちも頻繁《ひんぱん》に大宰府に来るさ。人の往来や物資の流通が増え、この那大津に活気が溢れよう」

「奥方やお子たちを連れてこられるそうだ。うちのかみさんや童《わらべ》も興味津々《しんしん》だ」

人々は、老若男女を問わず、わくわくした気分で一行の上陸を待った。

貴人は国境で出迎えるのが仕来《しき》たりである。港には旅人の直属の部下である大宰府政庁の高官や幹部官人が出迎えていた。

大宰大貳（副長官）　紀男人《おひと》
大宰少貳（次官）　石川足人《たりひと》
同（次官）　石川君子《きみこ》

などである。

大宰府政庁の官人たちの背後に、筑前《ちくぜん》国の国府《こくふ》の役人である国司《こくし》や、その他西国各国の国司たちがいた。その中に、筑前守山上憶良が控えめに立っていた。
　那大津を統治しているのは、筑前国の国守、山上憶良である。旅人とは知己《ちき》である。しかし、律令制の下では、筑前国守であっても、大宰府政庁の管理下である。憶良は立ち位置を弁《わきま》えていた。

旅人の家臣、大伴首麻呂が豊後守として着任するので、豊後の国司が数人来ていた。政庁の兵と共に、防人たちが多数警備についていた。大宰府の裏山、大野山にある大野城《おおのき》の防人《さきもり》たちであった。正三位中納言、大宰帥を出迎えるだけではない。これから直属の上司になる防人司佑《さきもりつかさのすけ》に就任した豪勇の士、大伴四綱《よつな》をも出迎える。防人たちは緊張した面持ちで要所に立っていた。港の周辺には久々に活気と緊張感が溢れていた。

旅人が出迎えの役人たちと挨拶している間、家持と書持は港に係留されている様々な形の船を、興味深く眺めていた。和船とは明らかに異なる大型の船が、数隻停泊していた。派手な旗が帆柱に翻《ひるがえ》っている。船上では見慣れぬ服装や髪型の乗員が忙しそうに働いている。

(異国の船だ!)二人は荷揚げを指揮している船長《ふなおさ》の甚に近寄って訊ねた。

「甚、あの船は何処《いずこ》の船じゃ?」

「若たちよ、こちらは唐《もろこし》、あっちは新羅《しらぎ》の船じゃよ」

「――那大津には外国から船が入る――とは聞いてはいたが、やはりそうか……」

兄弟は目を輝かせて眺めていた。

「那大津はのう、昔から異国の使節や商いの船が来る港じゃ。日本から唐や新羅へ行かれる使節団も、この港から出航される。そのため外国の使節や商人《あきんど》を接待し、遣唐使や遣新羅使の人たちが宿泊される公館が設けられておるのじゃよ。ほれそこに見える大きな館よ。『筑紫館《つくしのむろつみ》』という名じゃ」

「――つくしのむろつみ――か」

「そうじゃ。最近は大唐《もろこし》の施設に真似て、『鴻臚館《こうろかん》』とも言うようじゃが、あっしらは昔通り筑紫館と呼んじょる。そこでは国と国との政事《まつりごと》の話だけでなく、唐や韓半島の商人たちと那大津の商人たちが、商談つまり物品の売買の話もしちょるんじゃよ」

甚が二人に説明したように、筑紫館は迎賓館と、高官や外交使節団の宿泊所、および公設の貿易取引市場の性格を兼ねていた。

「若たちは今晩と明晩、筑紫館で泊り、母御の旅のお疲れを癒された後、明後日、太宰府のお館へ行かれる――と、聞いちょるぞ」

「父上はそう申されていた」

「今夜は唐風の料理も用意されちょるじゃろう。ここの膳夫《かしわで》はなかなか腕が良い——という評判じゃ。唐料理はこってりして美味いぞ」

「兄上、唐の料理を早く食べてみたいな」

書持は空腹を感じて唾をのみ込んだ。

筑紫館の正面に立った家持は後ろを振り返った。これまで船旅をしてきた那大津の海が広がっていた。夕陽は西の山に沈もうとしていた。空はいつしか夕焼雲であった。志賀島《しかのしま》や玄界島や能古島《のこのしま》が浮かんでいる。奈良では見たこともない光芒《こうぼう》の広がりであった。

(吾らをお守りくだされ……)家持は自然に落日に手を合わせ、頭《こうべ》を垂れて祈っていた。

弟、書持が真似ていた。

(見事なお子たちよ。大成されよう)船旅を共にした甚は、確信していた。

(生涯、わが宗像海人部一族を挙げて、二人を見守るぞ!)と、決意した。

「では若たちよ、暫くさらばじゃ」

「甚、また会おうぞ。有明の海に連れていってくれる——との約束忘れるな」

甚は頷《うなず》き、くるりと背を向け、一度も振り返らずに船に戻っていった。何故か甚の頬に涙が流れていた。

（二）街人の視線

筑紫館で船旅の疲れを取った旅人の一行は、港へ出迎えに来ていた太宰府の防人軍団の兵士たち五十人ほどを従えて、館を出発しようとしていた。

出発に先立ち、大伴郎女《いらつめ》は一人の初老の女人と、手に手を取って、別れを惜しんでいた。女は楓《かえで》という名である。官女ではない。民間人である。唐や韓半島の雑貨をも扱う大店《おおだな》「倭唐屋《わとうや》」の未亡人であった。家業は息子が継いで、本人は悠々自適の生活をしていた。交易の仕事をしていたので、唐や韓の言葉に流暢《りゅうちょう》であっただけではない。気配りの利く才媛であった。筑紫館に貴人が宿泊するとか、外国の使節を迎えて宴会を催す時に、臨時に雇われる若い乙女たちを統率《とうそつ》し、貴人や使節の接遇を落ち度なく取り進める重要な役割を任されていた。歴代の大宰府の高官たちが、宴会の都度重用していた。

「楓、この二日間随分世話になりました。あなたの気遣いで、船旅の疲れもすっかり取れました。ありがとう。太宰府の館の方にも遊びに来てくだされ。この地のことなどいろいろ教えてくだされ」

「お役に立ちましたら嬉しゅうございます。私でよろしければ、いつなりともお声を掛けていただければ、坂本のお館へ参上致します」

大伴郎女は、奈良の都でも珍しいほどの美貌と才能を持ち、それでいて気取らない楓の人柄に、たちまち好意と親密感を持っていた。

（西国の女人には温かみがある……）と、本能が感じていた。

「郎女、では参るぞ。輿《こし》に乗るがよい」

そう言って、旅人は供の曳く栗毛の馬にひらりと乗った。家持も書持も武人の子である。父にしたがってそれぞれの馬に乗った。

行く先の太宰府は、この筑紫館のある那大津から東南へ約二里半（十粁）の地である。ほぼ一直線に大通りが延びていた。那大津の街中はもとより、郊外の沿道まで、何処から集まったのか、老若男女が犇《ひし》めいていた。理由があった。

大宰帥は、身分の高い皇親か、中納言以上の高官が任命される。しかし、前に述べたように、長い間、中央政権の貴族たちの在京兼任が続いていた。専任常駐の帥《そち》を迎えたのは久々である。しかも、今回は正妻や嫡男の帯同である。

西国九カ国二島を治める長官の赴任を歓迎する敬意とともに、京師《みやこ》の貴人、貴婦人、貴公子を実際に見る興味も大きかった。町人も農民の男女も、路上に坐っていた。

浅紫色の狩衣《かりぎぬ》。やや濃い同色の指貫《さしぬき》の袴《はかま》。立烏帽子《たちえぼし》を頭にして、ゆったりと馬上に坐す大伴旅人の、雲母《きらら》な姿を、皆、惚れ惚れと見上げていた。浅紫は、服制に定められた二位、三位の色である。

実は、筑紫の民百姓が、旅人の姿を見るのは初めてではない。

七年前の養老四年（七二〇）、大隅隼人《おおすみはやと》の乱の折に、征隼人持節大将軍、——天皇より軍事の全権を授かった大将軍——として、那大津に迎えていた。再び拝顔できる喜びと親しみがあった。しかし、その時は凛々《りり》しい甲冑《かっちゅう》姿の武将であった。

今回は、大宮人の常用略服である狩衣装束《かりぎぬしょうぞく》の姿である。

（なるほど、京師《みやこ》での正三位の大貴族のお方は、このように優雅な装束なのか！）

と、感服していた。

女たちは、大伴郎女に目を凝らしていた。

郎女の頭髪は宝髻《ほうけい》——菩薩像の頭上のように二つの環型の髻《もとどり》——に編まれていた。宝髻は玉で飾られた金のかんざし——釵子《さいし》——で留められている。貴婦人の礼装の時の髪型である。上衣は、夫と同じ浅紫、上衣に羽織る袖のない唐衣《からきぬ》は黄色の縁取りをした赤色、同じ模様で細身の紕帯《そえおび》、旅人と同色のやや濃い浅紫の裙《もすそ》を着けていた。京師での貴婦人の礼装である。

（わたしの命はそう長くない。那大津や太宰府の人々に敬意を示したい……）

との郎女の意思表示であった。

下男が柄の長い日傘を差し掛けていた。ほのかな薄紫色の枲《むし》の垂れ《た》絹《ぎぬ》——イラクサの繊維と絹で織った薄いヴェール——の着いた傘であった。病身の義姉《あね》を心配して、旅人の妹坂上郎女《さかのうえのいらつめ》が考案した傘であった。垂衣の着いた市女笠が普及するのは後の平安時代であり、この頃にはまだなかった。

那大津の女たちには貴婦人の装束など生まれて初めて見る機会であった。興味の的であり、そのまま話の種になる。見事な浅紫の濃淡の色彩の調和であった。

病のために顔色はよくなかったが、薄化粧をしていた。容姿は流石《さすが》に雅《みやび》である。

垂れ絹のため実際の素顔は見えないが、筑紫の女たちは、見えているような錯覚に陥っていた。

「やはり京師のお方は違うなあ」「上品だなあ」

輿の上の郎女は、――夫と自分は、好意を持って歓迎されている――と、直感していた。

（旅人殿についてきてよかった。奈良の街の中の、突き刺すような様々な視線とは大違いだわ。筑紫は、人も空気も視線も温かい……）と、安堵していた。

（三）崎守《さきもり》

郊外に出て暫くすると、さすがに沿道の人影は少なくなった。

旅人は後ろに続く家持と書持を振り返った。左手で、左前方の山を指さした。

「二人ともあの山を見よ。大野山だ。山城が見えるだろ。あの山麓に大宰府がある。大野城《おおのき》は『遠《とお》の朝廷《みかど》』大宰府を護る『鎮《おさへ》の城《き》』ぞ。城を護る防人《さきもり》たちは、東国からはるばるこの地に来ているのじゃ。妻や子を故郷に残してな。――日本に異国の侵略は許すまじ――と、日夜、暑き日も寒き日もなく、厳しい勤務をしていることを忘れるではないぞ」

「相分かりました」

父子の会話は、供に従う防人たちの耳に入った。

（さすがは大伴の氏上殿だ。吾らのことを……仕え甲斐がある……）と、喜んでいた。

それだけではなかった。

「防人たちの詠んだ歌を、そなたたちに二つ三つ教えよう。妻子との別れの辛さを、生々しく吐露している。心して聴くがよい」

旅人は、馬上で呼吸を整え、声を抑えて唱った。

防人《さきもり》に立ちし朝けの金門出《かなとで》に手放《たばな》れ惜しみ泣きし児らはも

（東歌・防人　万葉集　巻一四・三五六九）

葦《あし》の葉に夕霧立ちて鴨《かも》が音《ね》の寒き夕《ゆふべ》し汝《な》をは偲《しの》はむ

（東歌・防人　万葉集　巻一四・三五七〇）

「防人に夫を出さねばならぬ妻の悲嘆や、使役に夫を取られなかった女への羨望の歌もある。防人たちは――大君の命かしこみ――この筑紫まで出てきているが、背後には妻子や老父母など家族との辛い別れがあること、ふたりとも忘れるな」

「肝に銘じておきます」

「では防人の妻女の心を唱うぞ」

防人《さきもり》に行くは誰《た》が夫《せ》と問ふ人を見るが羨《とも》しさ物思《もひ》もせず

（防人の妻　万葉集　巻二〇・四四二五）

天皇の命令とはいえ、東国からはるばるこの筑紫に使役を命じられた防人たちには、平素屈折した心理があった。

――防人……もともとは崎守である。国防の最前線に立つ――という大義は、頭では分かっていても、老父母や妻子との別離の情は、心の奥底に沈潜している。

旅人の、情を抑えた控えめな詠唱を、防人たちは神経を集中して耳にしていた。

彼らから「おうっ」という、嗚咽《おえつ》にも似た響動《とよみ》が起きた。

(帥殿は、俺たちや家族の気持ちをご理解されておられる……)

(ご着任早々に、吾らのことをお子たちに話された……)

旅人は一瞬にして東国人の心を掴んでいた。

家持は、この時の父の教訓と、防人たちの感動の響動《とよみ》を終生忘れなかった。後年、兵部少輔(軍務次官)の要職に就くや、防人やその家族の歌を集めた。自らも父の教えを長歌に詠んだ。

天皇《おほきみ》の　遠《とほ》の朝廷《みかど》と　しらぬひ　筑紫《つくし》の国は　賊《あた》守る　鎮《おさへ》の城《き》ぞと　聞《きこ》し食《を》す

……(以下略)

(四)　鎮《おさへ》の城《き》

父、旅人が指さした大野山を、家持は目を凝らして視た。山腹や山頂に、木々の間から石垣や建物が見えた。大野城である。

家持は、防人たちの先頭にいた大伴四綱《よつな》を呼んだ。

「四綱は防人司佑《さきもりつかさのすけ》（副官）だが、あの山城も管理するのか？」

「左様」と、四綱が顎鬚《あごひげ》をしごきながらほほ笑んだ。

旅人が家持に説明した。

「家持、四綱の役目はあの山城だけではない。太宰府の防人軍団は、更に南にある基肄城《きいのき》や、対馬《つしま》の金田城《かなたのき》、さらに、間もなくこの道の前方に姿を見せる水城《みずき》にも配備されておるのじゃ。四綱は、これらの城や防人軍団を統括する長官の余を補佐する要職に就くのじゃ」

髭面の四綱が嬉しそうにニヤッと笑った。

「四綱、いい機会だ。太宰府までの退屈しのぎに、大野城の事を分かりやすく二人に説明するがよい」

「承知仕《つかまつ》りました」

四綱は乗馬を家持と書持の間に割り込ませた。

「では、この大野城の築城の話から始めましょう。若たちはすでに承知と思うが、倭の国は天智二年（六八八）、百済の白村江《はくそんこう》で唐と新羅の連合軍に惨敗致した。この戦で総指揮を取っていた中大兄皇子――当時は僭称《せんしょう》天智天皇――は、おおきな衝撃を受けられた。――唐・新羅連合軍が、余勢を駆って倭国に侵攻してくるのではないか――と怖れられた」

二人は頷いた。

「唐・新羅が攻めてくるとすれば、西国、その中心地の筑紫でござる。防衛の対策として、天智帝は、第一に、筑紫大宰を那大津から、内陸の奥地、今の太宰府に移された。第二に、その防衛陣地として二つの山城――大野城と基肄城――と、平地には水城の築城をなされた。第三に、西国から奈良までの間の瀬戸内の山々にも、多数の山城を構築された」

そういって、四綱は左右の兄弟を見て、理解を確認した。

「それだけではない。四綱は第四の対策として、天智六年（六六七）、帝《みかど》は京師《みやこ》を飛鳥《あすか》から近江《おうみ》へ移された。仮に瀬戸内海の防衛陣地が破られても、近江であれば飛鳥の地よりも防衛しやすく、かつ、万一の場合、東国へ逃げやすい。さらに、近江国には百済からの帰化人など、帝が中大兄皇子時代からの支持者が多かったこともある」

（四綱よ、遷都の真の理由は、唐や新羅の軍の侵攻を怖れたのではないぞ。六万とも伝えられる将兵の大半を、白村江で敗死させた中大兄皇子、天智帝に対して、古来の豪族たちは怒っていたのさ。飛鳥周辺はじめ全国各地の在来豪族の反乱の方が怖ろしかったのさ。その証拠に、豪族たちは中大兄皇子の天智即位をなかなか承認しなかった。……これは皇室の秘話になっているので黙っておこう）

と、旅人はそ知らぬふりをして、聞き流していた。

弟の書持が四綱に質問した。

「天智天皇はそれほどまでに唐や新羅を怖れていたのか」

「左様でございます。白村江の戦いは、伝え聞くところでは大惨敗で、当時の総指揮官であった中大兄皇子――僭称《せんしょう》の天智帝――は、恐怖に引きつった顔で、飛鳥では落ち着きがなかったそうです。これは内々の話にしておいてくだされ」

「分かった」

「倭国の津々浦々から集めた六万の兵を率いた天智帝が、百済復興の応援軍を出された際、百済の国民が唐、新羅の侵攻に怯《おび》えていることに驚かれた。さらに白村江の戦闘で、倭国の船や装備では、唐、新羅の軍船や軍備に立ち向かえないことを、肌身に沁みて知られた。それで――百済の王や武将たちが築いていた山城《やましろ》や水城《みずき》を、倭の国にも急いで構築しなければならぬ――と、ご決断された」

家持兄弟は武人四綱の軍事談義を、一言も聞き漏らすまいと、熱心に耳を傾けていた。

「しかし倭の国には、太古の時代は別として、国を二分するような内乱や他国から大軍団で侵攻された例はありませぬ。それゆえ都を防衛する陣地として、山城を築く発想も必要もなかったのです。せいぜい館の周囲に柵を造り、堀や濠を掘り巡らす程度でありました。倭の豪族、武将には築城の経験も、知識も、技術もありませぬ。そこで天智帝は、白村江での大敗で倭国に亡命してきた武将の中で、築城の名将を探されたのです。天智四年（六六五）三人の百済の武将が朝廷に召し抱えられた」

「何という名じゃ？」

「憶礼福留《おくらいふくる》、四比福夫《しひふくふ》、それに答本春初《とうほんしゆんしよ》と申します。憶礼と四比の両名が、六年の歳月をかけて築いたのが、大野城《おおのき》と基肄城《きいのき》、それに、日本では珍しい水城《みずき》でござる」

「答本とか申すものは？」と、家持が訊ねた。

（さすがは若、聞き漏らしていないいな）

「答本春初は長門国《ながと》（山口県西部）に築城しました」

「なるほど、敗走した天智帝の西国防衛策がよく分かった」

「四綱、先ほどから水城の言葉をよく聞くが……」と、書持も質問する。

「これは失礼しました。水城はもうすぐ現地に着きますので、その折に説明することにして、あの大野城をもう少し語りましょうぞ。と偉そうに申しても、それがし現地は、以前、大隅隼人の乱を鎮圧した帰途に、大将軍だった氏上殿のお供で訪れておるが、その時は物珍しさに観ただけじゃ。だが今度はわしの仕事じゃ。昨夜、防人たちから城の詳細を聞いた。だから数字は一夜漬けの受け売りでござるよ。わっははは」

と、四綱は豪快に笑った。

「防人たちの話じゃと、北側に谷を取り込んで、ちょうど馬蹄《ばてい》型になっている尾根に、延々一里半の土塁を巡らしているそうじゃ」

「山の頂上に一里半だと？　信じられぬ」

家持が驚嘆した。

「左様。桁外れに巨《おおき》い。それだけではない。抱え込んだ谷を渡る部分は、石塁を築いておる」

「ほう。で、山に入る城門は？」

「北に一カ所、南に三カ所ある。この山城の中に、七カ所七十棟の建屋が造られておる。防人たちの住居や倉庫よ。防人たちは城内に山畑を作り、野菜などを自給自足しておるのじゃ」

「防人たちは大変じゃのう、四綱」と、書持が同情した。

四綱、家持、書持の前を行く旅人が振り返って、兄弟に声を掛けた。

「家持、書持。早い時期に四綱に大野城を案内してもらうがよい。百済《くだら》式の堅固な山城を、実際に自分の眼で確かめよ。その際に、防人たちの苦労をよく見聞し、心に留めておくがよかろうぞ」

「相分かりました」二人が神妙に応えた。

(兵士想いの氏上殿だ。だからわが大伴は結束が固い。他国の民にも信望が厚い……)

四綱は、武将旅人を誇りにしていた。

旅人の周辺で警備についている防人たちは、親子の対話を直に聴いている。

(帥殿だけでなく、お子たちも素晴らしい!)

言葉にならない深い感動が、彼らの体の中に湧き上がっていた。

(五) 水城《みずき》

「四綱、前方に見えてきた横長の線は何ぞ？　土手か？」

と、書持が訝《いぶか》った。左手に聳《そび》える大野山の山裾から、右手の脊振《せぶり》山地へ繋《つな》がっている。

「若、あれが有名な水城よ。もう少し近づくと、よく分かるぞ」

「父上、四綱と先へ参ります。兄上も行きましょう」

三人は、馬を馳せた。

巨大な土塁《どるい》、大きな堤と分かった。土塁の高さは七間(約十三米)ほどもあろうか、見上げるほど高い。土塁の手前は幅広い濠《ごう》になっており、深々と水を溜めている。

「四綱、濠の幅は三十間ほどありそうじゃな」

と、家持が目測していた。

（さすがは武将の子息だ。よく距離を読むわ……）武人四綱は内心舌を巻いた。

「お見事でござる。三十三間（約六十米）と聞いております。仮に、唐や新羅の軍が那大津に上陸し、一気にここまで攻めてきても、矢は向こうの堤までは殆ど届きますまい。たとえ届いたとしても、勢いは弱まって、へなへな矢でしょうな。濠の底は泥でござる。甲冑を身に着けていては到底渡ることはできませせぬ。馬も足を取られましょう」

「仮に泳いで渡っても、堤の急な傾斜面はよじ登れぬな」

「その通りでござる。登る前に、わが守備軍の矢の餌食となりましょう」

「堤の向こう側はどうなっておるのじゃ」

「後で、この堤を越えれば分かりますが、緩《ゆる》い傾斜面と底の部分は平坦な道になっております。守備の兵が移動しやすいように、段丘にしているのでござる」

「なるほど、納得した。ところで水はどういう風に溜めるのじゃ？」

「良き質問でございますな。それがしも防人に聞いたところ、大堤のあちこちに、土深く樋《とい》を通しておるそうじゃ。つまり、堤の内側に溜まった水を、取水口《しゅすいこう》に集めて、樋で外側の濠に流し込んでいるのよ」

家持、書持は百済の土木工事に感嘆していた。

濠の端に頑丈そうな門構えの柵があった。

「西門の関所でござる。大堤の東の端にもござる。太宰府に入るには、否応なしに、この東西いずれかの関を通らねばなりませぬ。つまり、この両門に防衛陣を敷けば、敵は一本道を縦列で来ざるをえないから、防衛は易しい。逆に、攻める方は深手を負うことになる。さらに、東門の場合には、敵の縦列には大野山から軍勢が一気に駆け下って、横手から攻める」

「なるほど、それも太宰府を護る百済兵法か？」

「左様。山城と水城を組み合わせた、このような巨大、かつ、堅固で効率の高い防衛陣地は、飛鳥にも奈良にもござらぬ。いや、日本中のどこにもありませぬ」

家持兄弟は、平地を横切る、いや、閉塞するような大堤に圧倒されていた。

一行は西門から水城の土手に上がり、堤の道を東へ進んだ。七間の高さから見下ろす左右の景観は素晴らしかった。


堤の上にはいつしか大勢の人影が並んでいた。

「この水城から内側が太宰府でござる。それゆえ太宰府の官民は、この先の東門で帥殿を出迎えるのよ。これを此の地の人は『水城迎え』と言うそうじゃ」

当時、国守や中央政府からの高官を、国境で出迎え、あるいは見送るのが儀礼であった。

「では、吾らが帰る時は、此処で『水城送り』か」

と、書持が言った。

「その通りと言いたいが、『水城別れ』と言うらしい。『別れ』の方が何か情緒があるのう。若たちは三年後、此処でまた大勢の者に送られるのじゃ」

東門の関所には、那大津で会った大宰府政庁の官人たちと、筑前守・山上憶良の率いる国府の役人らがずらりと並んでいた。その背後や周辺には、太宰府に暮らす庶民が群がっていた。

――『遠の朝廷』に、待ちに待った主《あるじ》、大宰帥が着任してくださった――

――大宰府政庁のある街、太宰府らしくなる――

官民挙げて歓迎の雰囲気が、盛り上がっていた。何処からともなく大拍手が湧き起こった。

旅人は、馬上でゆっくりと右手を挙げて応えた。さらに大拍手となった。

一行は大貳紀男人の先導で太宰府の街に入った。

爽やかな晩秋の陽であった。

(奈良よりも天が広く、空が澄んで高い)と、家持は感じた。

大野城《おおのき》は目の前に聳えていた。

(賊《あた》守る鎮《おさへ》の城《き》ぞ)と、心強く感じた。

兄弟は姿勢を正し、武将の父の背後に馬を進めた。

今宵から起居する坂本の丘の帥館《そちやかた》が見えてきた。

第七帖　年賀

沫雪《あわ》のほどろほどろにふりしけば平城《なら》の京師《みやこ》し思ほゆるかも
（大伴旅人　万葉集　巻八・一六三九）

（一）奥座敷

玄界灘からの北風が太宰府に粉雪を運んできた。奈良佐保の里にはない寒さであった。すぐに年が明けて、神亀五年（七二八）となった。

元旦、年賀の儀式は、奈良の宮廷に準じて、「遠の朝廷」と呼ばれる大宰府政庁の正殿で行われる。式典の最後に、長官である帥の旅人から、政庁の高官や、西国九カ国から集まった国守たちに、賀詞が下される。

天皇の名代である旅人は正殿奥の椅子に座った。平城京の大極殿《だいごくでん》では、玉座《ぎょくざ》の場所である。

旅人の前に立ち並んでいるのは、直属の部下である大貳——副長官・上席次官——の紀男人《きのおひと》、少貳——次官——の石川足人《たりひと》と石川君子《きみこ》、大監《だいげん》・大伴百代、防人司佑・大伴四綱《よつな》などの高官や、少監、大《たい》典《てん》、少典の地位にある四等官の官人たち。国守は、筑前守・山上憶良、豊後守・大伴首麻呂《おびとまろ》など。さらには、造観世音寺《かんぜおんじ》の別当である沙彌満誓《しゃみのまんぜい》ら、五十余名であった。

神司《かむづかさ》により、元旦の儀式が進められた。

旅人は常套的《じょうとうてき》な賀詞と訓示をした後、

「昨年は聖武天皇と光明子夫人の間に、御子基王《もとい》がお生まれになり、かつ皇太子になられた。まことにおめでたいことだ。新しい年とともに、寿《ことほ》ぎのお神酒《みき》を、皆で干そう」

と、祝杯を挙げた。

儀式が終わると、旅人が憶良を手招きした。憶良の耳元で囁いた。

「憶良殿、折り入って話したいことがある。このあと、坂本の吾が館へお立ち寄りくだされ」

(はて帥殿は、筑前守と呼ばずに、名前で呼ばれた。しかも、敬語で……なぜ？……)

旅人の館では、奥座敷に通された。

正三位・大宰帥として、九州九カ国の国守たちの上に君臨する大伴旅人が、従五位下の最下級貴族——筑前守とはいえ、一国司を、公邸の奥座敷へ招き入れるのは、異例である。

憶良は緊張して主を待った。唐物の壺に、松竹梅が活けられ、水仙が三本ほど添えられていた。梅と水仙の馥郁《ふくいく》とした香りが、部屋の中に漂っていた。

(壺は唐三彩《とうさんさい》か。いい色だ……)

遣唐使節の一員として、大唐に滞在した経験のある憶良は、一目で、窯を見分けていた。

（奥方様が活けられたのか……姿がすっきりしている……）

憶良はしばし壺と花に見惚れていた。

襖《ふすま》が開き、平服に着替えた旅人と、薄紫の上衣に、小柄な身を包む妻女、郎女が姿を見せた。白檀《びゃくだん》の薫りがゆらりと流れた。

旅人と郎女が、床柱を背に着座すると、憶良は、郎女に賀詞を述べた後、体調を伺った。

旅の疲れだけとは言えない、蒼白い、生気のない顔であった。

（ご病気はかなり進んでおられるな……）

旅人が口を開いた。

「そなたは、今日より、この館の内では、国司・筑前守ではない。長屋王のお館での文藝仲間の憶良でもない。前《さき》の東宮侍講として、『憶良殿』と呼ぶゆえ、よろしく――」

憶良は、予想もしなかった旅人の口上に、仰天《ぎょうてん》した。

「滅相もございませぬ。帥殿、そのような御冗談はおやめくだされ」

と、頭を下げ、右手を頭上で大きく振った。

「いや、冗談ではない。まじめな話だ。頭を上げて、余の話を聞いてくれ。本日、そなたを私室に招いたのは、二つの理由がある。一つは、赴任の船便手配など謝辞かたがた、少し詳しく聞きたいことがある。今一つは、個人的に、格別の頼みたい案件があるからじゃ」

「山上様。わたくしの病気をお気遣いいただき、船便ありがとうございました。どうぞ、主人の申す案件をお聞き入れくだされ。わたくしも……この通り」

と、郎女は深々と頭を下げた。

憶良は、まだ困惑しながら、訊ねた。

「さて、ご質問の事柄やご依頼のご用件とは、いったい何でございましょうか？」

「まずは大宰帥の発令を受けた際に、わざわざ九州から、早船・早馬をもって、――このたびは、家族を同伴し、那大津（博多）の甚の船の利用を――と、強く勧められた。何分にも、筑紫は京師《みやこ》より遠い。郎女は病身、家持、書持は少年なれば、単身で赴任すべきか、陸路か、否か――と、思案していた。適時適切な助言に礼を述べたい」

旅人の言葉遣いは、憶良に敬意を払っていた。公の場ではない接し方であった。

「奈良の京師では、長屋王の王邸で、しばしばお目にかかり、言葉を交わしてきた。そなたの挙措動《きよそどう》作《さ》は控えめながら、奥深い学識と文藝の才には、驚嘆した。身分や地位を超えて、先達《せんだち》とすべき方として、郎女ともども、内々尊敬して参った。また、王邸での談話を拝聴し、遣唐使節のご経験から、大唐の政事や法令、仏教思想、漢詩・漢文に詳しく、他方、下々の世情にも深く通じておられることが、窺《うかが》われた」

憶良は、いささか面はゆい気持ちであった。旅人の話はつづく。

「そなたと余を、世人は『長屋王の双玉《そうぎよく》』と呼ぶ。だが、余は武人、そなたは文人だ。率直なところ、胸襟《きようきん》を開き、心の奥底まで語るほどの深い交際にまでは至っていなかった。その貴殿が、わざわざ筑紫の国から、船を使い、馬を走らせた密使の口上を聞き、――何か深い事情があろう――と、推察した。急遽、一家そろって、そなたが手配してくれた船便にて赴任して参った。余もいささか気にかかることとあり、あらためて語り合おう。まずは礼を申す」

旅人と郎女が、深々と頭を下げた。

「いえいえ、この憶良め、いささか出過ぎたことを致したかとも思い、反省しております。特に、ご病身の奥方様には、船旅も大きなご負担ではなかったかと、案じております」

と、憶良は郎女に顔を向け、病状を気遣った。

――帥殿、藤原不比等が薨去された後、一族は、左大臣・長屋王から権力を取り戻すため、大伴の弱体化を図っておりますぞ。……佐保のお屋敷にご家族を残されては、危険でございました。陸路もまた、危のうございました。それ故――

と、明かしたかったが、今は、抑《おさ》えていた。

「憶良様、ご心配なされませぬように。主人や子たちとの家族初めての船旅。移り変わる島々の景色や、新鮮なお魚の料理など、珍しいものばかりでした。この太宰府でも、美味しい筑紫の山の幸、海の幸を楽しんでおります。奈良は京師《みやこ》ゆえ、何となく気疲れする昨今でございました。この地では主人とのんびりと安堵《あんど》して過ごそうと思っています」

「憶良殿、郎女の申した通りだ。ここは平城京より遠いので、うるさい輩《やから》に気兼ねすることはない。大宰帥という職務を離れ、正三位という官位も忘れ、一人の文藝愛好家として暮らしてみたい。長屋王が、政務を離れては、一私人として吾らに接しられたごとく、余も、政庁を退出した後は、皆、対等の友人として生活したい。とりわけ旧知のそなたには、友よりも、和歌や文学の師として、教えを乞いたい。師弟として誼《よしみ》を結びたい。さらに申せば、社会の情勢判断、政事《まつりごと》の在り方、わが大伴家の将来についても、相談に乗ってほしいのだ」

「光栄至極でございます」

と、憶良は叩頭《こうとう》した。

（二）言《こと》の官《つかさ》

理由と背景があった。旅人は、日本で屈指の大豪族である大伴氏族の氏上《うじのかみ》である。時代は少しさかのぼるが、壬申《じんしん》の乱（六七二）の折には、大伴氏族は大海人皇子《おおあまのみこ》を援《たす》けた。皇子が天武天皇として即位後は、重臣として朝政を支えてきた。当時、少年だった旅人は、天下を二分した大戦には参加していないが、祖父・長徳《ながとこ》、伯父の御行《みゆき》、父・安麻呂《やすまろ》らの功績により、これまで順調に出世していた。

天武天皇の長子・高市皇子《たけちのみこ》の嫡男である長屋王が、大納言の要職に就いた時、旅人は中納言に昇進した。参議を経由しない抜擢《ばつてき》であった。官人として才があっただけではない。

養老四年（七二〇）、九州南部の大隅隼人が大反乱を起こした時、政治の実権を掌握していた長屋王は、旅人を征隼人持節《じせつ》大将軍に、任命した。「持節」とは、天皇より節刀を授かり、天皇に代わり、全軍を指揮する権限である。旅人は、大伴を中心とした中央軍団や、筑紫の防人軍団を率いて、大隅や薩摩の隼人を、わずか数カ月で鎮圧した。

「さすがは大伴の氏上よ」

「当代まれな豪勇無比の武将だ」

と、朝廷はもとより、古来の中小豪族たちの高い評価と畏敬を得た。従三位に昇格した。

これまで長い間政事《まつりごと》を操ってきた藤原不比等が薨去した。長屋王が右大臣となり、さらに神亀元年（七二四）左大臣となった春、旅人は正三位に叙せられた。

だが、その半年後、即位後四年目の聖武天皇は、中納言・大将軍――武人の頂点に立つ旅人を、一片の詔勅により、閑職であった大宰帥に任命し、「実地に赴任せよ」と、命じた。左遷である。長屋王から切り離した。


その旅人が、武将の目で憶良を直視していた。

（山上憶良……中肉中背、平凡な容貌で、今一つ冴えない。特徴なく目立たない。しかし、驚くほどの博識家だ。学識だけでないな。政事の裏事情、それも相当高度の情報通に違いない。……船長《ふなおさ》の甚と申す者の大船を、容易に手配できるのは何故か？　もしや……）

と、ある推察をしていた。

旅人は、赴任の直前に、信頼を置いていた有能な庶弟《おとうと》の宿奈麻呂《すくなまろ》が急逝したので、大伴一族の将来に、一抹の不安を感じていた。だが、氏上の立場として、誰にでも悩みは打ち明けられない。頂《いただき》に立つ者は孤独であった。

（宿奈麻呂に代わる相談相手が欲しい――）

庭に目白の群れが来たのであろう。澄み切った高音《たかね》を張る囀《さえず》りが、耳に入る。

旅人が、一呼吸間をおいて、

「ところで、少し立ち入って伺いたいことがある……」

「何でございましょうか。ご遠慮なく」

「そなたは、聖武天皇が即位された神亀元年の前後六年ほど、東宮侍講の大役を務めた。任務を果たされた後は、帝《みかど》の相談役か、宮中の学問所、大学寮あたりで、若き官人たちを指導・教育する役職に栄進されるであろうと、噂されていた」

憶良の記憶は、数年前に引き戻されていた。

「それが、まさか筑前国の国守とは夢想も致さなかった。気を悪くなされるな。国司は、税の徴収や、戸籍の整備、管理が大きな任務だ。当代屈指の学識者である憶良殿でなくても、十分務まる。それに、そなたは、昔、伯耆守を務めている。京師《みやこ》には実務にたけた官人は多い。——この人事には、何か深い背景があったのだろう——と、郎女と話して参った」

と、旅人が疑問を述べた。憶良がほほ笑んだ。

「帥殿。本来ならば先任中納言から大納言に昇格され、国政の中枢に参画されて然るべき、正三位の旅人殿が、太宰府に配流《はいる》されたと同じでございます。それがしも梅が好きで、藤の花が嫌いなれば……」

藤の花——それは、平城京で、今を盛りと咲き誇る、藤原一門の意である。

「さようか。愚問であったな。わはは……」

「ははは……」

太宰府には梅林が多い。京師では長屋王が梅花を愛されていた。

再び旅人がまじめな顔に戻った。

「では、第二の、そなたに郎女《いらつめ》と二人して、特に願いたき儀を申そう」

と、旅人は傍らの妻を見た。


「律令の定めでは、大宰帥としての余の任期は三年である。筑前守の任期は六年なれば、暫くは余と重なるであろう。これからの三年間、家持と書持に、是非とも憶良殿の声咳《せいがい》に触れさせたいことだ。ご存知かどうか、二人とも郎女の生んだ子ではない。本人にはまだ告げていない。郎女は、実の子でない二人を、素直な、利発な子に育ててくれた……」

郎女が軽く頭を下げた。謙虚な人柄が、おのずから態度に表れる。

「しかし、余も、はや六十四歳であり、郎女は、この通り病身である。だが大伴一族の氏上を引き継がねばならぬ立場にある家持は、まだ元服前の少年だ。家持には、できうる限りの文武両面の教育の機会を与えておきたい。律令制の世では、武人というだけでは生き延びられないであろうからな」

(さすがは氏上だ……思慮深い……)

「わが家には、『大伴は言《こと》の官《つかさ》』という言い伝えがござる。これは亡き父安麻呂より聴き、嫡男家持にも伝えた世襲の文言だ。父によれば——大伴は古くから伴造《とものみやつこ》として大王《おおきみ》に仕え、武門の家として戦って参った。それゆえ、いささか武勇が強調され、戦士の印象が強い。しかし、太古の戦は、刀剣を抜く前に、言葉の戦い、あるいは調伏が先行したようだ。征服あるいは平定することを『言向《ことむ》け』と言ったという。言葉や歌に得意な者が、征服や平定の戦いの勝利者であった。だから武門の家は言葉の家、『言《こと》の官《つかさ》』なのだ。大伴本流を継ぐ者は、武術の道だけでなく、伝説、神話、詩歌、仏教の経典なども学ぶべし——と、指示された」

（そうか。隼人の乱を短期間で制圧されたが、戦うよりも調略、説得を心がけておられた。その上、降伏した隼人たちを、宮廷警備に雇用する策も献言し、実現された）

憶良は『言向け』の実践者としての旅人を、この説明で完全に理解した。

「余は、京師《みやこ》にありし時は、漢詩漢文を学んだが、長屋王の館でそなたと知り合い、八雲《やくも》の道《みち》を学びたいと思っていた」

八雲の道とは、和歌のことである。

「この度の九州赴任は、わが一家、いや大伴氏族にとっては、——左遷ではなく、山上憶良という碩《せき》学《がく》に再会し、同じ場所で、同じ時を共有できる、亦とない好機である——と、郎女と話している。いかがであろうか。仕事の終わった後や、休みの折、及ぶ限り、家持・書持に、前《さきの》東宮侍講として、もろもろの個人指導をお願いできまいか？　それがしの歌の指導もな」

「山上様、どうかよろしくお願い申し上げます」

上司それも正三位・中納言・大宰帥の旅人夫妻が揃って手をつき、深々と頭を下げている。

（天命か……。男の意地の見せどころか……。『言の官』の育成を引き受けてみるか……）

「帥殿、奥方様。頭を上げてくだされ。分かりました。お引き受け致します。それがしも六十八歳。

若たちはそれがしの生涯で最後の弟子でございましょう。それゆえ、聖武天皇の皇太子時代に、ご進講申し上げた内容よりも、さらに幅広く、特に歴史や政争については、裏の真実まで、詳しく語りましょう」

「かたじけない。子の教育の悩みは、誰にでも相談できることではない。引き受けいただき、余は肩の荷が下りた心地だ。ありがたい。余も郎女も、できるだけ傍聴しよう」

旅人が身を乗り出し、憶良に手を差し伸べた。二人は固く握りあった。身分や官位を超えた、男と男、いや、益荒男《ますらお》同士の、心と心の誓約の瞬間であった。

郎女は、安堵し、感動していた。頬を滂沱《ぼうだ》の涙が流れていた。

(三) 余燼《よじん》

憶良は居住いを正した。目を閉じ、耳に神経を集中した。人の気配を探った。

(誰も聞き耳を立てている者はいないな——)

目を開いた。引き締まった顔付きで、旅人を見詰めた。

(これは武人の顔だ……やはり……)

と、旅人が感じた瞬間、憶良は、いつもの穏やかな顔で、声を落として、

「ところで帥殿。ご油断召されるな。藤原不比等卿の嫡男、南家の武智麻呂《むちまろ》卿は、北家の房前《ふささき》殿と違って、奸智《かんち》のお人でございます。三男の式家、宇合《うまかい》卿は人の扱いに長《た》けております。当地、大宰府の官

人たちはもとより、この館の奴婢《ぬひ》にも候《うかみ》を忍ばせていると、思いくだされ」

「なるほど、相分かった」

候とは、間諜、間者、斥候——つまり、忍びの者の総称である。

「平城京の藤原一族に、あらぬ噂や憶測を報告されぬよう、用心しなければなりませぬ。……そのため、最初は、和歌、漢詩、漢文、律令の説明や、海外の風物、特に、それがしが体験した遣唐使節の話など、当たり障《さわ》りのない講義から始めましょう」

「よかろう」

「候が聞き耳をたてぬよう、気候が許す限り、講義中はできるだけ戸・障子・襖《ふすま》をあけ放ち、密談でない状況を示しましょう。京師の武智麻呂らに疑心を抱かせぬように、『憶良を子たちの文藝の家庭教師にした』と、吹聴《ふいちょう》なされまし。そのため三月（新暦では四月）になって開講しましょう。その間に、それがしは、講義の内容を検討し、然るべき教材や資料を準備致しましょう」

「何かと気配りありがたい」

「最も大事な歴史、特に政争については、日本書紀に異論がある部分もございます。天皇家や藤原家が隠されている話もあります。大伴氏族将来の総帥《そうすい》として、皇統の秘史を知ることは必須でございます。したがって、内も外も、すっかり『文藝の教育』だと思わせて、油断したと判断される時、かつ、家持殿、書持殿が十分理解力をつけた時期、つまり、最終段階で、短期間に、集中的にまとめましょう」

町や村の、どこにでも見かけるような平凡な老爺の風貌の憶良が、これほど藤原武智麻呂・宇合兄弟に警戒心を持ち、大伴の行く末を心配し、慎重な対応まで進言してくれるとは、旅人も郎女も予想していなかった。

「帥殿、太宰府では帥殿が首長の座にあります。大いに宴を催していただき、官人だけでなく、庶民の歌詠みも加えて、にぎにぎしく遊び呆けましょう」

「よかろう」

「春は梅花の宴、夏は七夕、秋は月見、冬は雪景色。と、申したいところ、ここ太宰府では、大した雪は降りませぬが……」

「長屋王のお屋敷や、佐保楼のように、お抱えの舞姫が出てくるような、豪華な宴には及ばぬが、憶良殿、二人で大いに飲み、大いに歌を詠もうではないか。今、京師で活躍している高橋虫麻呂や笠金村《かさのかなむら》のような、宮廷歌人たちが詠む、皇室讃美や羇旅歌《きりよか》のごとき、小奇麗な長歌・短歌とは、一味も二味も異なった、自由闊達《かったつ》、暢《の》びやかな歌を詠みたいものよ」

「その通りでございます。少し前の柿本人麻呂殿と高市黒人《たけちのくろうど》殿も、秀歌を多数残されていますが、修辞《しゅうじ》にこだわり、生活実感に乏しいところがございます。それがしは、思い切ってわが身を庶民や他人に、時には女人にも変身し、仮託《かたく》して、宮廷歌人では詠めない歌、あるいは創作できない歌など、社会の実生活を詠みたい——と思っています。中央の宮廷歌壇に対抗して、旅人殿とそれがしで筑紫歌壇を創り、武智麻呂卿や宇合《うまかい》卿の目を晦《くら》ましながら、楽しみましょうぞ」

「面白かろう。やろう。『隗《かい》より始めろ』だ。実はのう、吾ら一家を歓迎したのかどうか、一昨日降った淡雪には、この旅人、いささか感興深いものがあった。女々しい歌だが一首詠んだので、披露しよう」

沫雪《あわ》のほどろほどろにふりしけば平城《なら》の京師《みやこ》し思ほゆるかも

「お見事でございます。帥殿は武将とて、生身の人でございます。ご心境がそのまま詠まれています。和歌は技巧ではなく、感じたまま、湧き出た言葉を、そのまま紡《つむ》げばよいのです」

「憶良様、お褒めがお上手でございますわ。これでは主人は止めるわけにはいきますまい」

「その通りだ。余はやるぞ……」

旅人は呼び鈴を振り、用人を呼んだ。

父親の顔から、大伴の氏上、大宰帥の厳しい表情に戻っていた。

「前東宮侍講の筑前守、山上憶良と相談し、この春より、四季折々、歌の宴を催すことに決めた。宴の場所や時期、招く歌人たちを検討せよ。料理や酒の手配も抜かるな」

と、命じた。

(旅人殿は、若たちの育成と和歌に燃え始めたな……さて、吾も……旅人殿と組み、長屋王のご後援をいただいて、わが生涯の秘めし夢——壮大なる夢を実現すべく、まずはこの筑紫で、わが心の余燼《よじん》を燃やしてみるか……)

憶良は、これまで誰にも打ち明けていない、殆ど諦めかけていた大事業の実現のため、少しは灯りが見えてきたような、昂揚《こうよう》とした気分になって、坂本の丘を下った。

第八帖　山辺衆《やまのべしゆう》

あかときと夜烏《よがらす》鳴けどこの山上《をか》の木末《こぬれ》の上はいまだ静けし
（作者不詳　万葉集　巻七・一二六三）

（一）　奥山の民

正月七日。大宰府の政庁は休みである。

旅人は警護の家臣数名を従え、愛馬に乗り午後の散策に出た。休日でもあり平服である。ゆったりとした並足で、街の中を通った。町民たちは立ち止まり、深々と礼をする。

——何年もの間、大宰帥は、京師《みやこ》に在って、筑紫には来なかった。京師での役職との兼務が多かった。しかし、旅人殿は違った。実際に赴任してきている——

太宰府はもとより、西国一円の民に好感を持たれていた。

――新任の帥殿の、いつもの散策か。寒中でも乗馬されるとはいかにも武人らしい――

住民たちの視線は暖かであった。

太宰府の街を外れると、鞭《むち》を入れ、馬を駆けさせるのが慣例であった。ところが、

「今日はこちらの道を通ってみよう」

と、旅人は馬首を右に変えた。十町（約千米）ほど行くと、筑前国の国府の建物や、国分寺などがある。その一角の門構えのしっかりした屋敷に出た。坂本の丘にある旅人の公邸には及ばぬが、大宰少弐の館並みの広さや造作である。

「おう。筑前守の屋敷だな。ちょっと立ち寄ってみよう……」

大宰帥が国司の館に赴くのは異例である。実は、旅人は、警護の家臣たちには内密に、――七日、午後。散策にかこつけ訪れる――と、憶良に知らせていた。

憶良は心得て、離れの書院に迎えの準備を整えていた。下男頭の権に命じて、さりげなく屋敷の内外の警備を固め、密談ができるようにしていた。

離れの書院は、憶良の書斎でもあった。書棚はもとより、部屋中に、多数の書籍が並んでいた。ほとんどが大唐《もろこし》より持ち帰ったものであるが、中には那大津の商家、倭唐屋で入手した本もあった。床には、白地《しらじ》の木簡《もっかん》や、すでに筆の入った木簡が、整然と積み重ねられていた。歌稿であった。

「帥殿をお迎え申し上げるには、まことに手狭《てぜま》であり、むさ苦しく、申しわけございませぬ。この部屋なれば、余所者《よそもの》の候《うかみ》も近寄りがたく、盗み聞きされる懸念はございませぬ。何を語られても結構でございます。ご安心ください」

火桶に掌をかざして暖をとりながら、旅人はゆっくりと部屋を見回した。

「さすがは碩学《せきがく》の書院だな……」

「恐れ入ります」

（家持、書持の指導を頼んでよかった……）

旅人は、自分の判断に満足していた。頭を上げた憶良の目を、旅人は凝視《ぎようし》した。

「ところで憶良殿。腹蔵《ふくぞう》なく訊《たず》ねたいことがある」

「何でございましょうか？……」

平然と応《こた》えながら、憶良は（多分、あのことであろう……）と、推察していた。

「実は、西下の船旅で、船長《ふなおさ》の甚より、いろいろ聞いた。甚は、若き日そなたと同じ遣唐使節船の水夫《かこ》であったこと。ある嵐の夜、帆柱の上で綱に絡《から》まって、あわや絶命寸前を、そなたが猿《ましら》のごとき敏捷さで救ったこと。以来、甚はそなたに忠誠を誓い『影の配下』となったことまで、詳しく余に語った。そなたが事前に『身の上話をしてもよい』との許しを与えていたと……」

「お恥ずかしい内輪話でございますが、帥殿の船旅の暇潰しにはなろうかと思いまして」

「そのことよ。甚は、ある一線より深くは語らなかったが、暗示をくれた。――筑紫ではそなたと直接語るべし――と」

旅人は、佐婆津《さばつ》（防府）の船宿での甚の言葉を反芻《はんすう》していた。

顔を火桶の上に近づけ、声をひそめて囁いた。

「直感だが、憶良殿、そなたは候《うかみ》それも首領《かしら》であろう――」

憶良は、かすかに笑みを浮かべ、ゆっくりと頷いた。

（一つ、納得した……）旅人もまた頷きを返した。

「ところで、そなたたちは、いかなる候の集団なのか？……知りたい」

目には見えぬが、部屋に緊張の潮が満ちてきたようであった。憶良は間を取った。

「名乗るほどのものではありませぬが、『山辺衆《やまのべしゅう》』と申します」

「山辺衆だと？……初めて耳にする……」

「それがしの郷里、大和国の奥山、山辺郷の出身者を主とする集まりでございます」

「ほう、山辺郷……と、な」

「山辺郷は粟田一族、それがしの若き日は粟田真人卿《あわたのまひとけい》の領地でございました。山の僻地《へきち》ゆえ、耕地には限りがあります。跡継ぎ以外の者は若い頃から村を出なくてはなりませぬ」

「なるほど……」

「山辺郷では、貧しさゆえに、里長《さとおさ》の采配の許に、昔から援《たす》け合って暮らす慣習がございます。村を出る者は、里長の斡旋で奈良や難波津、そのほかの町に暮らしている成功者の許に参り、身を立てます。病人が出るとか、兵役や庸《よう》の歳役《さいえき》の時には、村全体で留守の田畑を耕し、税を納める手助けをしております」

（村落を共同で運営しているのか……地縁、血縁の強い郷《さと》だな……）

旅人は興をそそられた。

「手先の器用な子は、指物《さしもの》大工や鋳物師《いものし》や仏像彫師などへ。算の得意な子は商人へ。武芸優れたものは兵士へ。それぞれ得手の分野の出身者や縁者へ、身を寄せます。生計《くちすぎ》を立てられるようになると、僅かでも実家と里長《さとおさ》へ仕送りする慣習でございます」

「里長へも？　それは収奪《しゅうだつ》ではないのか？……」

「いえ。里長はこれを村のために蓄え、飢饉の時の食糧の購入や、疫病《はやりやまい》の際には薬代などに使います。また、優れた子への学資などにも当てますする」

「そうか。良き郷《さと》よ。さて、そなたは、そのような山里から出て、どのように宮仕えし、しかも、従五位下の貴族になれたのか。しかも、候の首領とは驚きだ。詳しく知りたい」

身分制の厳しい時代である。山奥の里から京師《みやこ》へ出てきたので、山上の姓だ――と、冗談半分に聞いてはいたが、憶良の前半生を、旅人は知らなかった。旅人だけではない。誰も知らなかった。

「帥殿だけに申し上げましょう。それがしの父は、山辺郷五十戸ほどを預かる里長でございました。五十戸と申しましても、あちらの谷に三戸、こちらの山峡《やまかい》に八戸というように、散らばっている小村です。田や畑は少なく、貧村でした。里長も村民も、大人も子供も、農耕の合間に山に入り、共同で鹿や猪を狩り、薬草や山菜を摘み、柿、栗、あけび、山ぶどうや、様々な茸《きのこ》などを採取し、平等に分配します。これを食糧にするほか、生のまま、あるいは乾物として町で売り捌《さば》き、銭を全員で分配して生計の足《た》しにしてきました」

旅人は、山村の厳しい生活談に耳を傾けていた。

「それがしは幼き日より、父の伝令として、あちらの谷、こちらの山と、散らばる家々を訪れるために、走り回っていました。遊び場所は、傾斜のきつい崖や、樹木鬱蒼《うっそう》たる深山や、激流逆巻く渓谷でございました。自《おのずか》ら身の動きは敏捷《びんしょう》になりました。それがしのみではございませぬ。山辺郷の者は、男も女も、老人も子供も、獣同様に、息を潜め、猿《ましら》のごとく、木から木へと跳び渡れます。この者たちの中で、特に文武に優れ口堅き男女が、山辺衆に選抜されます。他の者は陰の支援者になります」

「なるほど。……すると、そなたの家臣や下男下女らは、もしや……」

「はい。何人かは山辺衆の候でございます」

憶良は、平然と応えた。

「忍びの技は、狩りや遊びで、村の伝統技能として会得したことは、よく分かった。しかし、そなたの学識は並みでない。幼き日よりその山奥で、どのように勉学をしたのだ？」

（さすがは旅人殿だ。要所を衝《つ》いてこられるわ。……）

憶良は、少し間を取るために、用意されていた白湯を飲んだ。

（二）生い立ち

「いささか長話になります。また時折耳新しい漢語表現を致しますがご理解くだされ。実は父がまだ若き里長でした某日、屈強な仲間を引き連れて、村人の捕った獲物を担ぎ、難波津へ売りに出たそうでございます。平素は橿原《かしはら》にある山辺郷出身の商人の店に卸すのですが、この日は、若い衆で難波見物をしようと、足を延ばしたそうです」

（ほう……若者たちの難波遊びか……）

「獲物は予想外の高値で売れ、一行はいい気分で帰路につき、山路へ入ろうとした時でございます。絹を裂くような、若い娘の悲鳴を聞きました。駆けつけてみますと、道端に、深傷《ふかで》を負って倒れている中老の男と、途方に暮れている娘を目にしました。近くには、斬られ絶命した男が横たわっていました。父は、その娘に声をかけましたが、通じませぬ。異国の者でした。身振り手振りで、二人が、百済から亡命してきた父娘と知りました。追手を斬殺したものの、父親は重い傷を負ったようでした」

旅人は、脳裏に、その血生臭い情景を想像していた。

「父たちは二人を森蔭に連れていきました。腰の印籠《いんろう》から薬を出し、娘の親御に飲ませ、道端の蓬《よもぎ》や蕺草《どくだみ》を摘み、応急の手当てをしました」

（なるほど、候《うかみ》の医術だな……）

「更なる追手が来ないうちに——と、死体を埋め、仲間たちが交互に怪我人を背負い、山辺衆しか知らぬ間道を抜けて、山の里まで連れて参りました」

（死体を埋めるなど……周到《しゅうとう》だな）

「中老の男は、百済の宮廷に仕えていた学者でした。王族の遠縁であるとか申していました。何でも、王族に内紛があったようです。まだ独身であった父は、この百済の娘と恋に落ちました。妻として娶《めと》り、それがしが生まれたのでございます」

「そうか、母御どのの父上は、百済王族の血を引く学者であったか。それで、そなたが韓や唐の言葉に通じ、論語や四書五経、仏典にも詳しい背景が、よく分かった。憶良殿の努力もあろうが、今日《こんにち》そなたが在るは、父親殿の義侠心の賜物というべきかあるいは天運か、……久々に感動したぞ」

憶良は軽く頭を下げた。話を続けた。

「祖父は、村の者にも惜しみなく知識、技能を教え、農業土木や共助の運営を助言しました。子供には、貧富の別なく、読み書き算術を指導しました。それゆえに、外へ出る子もよい職に就け、山辺郷は暮らしも心も、次第に豊かになって参りました」

「なるほど。……それで、そなた自身は、いつ里を出たのだ？」

（いよいよ、本格的な身の上話に取り掛かるか……）

「父は、納税や賦役《ふえき》の提供をきちんとして、郡司の覚えがよかったようです。その郡司の口添えで、父は、十五歳になったそれがしを連れて、領主の粟田真人卿の許へ、挨拶に連れて参りました。場所は山背《やましろ》（京都）です。真人卿との面接により、その日から粟田家の下男として仕えました。使い走りから書生へ、更に、付け人となりました。また、粟田卿の口利きで、国学でも学びました」

当時、京師《みやこ》に置かれていた大学には、五位以上の貴族の子弟しか入学できなかった。地方の国府に置かれていた国学には、郡司の子弟らが優先して入学を許可されていた。大学や国学を卒業して、官人登用試験を受け、合格して、官人になる。しかし、上級貴族や大豪族の子弟には、試験免除で官職に就ける抜け道もあった。

（郡司の下の階級で、官人ではない平民の里長の子が、国学に入学できたとは驚きだ。高官粟田真人卿の推薦だけでなく、憶良が非凡であったことを如実に示しているな……）

旅人は瞬時に判断し、感服していた。

「お陰様で官人登用試験に合格しました。粟田の大殿——真人卿を、平素こう申していますのでお許しを……大殿は、それがしを川島皇子の舎人《とねり》に推挙してくださいました」

「ほう、そうか。川島皇子の舎人であったか……」

旅人が一瞬驚き、やや躊躇《ためら》った。無理もない。

川島皇子は天智天皇（中大兄皇子）の遺児であった。壬申《じんしん》の乱の時には異母弟の大友皇子につかなかった。乱の後、天武天皇（大海人皇子）や持統皇后が政権の座にあったのでひっそりと暮らしていた。出世しない皇子に舎人として仕えたい若者は少ない。

憶良は敏感に反応した。

「川島皇子は『親友の大津皇子に、謀反の意あり』と、持統女帝に密告した――と世間の評判は、冷ややかでございます。事実は無根でございます。この大津皇子悲話の真実は家持殿への歴史特訓の際に、詳しく語りましょう」

「うむ。是非とも頼もう。話をもとに戻せば、……そうか。粟田真人卿とは、そなたが少年の頃から目を掛けられた主従の関係にあったのだな。……ところで武人の余から申せば、舎人となるには、学識や事務処理の能力のほかに、身辺警備の役として、優れた剣技が必要だ。武道はいずこで習得されたのか？」

「郷里の山辺郷では、野盗の群れや、落人たちの侵略や略奪に対抗するため、昔から独自の剣法、弓術――これは狩猟用の半弓でございますが、更に、馬術、棒術、農耕具を利用した防衛術など、様々な自衛策を密かに伝承して参りました。多数の敵の場合には、奥山に逃げ、夜陰《やいん》に反撃します。少数の相手には、皆で共同して、立ち向かいます」

「なるほど……」

「農民の顔に、兵士の武技。臨機応変の戦術。それに候《うかみ》の忍びの技は、程度の差はありますが、子供も女子も、身に付けております。特に手裏剣や吹き矢は、老人も子供も、男も女も差はなく、遊びのように競って楽しみ、腕を磨き、自信を持っております」

（生き抜く知恵から生まれた武技か。手裏剣や吹き矢を老若男女が楽しむ候の里だな）

旅人は、憶良の身の上話に、ますます興味を深めた。

「左様であったか。それでは野盗も、うかうか近づけなかったであろう。ははは」

「その通りでございます。それもまた、村が富裕になる途でもありました」

憶良は再び茶碗を取って、咽喉《のど》を潤《うるお》し、話を続けた。

「実は、それがしも里人も、祖父より韓の剣法と兵法を学びました」

「何と……祖父殿よりは学問のほかに、韓の武術と兵法も、か？」

「はい。特に兵法は、先ほど申し上げました女・子供を含む共同防衛の組織や、戦法に必要でございます。農耕作業での助け合いが、共同防衛の基礎になっております。このことは極秘であり、今の郡司も国守もご存じありませぬ。ご内聞にお願いします」

（そうであったか……あの頃、百済国が滅亡し、多くの渡来人がわが国の山野に身を隠した——と、聞いてはいたが、憶良の父上は、彼らの才知を上手に活用されたようだな。相当に腕の立つ候の集団だな……）

「ところで、当時百済国から亡命されてきた名医で、憶仁《おくに》という方が、朝廷に仕えられていた——と聞いた。憶良殿の名は倭人には珍しい。余はこれまで、――憶良殿は薬師《くすし》憶仁殿のご子息――と仄聞《そくぶん》していたが、……」

「憶仁殿は遠縁になりますが、それがしは子息ではありませぬ。もし父子であれば、幼き日より家伝の医術を習得し、今頃はお抱え薬師として、天皇や皇族方のお脈をとり、左団扇《ひだりうちわ》で暮らしているでしょう。この歳で筑紫で税の取り立てなどしていませぬ。ははは」

「そりゃそうだ。朝廷お抱えの名医の子息が、国司で苦労するはずがないわ、ははは」

「とはいえ、それがしは、粟田の大殿の書生の頃、憶仁殿を数回訪れ、外傷の手当て、あるいは腹痛、頭痛などの診断や、薬草、毒草、解毒などの基礎知識を教わりました。多分そのことも間違えられた原因でしょう。薬草や傷の手当などは、候としても必要であり、大いに参考になりました」

「よく分かった」

「話題を変えよう。大宝元年（七〇一）、粟田真人卿は、三十年ぶりに再開された遣唐使節団の執節使に任命された。その折、そなたは川島皇子の舎人《とねり》から呼び戻されたのだな」

「左様でございます。それまで、それがしは官位のない最下級の官人でした。しかし、粟田の大殿は、『官位より実力よ』と、仰せになり、それがしを遣唐使四等官の録事に抜擢《ばってき》してくださいました」

律令に定める四等官制では、一等官・大使、二等官・副使、三等官・判官、四等官・録事である。

今流では、大使、公使、領事、書記官である。

「あの時は、『官位無き者が、遣唐使節の一員に任命された』と、朝廷で大いに話題になった。『山上憶良とは耳にしたこともない名だ。何者ぞ？』と、評判になったものだ」

「恐れ入ります。齢《よわい》は四十歳を超えていましたが、無冠ゆえに、朝廷では渋々少録——二等書記官——という、最下級の肩書をくださいました」

「門閥を重視する大夫《まえつきみ》（五位以上の貴族）たちは、粟田卿の能力を重視された人選を、さぞ苦々しく思ったろうな。『あわよくば録事に』と、遣唐使の肩書の名誉を狙っていた貴族の若者たちには、さぞ恨まれたであろう。実務では、録事が外交折衝の議事録をまとめたり、草案を創ったり、最も苦労する役目だがな。はっはっは」

「その通りでございます」

「大唐の見聞録も、渡唐、帰朝の船旅の危難も、家持、書持に講義してくれ」

「予定に入れております」

「『船長の甚』から、権や助と申すものを、そなたは水夫として連れて参った——と聞いた。目的は何であったのか？」

「粟田の大殿の警固と、それがしら山辺衆の後継者の養成のためでございます」

「何？　山辺衆の後継者の養成だと？」

「はい。それがしらは出自に関係なく、武芸に秀で、学識あり、人望あり、統率力、決断力あると思われるものが、仲間の幹部の衆議で、首領につき、世襲ではございませぬ」

旅人は、次々と展開する、想定を超えた憶良の話に、我を忘れるほどであった。

（吾らは世襲。血の繋がりを重視する世界に生きているが、衆議で首領を決めるとは）

憶良は平然として続けた。

「権と助は、里長の子のそれがしと違い、身分の低い貧農の出ですが、少年の頃から何事にも突出していました。粟田の大殿にお願いして、二人に見聞を広める機会を与えました。唐の剣も無刀の空手も学ばせました。握《にぎ》り拳《こぶし》を用いますゆえ『拳法《けんぽう》』とも申します」

(噂には聞いて、知ってはいたが無刀の武芸も、とは……）旅人は絶句していた。

「後刻、権と助を、帥殿にご挨拶させます。家持殿、書持殿には、大伴四綱殿などの武芸者が和剣をご指導されていましょう。しかし、戦の相手や暗殺者は倭人とは限りませぬ。暗殺者に渡来人が雇われることもありましょう。自衛のためには、唐や韓の武道にも慣れておく必要があります。両名を陰の武道師範にお薦めします」

「なるほど。相分かった。無刀の武技も面白いのう」

(山辺という候の集団は、大きくはなさそうだが、幅と深みが相当ありそうだな)

旅人はさらに質問を続けた。

「候《うかみ》といえば、雇い主の命を受けて、戦いの斥候、物見、忍び込みだけでなく、敵方の暗殺、毒殺などを主たる仕事として請け負う、陰の者たち——と、理解している。大伴もその種の者を雇ってきた。山辺衆も左様か？」

憶良は、首を大きく左右に振った。

「山辺衆は暗殺の集団ではございませぬ。情報の収集、分析、伝達、助け合い、それに社会貢献を主たる目的とする候でございます」

「何だと？……社会貢献？」

旅人の頭の中は混乱した。生まれて初めて聞く「社会貢献」という言葉だった。

「それは後程ご説明します。吾らは目的達成のために、忍びの術を使い、主人を守り、自分を守るために武技を使うことはございます。しかし暗殺を引き受けることは致しませぬ。専守防衛、正当防衛のための武技でございます。他のいずれの忍びにも敗れぬ水準の武技であると確信しております」

「専守防衛の武技……とな」

「暗殺は、理由の是非を超え、恨みを呼びます。報復の暗闘が続きます。それは山辺衆の個々人のみでなく、山辺郷自体の存亡に係わりますゆえ、暗殺の仕事は引き受けませせぬ」

（驚いたな。暗殺の仕事は引き受けぬ候とは……）

「して、そなたたち山辺衆は、粟田真人卿が薨去された後、どなたに仕えているのか？」

「今は誰にも仕えておりませぬ」

「ほう。主《あるじ》を持っていぬ……とな。では助け合いは？……」

「主目的ゆえ、ずっと行っております。郷《さと》では、誰一人飢えず、孤児は里全体で扶養し、老人も病人も、誰かが面倒を見るように、里長は運営しております。山辺郷を出て生計を立てている者は、筏師《いかだし》、大工、薬草商人、居酒屋、山菜商、材木商、薬師、官人、兵士、宮廷歌人、僧侶、仏像彫師《ほりし》、絵師、女中、遊行女婦《うかれめ》など、様々です。彼らが皆、情報提供の協力者でございます。万一、この者たちに危難が降りかかりそうな時には、山辺衆の面々が、それがしの指揮下に、護っております。帥殿が、大伴の氏上として、大伴氏族の家臣や家族、領民の生活と生命を守っているのと同じことかと思います」

「なるほど、納得した。ところでそなたは、先刻、宮廷歌人……と申したな。皇族や貴族に仕える歌人にも、山辺衆がいるのか？」

「ふふふ……」

（帥殿、古くは柿本人麻呂も、長意吉麻呂《ながのいきまろ》も……山辺郷の出自ではありませぬが、協力者でございましたよ……）口に出したかったが、憶良は控えた。

旅人の質問に否定も肯定もせず、さらりと含み笑いして、憶良は柏手《かしわで》を打った。

（三）権と助

「ご用でございますか」

静かに襖《ふすま》が開いた。次の間に男二人が正座し、叩頭《こうとう》していた。

「帥殿、下男頭の権と、下男の助でございます。以後お引き立てをお願い致します」

と、憶良が二人を旅人に紹介した。

「面《おもて》を上げよ」

旅人はゆっくり頷きながら、二人の顔を頭に焼き付けた。

（いい面構えの男たちだ。隙がないわ。大伴の家臣に取り立てたいくらいだ）

「権、お茶を入れ替えて参れ。助、火桶に炭を加えよ」

権が茶葉を入れ替えてきた。緑茶はまだ日本では栽培されていない。

「那大津には異国の船が入るので、奈良にいるよりは面白うございます。隋や唐の文人たちが、池畔《ちはん》の亭《ちん》や書院の椅子に座り、ゆったりと茶を飲み、酒を酌み交わし、四季折々の風物を愉《たの》しんだように、大和の朝廷も落ち着くとよろしゅうございますな……」

と言いながら、憶良は旅人に新しい茶を勧めた。

旅人は、きびきびと礼儀正しく、唐の作法通り茶を入れた権や、火桶に炭を加える助の態度に感心していた。

(下男の役の時には、下男の態度物腰になり、賓客《ひんきやく》を接待するときには、側用人に変貌できる。官服を着れば、瞬時に官人にも変身できるな。貧農の出自とは見えぬ。水夫の経験など微塵《みじん》も出てないわ。これも……候の変身術か……)

旅人は二人に声を掛けた。いささか意地の悪い質問であった。

「さて、筑前の下男であれば、そちらは和歌も嗜《たしな》むであろうな?」

憶良と二人だけの時と異なり、旅人は帥の言葉遣いになっていた。

憶良が引き取った。

「両名とも、なかなか良い歌を詠みまする。まず、権の作品からご披露しましょう」

権は姿勢を正し、大きく息を吸い込んだ。

旅人は、部屋の雰囲気が一変した——と、驚いた。

(まるで大宮人たちの歌会のようだ。氣——が醸《かも》し出されている……)

武人としての、研《と》ぎ澄まされた勘と感性であった。

権は、自作の歌を詠唱した。声に中年の艶《つや》があった。

あかときと夜烏《よがらす》鳴けどこの山上《をか》の木末《こぬれ》の上はいまだ静けし

旅人は思わず唸《うな》った。

「素晴らしい。奥山に棲《す》む者でないと、この透明感溢れる森林の霊気は詠めまい。察するに、権の若かりし頃、夜這いの朝の、別れを惜しむ感慨ではないのか……」

「図星《づぼし》でございます。お褒めの言葉、ありがたく心に留め置きまする」

「では助の作品を……」

助は背筋を伸ばした。憶良は端座《たんざ》を続けていた。

（なるほど。憶良は配下にも歌人として、対等の礼を尽くしている。これが首領として、信望を得ている根元《こんげん》か……）

旅人もまた、歌会の客人の如く、威儀を正した。助が、音吐朗々《おんとろうろう》、腹の底から唱《うた》った。

あしひきの山つばき咲く八峯《やつを》越え鹿《しし》待つ君が斎《いは》ひ妻《づま》かも

（作者不詳　万葉集　巻七・一二六二）

旅人は感銘……いや、驚嘆していた。

「これはまた、なんと佳い歌であろうか。嶮《けわ》しい八つの尾根を越えて、鹿の来るのをじっと、隠れて待つ猟師ならでは詠めぬな。そのように新婚早々の愛妻を、人の目から隠すようにしている鹿待つ仲間の君は、もしや年上の権か。助が、半ば揶揄《からか》い、半ば妬いて詠んだものかな。しかし、まことに清潔な歌だ。気に入ったぞ」

「ありがたき幸せにございます」

と、助が頭を床に付けた。微かに震えた体が喜びを表していた。

「それではそれがしらはこれで失礼致します。ごゆるりとお過ごしくださいませ」

(山辺衆は、ただの候の集団ではない。文武を備えた、知的な、血縁地縁の情報集団だ。小さな群れであろうが……驚きだ)

「そうだ、憶良殿。肝心の話題に入ろう。先刻申した社会貢献——世の中へ尽くすとか。説明してくれ」

憶良は金火箸《かなひばし》を取って、火桶の炭火を整えた。間合いを取った。

第九帖　滅《めっ》私《し》奉《ほう》公《こう》

あしひきの山に行きけむ山人のこころも知らず山人や誰《たれ》
（舎人親王　万葉集　巻二〇・四二九四）

（一）滅私奉公

「簡単に申し上げたいのでございますが、筋道をご理解いただくため、またまた長話になります。どうか、あらかじめお含み置きくだされ」

「よかろう」

「祖父や父や村人の団結によって、山辺郷は貧村から脱皮し、相互扶助を実現できるに至りました。論語に申します『衣食足りて礼節を知る』水準に至っております。しかし、人生は、己《おのれ》の生活、己の属する集団のみ繁栄すればよい——と、いうものではございませぬ」

「その通りだ」

「国のこと、世の中のことは、天皇の政事《まつりごと》ではありますが、吾らもその一員でございます。したがって、個人憶良として、あるいは群れの山辺衆《やまのべしゅう》の力を結集して、世のためにも何かできることはないか――と、考えておりました」

「なるほど」

「遣唐使節で渡唐した時、粟田の大殿《おおとの》の姿勢に悟りを得ました。『滅私奉公《めっしほうこう》』でございます」

「滅私奉公だと？……」

「はい。大唐《もろこし》に比すれば、わが大和の国、日本は、今なお建国の途上でございます。粟田の大殿は、若き日留学され、隋・唐の進んだ文化と社会を見聞されました。それがしが録事としてお供をしました大宝二年の遣唐使節は、ご存じのとおり、三十年ぶりでした」

「白村江《はくそんこう》の惨敗以来、まことに長い間、唐とは国交が断絶したものだな」

「執節使――大使の上の特使――の粟田真人卿は、大唐、正確には武后則天の周でございましたが、その武后に、『倭の国ではなく、日本国である』と、認めさせました。敗戦国が戦勝国に、堂々と認知させたのです。大功績です。さらに、見事に国交を回復されました。表の華やかな外交交渉の一方、粟田の大殿の目的は、三十年の空白を埋めることでした」

「空白を埋める？……」

「文化の遅れを取り戻す――とでも申しますか。大殿は、私費をも惜しみなく投じて、大量の法典、経典、漢詩・漢文の文芸作品、書画などを蒐集し、持ち帰られました。ご自分の富の蓄積や、名誉心、あるいは政治権力の拡大のために働かれたのではありませぬ。日本に欠けていた精神文化、文藝の充実を図るために、全力を尽くされておりました。『滅私奉公』――私利私欲を捨て、世のために尽くされる――そのお姿を、目《ま》の辺《あた》りにして、それがしら山辺衆は、粟田の大殿に仕える幸せを体感したのでございます」

「なるほど……粟田真人卿は、大唐の朝廷でも一目《いちもく》置かれた――と、聞いている。大人物であったな。博識、礼節、外交能力だけでなく、――日本国のために滅私奉公の姿勢――が、武后、あの恐ろしい女傑の魂をゆすぶったのか？」

「その通りでございます。武后も、物心両面で、いろいろと支援してくださいました。帰国しまして後は、それがしら山辺衆は、――自分の里のためだけでなく、微力ながら、世のため、公《おおやけ》のために尽くそう――と、考えました。手始めに、粟田の大殿が山の如く持ち帰られた文物の整理に取り組みました」

「ほう。整理作業をなされたのか。憶良殿の語学力や、豊富な経験と知識、それに、録事として議事録や報告書をまとめられた事務処理の実績があれば、すぐに、あちこちの官職に就けたであろうが……」

「唐より持ち帰った書籍の分類整理、関係先への分配、あるいは研究調査などの地味な作業を、誰かが致さねばなりませぬ。権や助の労力も使って、無事済ませました」

「それで、帰国後しばらくは、表立った活動はされなかったのだな。裏方ご苦労だったな」

「それがしには、文書整理は性に合っているようです。法典や経典は貴重な資料です。圖書寮《ずしょりょう》の史生《ししょう》

――公文書を写す下級官人。ふみびと――に筆写させました。書写生からいろいろ質問があり、これに応えるのが、それがしの勉強になりました。もう一つ。実は整理作業の公務と並行して、それがしが密かに力を入れた作業がございました」

「ほう。それは何だ？……」

（二）古歌俗謡の文字化

「漢字の音、時には訓を利用した古歌俗謡の漢音表現でございます」

「――古歌俗謡の漢音表現だと？……」

「はい。それがしは、――口承で伝わるわが国の古い詩や歌や俗謡などを、漢字の漢音を使って、大和言葉に文字化できないか――と考えたのです」

旅人は憶良の発想に驚いた。

「なるほど。仏教の伝来で漢字が伝わり、詔勅《しょうちょく》や法令に漢字が使われ、また古来の口承伝説や神話なども漢字表現されるようになっている。文字がなかったわが国の歴史では画期的なことだ。ただその表現は、詔勅も法令も、古事記、日本書紀も、すべて漢流だな。吾は読めるが、……確かに漢詩・漢文を学ばなければ分からぬな。大和言葉での表現ではない」

旅人が――表現は漢流――と述べた事例を説明しよう。

例えば日常の会話で「吾はこの言を聞く」といっても、文字では「吾聞此言」と表現される。これは日本独自の文字がなかったので、やむなく漢流の表記にならざるをえなかった。

古事記や日本書紀が編纂《へんさん》されても、漢文表記の文法を知る者しか読めなかった。漢文法を知らぬ民には無縁であった。

「大和言葉で歌われてきた和歌を、漢流に表現はできませぬ。それゆえ漢音を知る貴人や官人はやむなく適宜《てきぎ》の漢字を選び、その音を便宜的《べんぎてき》に使用し文字化するようになりました。しかし民が口遊《くちずさ》んだ和歌のうち、心に響く歌や面白い歌は、多くが作者不詳となって、人から人へと伝わり、文字化されずに残っておりますが、このままでは消えてゆきましょう」

「確かに」

「それがしは、公務を終えて帰宅後は、口承で伝わる古歌や名歌、あるいは時代を反映した歌など民の歌を蒐集し、自分なりに漢音表記し、さらに注をつける作業に没頭しました」

漢詩・漢文にも造詣《ぞうけい》の深い旅人は、ますます興味をそそられていた。

「そこまでそなたを駆《か》り立てた動機は何じゃ？」

「唐で『芸文類聚《げいもんるいじゅう》』百巻を知ったからでございます」

憶良は、その質問を待っていたかのように、即座に答えた。

類聚《るいじゅう》――多くのものを集めて、分類整理することをいう。

「……『芸文類聚』の名は聞き知っているが」

「『芸文類聚』については、あらためて家持殿への講義の折に、詳しく説明申し上げましょう。それがしは、武后則天様のご厚意でこの百巻を拝見したとき、――わが日本の国には、自国の文字表現が普遍化していない――と、痛烈に自覚しました。深い衝撃でした。これまで学んできた漢詩・漢文は、隋や唐、すなわち異国の文字表現にほかなりませぬ。日本国には、大唐とは異なる話し言葉があります。それゆえ、先刻申し上げました漢字や漢音を借用して、口誦の和歌だけでも、誰にでも読める形の文字や書き物にして、残せないか、と、大それた挑戦を致しました」（今に言う万葉仮名である）

旅人は、憶良が独りで、黙々と机に向かって、木簡に筆を走らせ、口誦伝承の古歌や俗謡を、一首一首、文字化している作業を想像していた。

（まるで孤独な戦いではないか……文人の格闘だな）

「まだ下級官人でございましたから、ささやかな俸禄は、筆墨の費用に消えました。しかし、この変わり者の首領《かしら》の志《こころざし》を理解した配下の山辺衆と、山辺郷の出身の有志が、木簡や貴重な半紙を届けてくれました。また、誰とは、申し上げませぬが、地方へ出張する官人や、皇室の羇旅《きりよ》に供奉《ぐぶ》した歌人たちも、地方で唄われている民謡などを蒐集し、書き送ってくれました」

――藤原宇合《うまかい》卿の愛顧を受けている高橋虫麻呂も、実はこの協力者の一人ですぞ――

と、明かしたかったが、憶良は抑《おさ》えた。

「なるほど。それが、そなたの情報入手の網の目でもあったか……」

憶良は微笑しながら頷いた。

「こうして集めた歌に、詞書《ことばがき》や左注《さちゅう》をつけまして、大唐の『芸文類聚』を参考に、それがしの判断で、相聞《そうもん》歌、皇室讃歌、羇旅歌、雑歌《ぞうか》などに分類し、私費で上梓《じょうし》しました書が、それがしの『類聚歌林《るいじゅうかりん》』

でございます」

「日本では初の大和言葉での歌集、しかも、内容で分類された七巻で、余も世間も驚嘆した書物であったぞ……」

「ありがとうございます。それがしの帰朝以来、公務と私的な編集作業を、十数年観察されていたのが粟田真人卿と、もう一方いらっしゃいました」

「どなたか？……」

「粟田の大殿とも交誼《こうぎ》の深かった長屋王でございます」

「そうであったか……長屋王か、よく分かる」


「長屋王は、漢詩・漢文はもとより、和歌などの文藝の愛好家でございましたから、若い頃から、粟田の大殿とも、お話が合っておりました。大殿は、それがしの遣唐使録事としての仕事ぶりや、帰国後の公務の実績を、長屋王に詳しくお話しなされたようでございます」

憶良は、粟田真人卿の温顔《おんがん》を思い出し、懐かしんでいた。

「和銅七年（七一四）正月、それがしは突然、従五位下の叙位を賜りました。最下級ではありますが、夢想もしなかった貴族の一員となり、広いお屋敷と二十名の家臣をいただきました。さらに、二年後の霊亀二年(七一六)、伯耆守《ほうきのかみ》に任命されました。無事国守の大任を果たしますと、養老五年(七二一)、畏れ多くも東宮・首《おびと》皇子の侍講《じこう》――家庭教師を拝命しました」

「いやいや……今だから申すが、そなたの人事には、宮中の官人・官女は再三驚いて、『山上憶良は何者だ？』と、騒いだものだ」

「山奥の山辺郷など、誰もご存知ない僻村《へきそん》の、里長《さとおさ》の子が貴族になり、東宮侍講に任命されたのは、門閥や身分・階級制度の厳しい世に、異例でございました。これはすべて、豪胆な長屋王の、能力重視人事のおかげでございます」

名門貴族の旅人と、庶民出自の憶良が頷《うなず》き合っている。

「長屋王は、そなたの作られた『類聚歌林』七巻を、『わが国で個人が編集し、上梓した最初の文芸書であり、かつ、国民の生活資料集だ』と、激賞されていたな。――士君子《しくんし》は自ら士を知る――とは、このことだな」

「ありがたき幸せでございます。そのおかげで、長屋王が主催される和歌や漢詩の宴《うたげ》に、しばしばお招きをいただくようになりました。こうして、帥殿とも深い交わりを頂戴するようになりました」

「それも、皆、そなたの才能と、たゆまぬ努力の賜物よ」

「それがしは首皇太子《おびと》、今の聖武帝に、数年間、『類聚歌林』に収めた名歌や、様々な法令、経典の初歩的な部分など、帝王としての必須の教養や徳目《とくもく》を進講致しました。全力を尽くしましたが……心の片隅で――皇室には思う存分に仕えたが、世の為には、まだまだ尽くしていない――と、思うに至りました」

「うむ」

「『類聚歌林』七巻で自惚《うぬぼ》れてはいないか――と、自らを他人の眼で直視しました」

（……驚いたな、――自分を他人の眼で直視する――とは……）

「で……どのように？」

「歌林には皇室や宮廷歌人たちの歌を多数撰んでおります。しかし、配下の権や助が作った先刻の歌を入れていませんでした。迂闊《うかつ》でした。まことに己《おのれ》の未熟さを愧《は》じました」

憶良は肩を窄《すぼ》めた。淡々と話し続けた。

「それがしは、出世につれ、ついつい上や横を向いて作業をしていました。農民や猟師や、防人《さきもり》や遊行女婦《うかれめ》や、地方官人の歌、作者不詳の俗謡などは、蒐集しながらも、歌林への取り上げの量が少のうございました。もっと大事なことは、――これらの埋もれた歌の中に、日本の国の歴史や社会の実態が、そのまま、包み隠さずに、生き生きと、いや生々しく表現されている――事実を知った、感銘でございます。枕詞《まくらことば》や懸詞《かけことば》は少なく、魂から迸《ほとばし》り出た歌が多くございます」

旅人は黙って頷いた。

「それがしは、古事記、日本書紀を再度、精読致しました。特に日本書紀は、国史として編纂《へんさん》されておりますが、その中には大きな誤りや、脱落や、ある意図があると知りました。朝廷が作った国史は、真正な歴史ではなく、皇統を正当化するごまかしがございます」

「大きな誤りや意図――とは何か？」

憶良は穏やかな態度を崩さなかった。

「それは後日、家持殿への特別講義でご説明申し上げます。この席では、それがしの人生の最終目標、いや、山辺衆の、将来の新しい目標をご説明申し上げます」

旅人は、次々と展開される、予想すらしたことのない憶良の話に、引き込まれていた。

「そなたと山辺衆の新しい目標――とは何ぞ？……」

「その前に、お茶を入れ替え、那大津で手に入れた唐の月餅《げっぺい》という菓子を賞味しましょう」

憶良は呼び鈴を振った。

（三）天の命《めい》

「さて、それがしらの目標は、上は天皇・皇親から、下は遊行女婦《うかれめ》から防人の妻などの嘆きの歌まで、万人の歌を網羅《もうら》した大歌集を編纂することでございます」

「万人の歌？　何のためにじゃ？」

「表の日本史であります書紀に対して、後世の民が、裏の日本史、否、真の日本史が学びとれる資料集にもなるからでございます。文芸作品であれば、『類聚歌林』の増補改訂で十分でしょう。しかし、飛鳥から奈良の御代に至ります建国激動の時代を描写している、万民の喜怒哀楽《きどあいらく》の歌を蒐集するとなりますと、数千首になりましょう。日本書紀では『真秀《まほ》ろば』と、描かれています京師《みやこ》や地方の真の姿を、和歌集で後世に残す計画でございます」

（何と大胆な……何と巨《おお》いなる発想か――）

旅人は言葉を失うほどであった。

憶良は、旅人の理解――咀嚼《そしゃく》を待つように、暫く間を取った。

「先日、坂本のお館で帥殿と、『筑紫歌壇を創り、社会を詠み、人間を詠みましょうぞ』と、語りました。

繰り返しになりますが、——『類聚歌林』を大きく超える大歌集を、後世に残したい——と、心底から念願しているからでございます」

「そうであったか。……で、上梓は？」

「官撰では資金の心配はしないで済みますが、朝廷の干渉や、ある種の強制などの排除ができませぬ。あくまでも自由な私撰の和歌集で、私費上梓《しひじょうし》したいと考えます」

（何と、……私費上梓とは……大変金のかかる企画だな……）

旅人は、淡々と語る憶良の話の内容の、深さと緻密《ちみつ》さに圧倒されていた。

（憶良殿は、東宮侍講とか、山辺衆の首領とかの器量ではない。ましてや筑前守など論外だ。小さく叩けば、小さく響き、大きく叩けば、大きく響く。巨大な太鼓だ——）

旅人は、一瞬、舎人《とねり》親王が元正《げんしょう》女帝に随行して、大和国添上《そふのかみ》郡の山村で詠んだ歌を思い出していた。


あしひきの山に行きけむ山人のこころも知らず山人や誰《たれ》

（憶良殿は、人並み外れた該博な知識の人だ。親王が詠まれた山の仙人のような気さえする。今、吾は、山人・憶良の心を知った……）

「そうか。——真実を吐露した万人の和歌を集め、歌集として後世に残すこと——が、社会に尽くすことか。旅人、よく分かったぞ」

「この大作業は、それがしら山辺衆と、賛同する無名の仲間だけでは、実現は難しゅうございます。

文藝を愛でる器量の大きい皇親・長屋王や、大貴族・大伴氏族の氏上《うじのかみ》である旅人殿など、真に和歌を愛し、歴史の真実を理解できる有力者——士君子《しくんし》——の方々の、物心両面のご支援が必要でございます。旅人殿にのみ、それがしの身許を明かし、伏してお願い申し上げますのは、この万人の大歌集の編纂上梓《へんさんじょうし》に、真っ先に、お力を貸してほしい故でございます。長屋王には、筑前守の任務を終え、京師に帰りまして、直接拝顔し、お願い致す所存でございます。その節にはまたお口添えをお願い致します」

そう述べて、憶良は莫蓙《ござ》を後ろへ降り、板の床に手を突き、頭を深々と下げた。

静寂の時が流れた。

旅人がゆっくりと口を開いた。

「憶良殿、面《おもて》を上げられよ。よくぞ旅人に、胸襟《きょうきん》を開いてくれた。そなたと山辺衆の大目標に、旅人、久々に深く感動した。吾も男だ。武将の貴族、大伴旅人——では平凡な男よ。つまらぬわ。人生は一度しかない。そなたと組み、文武両道の歌人として、夢の大歌集の後援者として、大伴一族の名を、末代にまで残そうぞ。この太宰府にて、憶良殿と邂逅《かいこう》したのは、まさに天の命《めい》だ」

二人はがっちりと握手をした。

第十帖　家持特訓

学びて時に之を習ふ　亦説《またよろこば》しからずや
朋《とも》あり遠方より来る　亦楽しからずや
人に知られざるを慍《いきどほ》らず　亦君子ならずや

（孔子　論語　学而篇《がくじ》　第一）

（一）遠来の朋《とも》

前年、すなわち神亀四年（七二七）秋八月。

筑前守山上憶良は、中納言大伴旅人の大宰帥就任と現地赴任を、公報よりひと月早く知った。京師《みやこ》にいる憶良の隠れ配下、「硃《あか》」からの密書が、甚の船で届けられていたからである。

「句香苑持卯菜岾○汚乎図姥侘杼図仮巳侘紗衣廼素持図枝手音○納衣家○持鮒耳○　硃」

密書は憶良にしか分からない候《うかみ》文字であった。候とは隠密《おんみつ》、『忍びの者』である。

――九月。中納言大伴旅人卿、大宰帥として、年内に現地赴任　硃――

と、書かれていた。

（何だと。旅人殿が大宰府へ……『隠《しのび》流し』ではないか）

『隠流し』――栄転に見せかけた左遷である。

（おそらく藤原武智麻呂《むちまろ》や光明子夫人《ぶにん》が、聖武天皇を籠絡《ろうらく》した策謀であろう。右大臣長屋王の信頼厚い中納言の旅人殿を、台閣から追放するのが目的だな。二年前には東宮侍講だった吾は、突然筑紫へ転勤させられた……）

憶良は帝《みかど》の言葉をほろ苦く想い出していた。

「筑前国は二等の上国なれど、『遠《とお》の朝廷《みかど》大宰府』がある。また、那大津（博多）には国外の使節を迎える『筑紫館《つくしのむろつみ》』がある。唐や韓半島から来る使節の接遇は、国の威信が係わる。語学達者で海外国内の政事《まつりごと》を知り、教養深いそちが赴くので、朕は安心じゃ」――

（多分、武将の旅人殿には『西海道は唐や新羅の侵攻を防衛する要衝の地だから……』とか何とか、適当な理屈をつけられて、勅《みことのり》を出されたのであろう……）

碩学の憶良と武将の旅人は、「長屋王の双玉」と呼ばれていた。それだけに、今回の旅人の転勤は、憶良には気懸りであった。

(……中納言殿とて帝の勅命による人事異動は受けるほかない。……大宰帥の任期は三年だ。吾の任期はまだ四年残っている。旅人殿の左遷はお気の毒だが、まさに――朋あり遠方より来る――とは夢想もしなかった。筑紫で再会でき、三年を共に過ごせるとは)

憶良にとっては国守の務めは二度目である。最初は伯耆守《ほうきのかみ》であった。

当時朝廷が支配していた日本は、北は陸奥国から南は薩摩国や大隅国まで六十八の国があった。これらの国は大国(一三)、上国《じょう》(三五)、中国《ちゅう》(一一)下国《げ》(九)の四等級に分類されていた。筑前国《ちくぜん》も伯耆《ほうき》国と同じ上国である。

朝廷から地方へ派遣される国司もまた四等官の制度であった。長官の守《かみ》、補佐する介《すけ》、や下級官人の掾《じょう》、目《さかん》である。

国司の仕事は、建前では行政、祭祀《さいし》、司法、軍事である。しかし、中央集権の律令制では、軍団は天皇直轄《ちょっかつ》の六衛府《ろくえふ》――衛門府《えもんふ》、左右衛士府《さうえじふ》、左右兵衛府《さうひょうえふ》、最近開設された中将府《ちゅうじょうふ》――および西海道に配置されている防人《さきもり》軍団で構成されていた。軍事は天皇に集中されていた。司法とて大きな諍《いさか》いが頻発するわけではない。したがって主な仕事は行政であった。

大化の改新以来、中大兄皇子(天智帝)と大海人皇子(天武帝)が志向した律令制の国家の行政は、班田収授《はんでんしゅうじゅ》が根幹であった。具体的には、

(一) 領民の戸籍の管理

（二）戸籍に基づく田地の班給――分配
（三）租庸調《そようちょう》――租税（農産物、特産物など）の徴収や、役務《えきむ》、使役提供《しえき》の管理

であった。

これらの日常業務は、介《すけ》、掾《じょう》、目《さかん》などの国司が無難にこなしている。国守たる憶良の仕事は、部下の国司や郡司たちの仕事を監督し、適宜に判断し、指示を下せばよい。米や布など徴収した租税を大宰府政庁に持ち込めばよい。伯耆守を六年経験し、この筑前国でも二年を過ごしてきた憶良にとって、国守の職務は単純であった。加えて部下は有能で実務に長《た》けていた。

太宰府は西海道九カ国二島の政事と軍事の基地である。『遠《とお》の朝廷《みかど》』の所在地だけに緊張感がある。それ故、筑前国は政治、経済面では一目置かれている国であった。

政庁の官人や筑前国の国司には有能な人材が選ばれていた。国守の実務の面では憶良は何の痛痒《つうよう》も感じていなかった。

西海道でも他の国の国守であれば、憶良は退屈したであろう。だが筑前国には憶良の興味や知識欲をそそる素材が、いくつかあった。

まず、異国の文物や情報が容易に入手できた。国際通の憶良の嗜好《しこう》を充《み》たした。領内の那大津は、古くから国内物資の集散地であり、海外の交易や外交の街であった。大唐や韓半島への使節団が出港し、帰港する。異国の船も必ず那大津に出入りする。『筑紫館《つくしのむろつみ》』のような迎賓館は、他の国府にはない。

大唐《もろこし》や韓半島の文物は入手しやすかった。唐人や韓人――外交使節団員や船員まで、いろいろな職種の者と、会話ができた。生の情報が憶良の頭に蓄積された。

憶良の異国趣味は、那大津で内外の商品を扱う大店「倭唐屋《わとうや》」の店先を覗くだけでも充たされた。今は隠居しているが、長年店を切り盛りしてきた初老の未亡人楓《かえで》がいた。

実は憶良と楓とは、誰にも話していないが、大和の深山、山辺郷での幼馴染みであった。楓の父はいろいろな鉱脈を探して深山幽谷に入る鉱山師《やまし》であった。その一家が、憶良の育った奥山に来た。まだ十歳前後の少年憶良と、その頃から美少女であった楓は共に山野で遊んだ。憶良の祖父に漢字や韓の言葉を共に学んだ。楓は物覚えがよかった。楓の父の探す鉱脈がなかったのであろう、一家は一年でいずこともなく去った。

楓との運命的な再会は、遣唐使節の一員として、那大津の筑紫館に宿泊した時であった。大唐《もろこし》の資料はないかと街の商店を覗いた時、店番をしていた内儀《おかみ》が楓《かえで》であった。ほぼ三十年ぶりであったが、一目で楓と分かった。艶やかで落ち着いた刀自《とじ》になっていた。出港前の、慌ただしく短い、切ない出会いであった。

三度目の奇縁は二十数年後の筑前守としての赴任である。この間に、楓は未亡人となっていた。女性には珍しい語学力や堂々とした接客の態度、若い女性の扱いなどの才能を見込まれ、筑紫館に賓客がある時には、臨時に政庁に雇われていた。お互いに還暦を過ぎていたが、心は若かった。しかし二人とも立場を弁《わきま》えて、密《ひそ》やかに愛し合っていた。

憶良は武人ではないが、兵法は幼い時から学んでいた。筑前国内には、『遠《とお》の朝廷《みかど》』大宰府政庁を防衛するために、大規模な大野城《おおのき》や、わが国には珍しい水城《みずき》もある。平城京の周辺にはこのような大規模な軍事施設はない。さらに対馬《つしま》の金田城《かなたのき》や、壱岐《いき》島の狼煙台《のろしだい》など、軍事の研究にはこの上もない環境であった。

だが、京師《みやこ》のように文藝を愉しむという雅《みやび》な雰囲気は、太宰府には育っていなかった。杯を傾け、胸襟《きょうきん》を開き天下国家を論じ、詩歌を吟ずる心の友は太宰府にいない。

憶良は、蒐集した和歌の分類や左注《さちゅう》——歌評などに、僅かに憂さを晴らしていた。

（この二年間、吾は平々凡々たる仕事を無難にこなしているだけであった。異国の文物に触れる楽しみはあった。食は美味く、住みやすい土地だ。物流の面では不満はない。だが学芸を語り、情感を共有する朋《とも》がいないのは、苦痛だった。——長屋王の別邸で詩歌管弦を共に愉しんだ旅人殿の西下——まさに乾涸《ひから》びた大地に慈雨が降ってくる心地だ。論語に言う「朋遠方より来る。また楽しからずや」とは、まさに今のわが心境よ）

と、憶良は誰よりも旅人を心待ちしていた。その旅人が太宰府に到着した。

公的には大宰帥と、その管掌下にある九カ国の国守の一人である。政庁と国衙《こくが》は同じ太宰府にある。すぐに訪れ、しばしば面談してもおかしくはない。しかし二人とも聖武天皇、光明子夫人《ぶにん》および藤原一族に体よく追放された身である。

（いかに朋友とはいえ、用もないのに会うことは、不測の紛議を起しかねない。危険だ）

と、自重していた。候《うかみ》の慎重な配慮であった。

年が明け神亀五年（七二八）元旦。大宰府政庁での年賀の式典が終わった後、憶良は旅人に、坂本の館に呼ばれた。

その奥座敷で、憶良は旅人と正妻郎女に、

「この度の九州赴任は、碩学山上憶良殿に再会し、三年の時を共有できる亦とない機会である。是非とも家持・書持の個人指導をお願いしたい」

と、懇望された経緯は第七帖「年賀」で述べた。

――東宮侍講を解任されて平凡な国守に左遷された身だ。老齢でもあり、わが人生に教育に携《たずさ》わる機会は二度とあるまい――と、殆ど諦めていた憶良の体内に休眠していた学究の血が沸々《ふつふつ》と滾《たぎ》った。

（天命か……男の意地の見せどころか……）

「帥殿、分かりました。お引き受け致しましょう」

憶良の日常生活に張りが出てきた。

（二）開講

春二月半ば。寒さも和《やわ》らいできた。少年二人に講義をする素案も、資料も揃った。

憶良は机上に置かれた郡司たちの月次報告書に目を通し終えると、大きく背伸びをした。

（さて、そろそろ退出して着替え、坂本の丘に向かうとするか）

国衙《こくが》と守館《かみやかた》は近い。官服を脱ぎ、平服に着替えた憶良は、下男頭の権に文箱《ふばこ》を包んだ風呂敷を持たせ、助に馬の指縄《さしなわ》を取らせた。私的な外出とはいえ、憶良は国守である。警備の兵は最小限の二名に留めた。ちなみに、従五位下の貴族には身辺の世話や警備の役をする従者が二十名官給される。

坂本の丘は大野山の山麓にある。大宰府政庁の北西に接している。憶良の守館からは十町弱（約千米）ほどの距離であった。

国守山上憶良が若い頃、遣唐使の一員、録事であり、伯耆守のみならず、今上聖武天皇《きんじょう》が首皇太子《おびと》時代の東宮侍講であったことは、領国内に知れ渡っている。

六十八歳の憶良には、年相応の風格が醸《かも》し出されている。この二年間、人々は穏やかな行政を高く評価し、憶良を尊敬していた。黙って座っているだけで、威令は領国内に徹底していた。民心は安定していた。一揆や反乱の心配は皆無であった。すれ違う人々は、敬意をもって憶良に頭を下げていた。

それでも憶良に従う下男の権や助は、さりげなく周囲に目を光らせていた。

（旅人殿は政権の中枢にいたお方だ。吾が独りで筑紫にいるのとは事情が違う。藤原は政治家であり武人である旅人殿の動静を知りたい——と、斥候を寄越すに違いない）

と、憶良は推測し、配下の権や助、船長《ふなおさ》の甚にも注意を喚起していた。

大宰府政庁の東に接する月山の丘に漏刻台《ろうこくだい》が設置されていた。水時計である。日本では天智天皇が近江京に設置したのが嚆矢《こうし》である。

七つ半（午後五時）を知らせる鐘が聞こえた。

旅人邸では玄関に家持と書持が正座して、憶良の到着を待っていた。

大宰帥の子息が、父の部下である国守を玄関で出迎えるのは異例である。国守を迎えたのではない。自分たちの学問の師を迎えたのである。

旅人は、家持兄弟に、

「そなたたちは、日本を代表する碩学《せきがく》、前東宮侍講《さきのとうぐうじこう》に、直接ご指導を仰ぐのだ。いささかも――父の部下――と、思ってはならぬ。徹頭徹尾、師弟の礼を尽くせ。わが館《やかた》に在っては、余も憶良殿を師と致す」

と、命じていた。

「先生、那大津でご挨拶致しましたが家持及び弟書持《ふみもち》、本日よりよろしくお願い申し上げます」

「書持でございます。ご案内申し上げます。こちらへどうぞ」

(郎女様のお躾がよく行き届いている。少年ながら二人とも風格がある。教え甲斐がありそうだ……)

憶良は講義の開始前から教師冥利を予感し、微《かす》かな興奮を覚えた。

奥座敷には広い机が用意されていた。

旅人と妻の郎女も、弟子として同席するという。憶良の席は床を背に、上座に用意されていた。正面には家持と書持、二人を囲むように、横に旅人と郎女が座った。

「それではそれがしの講義の概要から始めましょう。本日は、先般、元旦の日の帥殿のご意向をもとに、若たちへの指導の大綱を作成しましたので、披露します。内々の講義というか、談話でございますゆえ、ご質問やご意見は、その場でご遠慮なく、ご発言くだされ」

旅人父子は頷き、同意した。

「若たちの指導は、それがしと権及び助の三人で行います」

(えっ、憶良殿だけではないと?)家持と書持は驚いた。

「それがしが座学を担当致します。お二人には初めて申し上げますが、下男の権と助は武道の達人でございます。これは内密に願います。つまり、若たち二人には、文武両道の教育を行います」

「武道は大伴四綱《よつな》に習っているが?」

と、家持が訝《いぶか》った。大伴四綱は防人司佑《さきもりのつかさのすけ》(次官)であり、大伴一族では豪勇で通っている武士である。

「ご懸念はごもっともです。若たちが豪傑の四綱殿から剣の指導を受けていることは、この憶良十分承知しております。権や助が教えますのは、大唐《もろこし》や韓の剣法でございます」

(大唐や韓の剣法?)

兄弟二人は驚きを表情に出していた。

「帥殿にはすでにお話し申し上げていますが、権や助は、それがしと共に大唐に渡り、異国の剣法を学んでおります。それだけではございませぬ。日本にはありませぬ無手の武道、空手(唐手)も学んで参りました」

「空手?……初めて耳に致します」

「若たちは、いずれ大伴の武士のみでなく、六衛府の兵や、防人軍団を率いる役職に就かれるでしょう。世の中は味方ばかりではございませせぬ。好むと好まざるとにかかわりなく、国内、国外にも大伴の敵は出て参りましょう。和剣だけでなく、異国の剣法を扱う相手に、わが身を自衛しなければならぬ事態も起こり得ましょう。——備えあれば憂いなし——と申します。お分かりか？」

「分かりました」

「新しい剣法を習うのが楽しみでございます」

二人は納得し、意欲的であった。

「剣法だけでなく、野遊びや山狩りにかこつけ、人々の眼の届かぬ場所で、馬術や弓矢の実戦的な訓練を致すつもりでござる」

「家持、書持。しっかり鍛えてもらうがよかろうぞ」

と、旅人が父親の顔で二人を励ました。


「では、それがしが担当します講義の概略を説明しましょう。講義は大きく分けて、前半を教養、後半を皇統秘史とします。いずれも朝廷の学問所では教えないことですが、大伴の氏上としては必須の知識、教養です。律令は当地の国学で学ぶでしょうから省略します」

憶良の語調は学問所の教授のようになっていた。二人は頷《うなず》いた。

憶良は風呂敷を解き、文箱《ふばこ》から半紙と筆墨《ひつぼく》を取り出した。

真っ白な半紙を横に拡げた。この当時、和紙は貴重品であった。

旅人一家四人が、憶良の筆跡を追った。

目的　内外の教養教授
内容　一　大唐見聞録
（一）賢者の風貌
（二）入唐《にっとう》
（三）則天武后《そくてんぶこう》
（四）武の周
（五）持戒僧道慈《どうじ》
（六）還俗僧弁正《げんぞくべんせい》

「最初に、肩の凝らないそれがしの渡唐の雑談を致しましょう。大伴一族の方々にも、これまで何人かの遣唐使節経験者がおられるので、あるいはすでにご存知の点もありましょう。その時にはお知らせくだされ。省きましょう」

「吾らは殆ど知りませぬ」

と、家持が応えた。

「大唐見聞録でお話し申し上げたいことは、第一に、執節使《しっせつし》――大使より上席の特使――のお役目で、使節団を引率された粟田真人卿《あわたのまひとけい》のお人柄と功績。第二に大唐《もろこし》の規模の大きさや文化水準の高さです」

憶良は一呼吸置いて、少年二人の理解度を確かめるように、目を覗《のぞ》き込んだ。

兄弟の眼は好奇心に溢れ、輝いていた。

「次にお話しする則天武后《そくてんぶこう》は、その時粟田卿や録事のそれがしが直接お会いした女帝です。平民の娘から皇后となり、さらに大唐の政治を操った方です。武后の人生模様だけでなく、政治の功罪についても客観冷静に紹介したいと考えています。それは吾が国のやんごとなき高貴な女人で、密かに武后の政事《まつりごと》を参考にし、模倣された方、あるいは模倣しようとの雰囲気が予感される方がいるからです。これは極秘にしてくだされ」

郎女が驚いたように大きく目を見開いた

「二人の留学僧は、現在大安寺の道慈《どうじ》法師と、唐で還俗《げんぞく》し、妻帯して子持ちとなった弁正《べんせい》――二人ともそれがしらの使節団で渡唐した僧ですが、彼らの対照的な生き様《ざま》を語りましょう」

「ほう、なかなか面白そうな内容だな」

と、旅人が感心した。

「これらの講義により、若たちは、――唐の人物や文物に、予備知識ができるので、今後唐人や漢詩漢文に違和感なく接するようになれる――と、確信しております」

郎女も身を乗り出すようにして聴いていた。

「次に文藝の講話を致します」

憶良は再び筆を執った。

二　文藝

(一)　類聚歌林《るいじゅうかりん》

（二）帰去来辞《ききょらいのじ》
（三）八雲《やくも》の道
（四）歌は山柿《さんし》に

「文藝では、それがしが何故『類聚歌林』を編集したか、その背景をお話しします。『帰去来辞』は、それがしが畏敬する陶淵明という詩人の詩です。『八雲の道』では、わが国の和歌の源、古代の歌や旋律を解説します。最後に『歌は山柿に』と題して、歌聖柿本人麻呂と山部赤人などの名歌を選び、今後若たちが和歌を詠むための基本指導を致しましょう」

「なるほど、和漢の文芸指導だな。それはまことに有り難い」

「首皇太子《おびと》——現聖武天皇にはみっちりと時間をかけて、長歌、短歌の指導をしました。漢詩や漢文も教えました。若たちにもそうしたいと思いますが、それがしも国守の身であり、東宮侍講の時の様には時間がございませぬ。和歌よりも他に教えたいことがございますれば、文藝は四回のみと致しますこと、ご了解くだされ」

「ほう、『他に教えたいこと』とは何ぞ？」

と、旅人が怪訝《けげん》な顔をした。

「実は昨今の天下の情勢や、不躾《ぶしつけ》ながら帥殿のご年齢などを勘案しました結果、若たちには、文藝の教養もさることながら、日本の歴史、特に皇統の秘史を認識しておく必要があろう——と愚考致します」

「『皇統の秘史』とはどういうことでございますか?」

と、郎女が訊《たず》ねた。

(やはり……どなたかが問いただしてくるのは予期した通りだ)

「ずばり申し上げれば、日本書紀には書かれていないような、あるいは書かれていても正史の記述とは異なる、場合によっては真反対の、皇室や王族あるいは貴族の裏面や闘争の歴史でございます。大伴氏族は古来の名門大貴族ゆえに、今なお秘かに続いております天智系と天武系皇統の政争の渦中にございます。特に氏上を継がれるご嫡男家持殿には、この宿命から逃げるわけにはまいりませぬ。それゆえに、直近百年いや百五十年の大事件を、民であるそれがしの視点から客観的に分析し、解説致します。和歌や漢詩は、その歴史講義の中で引用致しまする」

憶良の説明に、旅人一家は緊張した。


「皇統の秘史は、『まほろば』と美化されている大和朝廷の影の政争です。大別して蘇我の専横、中大兄皇子の連続殺人事件、持統皇后の権勢欲の三項目を、『まほろばの陰翳《いんえい》』という表題で約二十回講義する予定です。内容が機微《きび》に触れますので、目次はその時にお知らせします」

これまで郎女は大伴家の奥向きの仕切りはしてきたが、男の世界、政争の話を学問として聴くのは、生まれて初めての経験であった。次々と憶良の口から展開する未知の話題に、頭が混乱しそうであった。

(病気など、いや死などどうでもよい。憶良殿の学問のお話を聴きたい!)

「それがしの後半の講義目的は、皇統の裏面史を暴露することではございませぬ。吾ら人間は動物でございます。その血液には、先祖の性格や才能が、脈々と引き継がれて、流れております。中大兄皇子や鸕野讃良皇女《うののさららひめみこ》――持統天皇――の血が、聖武天皇に流れ、不比等の血が武智麻呂や光明子夫人に流れているとすれば、……吾らは中大兄皇子や持統天皇、あるいは鎌足、不比等に謀殺された方々の轍《てつ》を踏まないように、生き抜かねばなりませぬ」

旅人一家は真剣な目つきになっていた。

「未だ成人に達していない若たち二人に、前半で則天武后、後半で中大兄皇子や持統女帝の残酷な政争を、敢えて詳しくお話し致しますのは理由があります。少年期の今より肝に銘じておかれ、父上旅人殿や母御の郎女様、および不肖それがしがこの世から消えた後の人生の、あらゆる苦難を――これらの事例を参考にして、どろどろの世界を無事切り抜けて欲しい――からでございます。お分かりくだされ」

「家持、しかと承りました」

「書持も覚悟致します」

旅人と郎女は二人をいとおし気に観ていた。

（もう少し長生きしたいが……）

旅人は高齢を、郎女は病苦を、一瞬ではあるが、嘆いた。

（家持、書持には亦とない得難い講義になる。憶良殿に、この筑紫太宰府で邂逅《かいこう》したのは、まっこと天祐であった。神のご加護に感謝しよう……）

「今回は今後の講義の目的と概要を簡単に述べました。最後に、大唐よりも古い戦国時代に、孔子と申す著名な学者の言葉を編んだ『論語』の冒頭の教えを紹介します」

憶良は木簡を取り出しさらさらと書き、訓読みした。

学而時習之　不亦説乎　学びて時に之を習ふ　また説《よろこ》ばしからずや

「孔子は、――学んだことを後日復習するのは喜ばしいことだ――と、復習の大事さを勧めています。心に留めて実践してください。参考までに、『学―學』という字は――親鳥の羽ばたく姿を巣の中の子が見上げている――象形文字です。『習』は自《みずか》ら羽《は》ばたいてみる――意味です。学習の大事さが分かります。ではこれにて本日は終わりにします」

「ありがとうございました」

兄弟二人は礼儀正しく頭を下げて、退出した。

「憶良殿、論語学而篇《がくじ》第一の名言で締めるとはお見事だ。年初申し上げた通り、吾も郎女も、可能な限り同席し拝聴する。いや聞かずにはおれない内容よ。次回から楽しみだ」

「妾も同感でございます」

「では憶良殿、別室で一献傾けよう」

酒好きの二人は、にこっと微笑みを交わした。

第十一帖　賢者の風貌

好去好来《かうこかうらい》の歌
……高光る　日の朝廷《みかど》……家の子と　選《えら》び給ひて　勅旨《おほみこと》
戴《いただ》き持ちて　唐《もろこし》の　遠き境に　遣はされ　罷《まか》りいませ……
（山上憶良　万葉集　巻五・八九四）

（一）月餅《げっぺい》

旅人と憶良が雑談を交わしている奥座敷へ、大伴郎女《いらつめ》が二人の侍女を従えて入室した。侍女たちは菓子の器と茶碗を捧げ持っていた。

「憶良様、筑紫館《つくしのむろつみ》から大唐《もろこし》のお菓子の試作品が届きました。楓に助言を頂いて、栗を加えた餡《あん》だそうです。どうぞご試食なさってくださいませ。家持、書持もご相伴《しょうばん》をなされ」

と、郎女が含み笑いをしながら茶菓を勧めた。

「ほう、月餅ですな。中秋の観月はまだ半年も先ですが、栗餡《くりあん》とは楽しみでございますな。それではいただきます」

（今日は奥方様のご体調が良さそうだな。講義に合わせて、さりげなく大唐の菓子を手配されたのか……）

憶良は郎女の気遣いに感謝し、口に入れた。

菓子を作った筑紫館は、古くから那大津に設けられ、外国の使節を接待あるいは宿泊させる迎賓館である。海外からの使節はまず那大津に来る。大宰府の政庁は、奈良の朝廷に代わり、最高の饗応をせねばならない。膳夫《かしわで》たちは、和食だけでなく、唐や韓半島の料理や菓子の研究や試作に余念がなかった。

郎女が口に出した楓は、郎女が筑紫館に泊まった際に、身辺の世話をした女人である。官女ではない。年の頃は還暦を過ぎていたが、見た目は五十代の寡婦である。亡夫は唐や韓半島の物産を扱う豪商であった。今は商いを息子に任せ、遺産でのんびりと優雅な日々を送っていた。生来陽気で商人の内儀《おかみ》らしく社交的な、機転の利く才媛である。家業の関係で、いつしか唐や韓の言葉を流暢《りゅうちょう》に話せた。

楓は若い男女の雇人の扱いが上手かった。大宰府政庁では、唐や韓半島の使節や、商人たちが来るときには、楓を臨時に雇って、接遇を任せていた。宴席に侍る女人たちには、品のよい伎芸の達者な遊行女婦《うかれめ》や、裕福な商人の娘たちが集められた。今風に表現すればコンパニオンである。彼女たちを採用し、指導し、宴席を華やかに、かつ恙《つつが》なく、全体の差配《さはい》をする大事な裏方の役目を、てきぱきとこなす楓を政庁は重宝していた。

「憶良様と楓は幼馴染とか仄聞《そくぶん》しましたが……」

と、郎女がいたずらっぽく微笑みながら尋ねた。

「いやいやお恥かしい。お耳に入りましたか」

不意を突かれたのか、憶良が少し顔を赤らめて、照れくさげに頭を掻いた。

「郎女、今夜は家持、書持が、憶良殿の大唐《もろこし》の話を早く聴きたいと、うずうず心待ちしている。楓女《かえでめ》との艶《つや》やかな秘話は、日をあらためて、酒《ささ》でも飲みながら、ゆっくり伺うことにしようぞ」

旅人が男仲間の助け舟を出した。

「では憶良様、そのお話は後日のお楽しみに致しましょう」

「恐れ入ります。では講義を始めますか」

（二）復活遣唐使節

家持兄弟が席に着いた。二人は緊張している。

「今回は約三十年前、それがしが大唐《もろこし》へ渡った昔話を致します。年寄りの懐旧談――と、気楽に聴いてくだされ。疑問や難解な点があれば、遠慮なくお訊ねくだされ」

憶良は二人の緊張をほぐすように、微笑《ほほえ》んだ。

「それがしが第七次遣唐使節の録事、正確には最下級の役職である少録に任命されたのは、大宝元年

（七〇一）でした。出港したのは翌年六月です。さて、遣唐使節は通常は、大使、副使、判官《ほうがん》、録事の四等官制でございます。しかし、その時々の事情により、大使の上に執節使などの特使をおくこともございます」

憶良はゆっくり間をとった。

現在の外交官の職位、――大使、公使、領事、書記官（一等書記官、二等書記官）――の、四等官制に対比すれば理解が容易であろう。

「それがしらの場合には、大使は坂合部大分《さかあいべのおおわけ》殿、副使は巨勢邑治《こせのおおじ》殿でございましたが、執節使として粟田真人卿《あわたのまひとけい》が任命され、使節団の団長となられました」

家持、書持の眼はきらきらと輝いていた。

（二人とも相当興味を持ち、理解力があるな）

と、憶良は見抜き、好感を持った。

「それがしは幼少の頃、父が粟田真人卿の領民であり、またそれがし自身、長じて真人卿にお仕え致したこともあります。それゆえ、お引き立てを得て、真人卿に直属します録事に任命されたのでしょう」

憶良は二少年に、粟田真人卿との縁故を語った。二人は頷いた。

「録事とは、文字通り使節団の一切の記録係です。唐との外交交渉の議事録はもとより、在唐の日誌、見聞事項、贈答品や受贈品の明細、購入物品の内訳、金銭の出納などを書き留める役でございます。同時に執節使の側近として、庶務事項を独りでこなさねばなりませぬ」

「随分とお忙しそうでございますわね」

と、郎女が感嘆した。それを受けて、旅人が、

「その通りだ。当時憶良殿は無冠で低い官職にあった。だが本来多才であり、語学も堪能で、さらに、大宝律令の作成にも参画されておられたから、粟田卿が大抜擢《ばってき》をなされたのじゃ」

と、憶良の才能と背景を郎女たちに手短に説明した。

「過分のお言葉、面映《おもは》ゆうございます。実はそれがしらの第七次遣唐使節の派遣は、実に三十三年ぶりでした。と申しますのは、倭《やまと》の国は、天智二年（六六三）――大伴家のご先祖が大活躍された『壬《じん》申《しん》の乱』（六七二）より九年前――に、百済《くだら》国の白村江《はくそんこう》で、唐と新羅の連合軍に惨敗していたからです」

憶良は、家持、書持に、『壬申の乱』を示すことによって、時代の認識と興味を持たせる配慮をしていた。

「敗戦後数年たち、天智天皇は唐と国交を回復しようと考え、天智八年（六六九）に、第六次の遣唐使を送りました。しかし、けんもほろろに拒絶され、何の成果もなく、以後約三十年の長きにわたって、国交は断絶しておりました。『白村江の戦い』については、別の機会にお話しする予定ですから、今は、――倭の国が、唐に完膚《かんぷ》なきまでに大敗し、国交が三十年、実質には四十年断絶していた――とだけ覚えておいてくだされ」

兄弟は大きく頷いた。

「国交が実質四十年も途絶えていたのですか……驚きました」

郎女は学ぶことの楽しさに、病を忘れ引き込まれていた。

「はい。したがって第七次遣唐使節の役割は、これまでの友好親善を主目的とした派遣と大きく異なっていました。簡潔に申せば、三つの重要な課題がございました」

そういって憶良は新しい木簡を取り出し、三行書いた。

一　国交回復の交渉
二　大宝律令と現在の国家組織の説明
三　先進的な唐の文物の輸入

「まず国交回復の折衝を説明しましょう。何分にも四十年前、白村江で文字通り大惨敗していますから、――敗戦国の日本から、戦勝国の唐に赴いて、国交の回復を求める――ことから始めねばなりません。その交渉は難しく、まかり間違えば命を失う嫌な仕事でございます。分かりますね」

二人は首を縦に振った。

「さらに、唐と日本は国家の規模に大きな差があります。しかし日本の朝廷は、――できるだけ対等の立場か、それに近い形で国交を修復したい――と、虫のいいことを考えました。そのためには――日本が唐と同様に律令を定め、その法制に基づいて、斎整《せいせい》と政事《まつりごと》を執《と》り行っている――ことを説明し、認識してもらわねばなりませぬ。つまり、大宝律令の内容をよく承知し、――日本は律令国家であること――を唐の朝廷に納得させねばなりませぬ。これが第二の課題でした。法令を説明し、相手の質問には的確に答えるだけの知識と語学力が必要となります。分かりますな」

「はい」

「第三は、文物の輸入です。わが国は古くから大陸に学んできました。しかし唐とは四十年以上も交流が途絶えていたため、――文藝や工芸技術などに、大きな格差が生じていないか――と、懸念されていました。荒海を渡り、唐より文物を持ち帰るのは命がけの仕事です。折角の機会だとばかり、多くの文物を持ち帰ろうとしても、船に積める量には限りがあります。どの経典どの書籍や工芸品を購い、持ち帰るか――その選択と決定には博識の人材が必要でした」

「三つの課題は実に重いな。これを束ねるお方は……大役だ」

旅人が所感を挟んだ。

「仰せの通りです。中央政権の高官の方々で、法令知識があり、語学力があり、文藝の目利きができるという三条件を充たし、この三課題をこなせる――と、自信を持って手を挙げる貴人は誰もいませんでした」

憶良は一呼吸置いた。

「ただ一人、群臣たち全員の頭に浮かぶ適材の方がいました。それが粟田真人卿でした」

(三) 賢者の風貌

憶良は新しい木簡に筆を走らせた。

第七次遣唐使節　執節使　粟田朝臣真人　従四位上　直大弐《じきだいに》　民部尚書《みんぶしょうしょ》

「直大弐というのは冠位四十八階が定められた頃は、群臣の位では上位で、直位四階《じきいよしな》――八階級の方々は、浅紫の衣を着けられていました。役職の民部尚書は、戸籍や租税などを担当する民部省の長官です。唐の制度の呼称《こしょう》を模倣して、使用していますから、相手は粟田真人卿の地位がすぐに分かります」

（憶良様の解説は、女人の私にも分かりやすい）

郎女は講義に熱中していた。憶良の一言一句が体に沁《し》み込むように理解できた。

「ところで、それがしは若き日より、『粟田の大殿』と呼び慣れておりますから、これからは真人卿を、左様に申します。粟田の大殿は素晴らしい日本人ですから、この機会に略歴や人物像を少し紹介しましょう」

「よかろう」

と、旅人が頷き、同意した。

「大殿は若い頃出家され、『道観』と名乗られていました」

僧であったと聞いて、家持、書持はもとより、郎女も驚いた。

「大変聡明なお方であったので、孝徳天皇の御代、白雉《はくち》四年（六五三）、第二次遣唐使節派遣の際に留学僧に選ばれ、唐で学問を修得されました」

「左様でございましたか」

「帰国され俗人に還《かえ》り、官人となられました。天武十年（六八一）、小錦下――今の従五位下に相当する――貴族になられました。それがしは二十歳そこその青年でしたが、この天武十年という年は、歴史の上で画期的な年でしたから、年号を覚えておいてくだされ」

と、憶良は二人にまず「天武十年」を強調した。

「と申しますのは、天武天皇はその二月に律令の編纂を公表され、三月に上古諸事と帝紀――つまり古事記と日本書紀――の編纂に着手されたのです。天武天皇の最もご活躍された時期であります。その陰に、先進国の大唐の事情に詳しい粟田の大殿のご献策があったことは間違いありませぬ」

「真人卿の小錦下叙任はその功績だな」

「はい。真人卿は特に律令の編纂という地味な仕事に没頭されました。天武天皇だけでなく、次の持統女帝もまた大殿の能力を高く評価され、大宰大弐に任命されました。当時大宰府政庁は那大津に在りました。那大津に若たちご一家が到着された時、筑紫館に宿泊されたでしょう」

「はい、立派な館なので驚きました」

「粟田の大殿は、筑紫館で外国の賓客を再三接遇され、外交の実績を挙げ、経験を積まれていました」

(この聡明な兄弟二人が、粟田の大殿のような素晴らしい貴人に成長して欲しいものだ)

憶良は頭の片隅で願望しながら話していた。

郎女も、昨年暮に泊まった筑紫館で、――粟田真人卿が大宰大弐として活躍していた――と知り、真人卿を身近な人に感じていた。講話に聞き惚れていた。

「粟田の大殿は、その後、文武《もんむ》天皇の四年(七〇〇)、刑部《おさかべ》(忍壁)親王や藤原不比等《ふひと》卿と共に、大宝律令の編纂を命ぜられました。これは天武十年以来の古い律令の最終的な改定作業でしたから、大殿にとっては一年で作業を済まされました。翌年、すなわち大宝元年（七〇一）正月、大宝律令は見事完成しました。その功績で、大殿は、先ほど書きましたように、従四位下、直大貳、民部尚書に叙任されたのです。お分かりか」

憶良は、兄弟揃って頷くのを確認して、続けた。

「さらに、国威を賭けた第七次遣唐使節では、大使の上に立つ執節使を命ぜられ、文武天皇から節刀を授けられました。節刀は、お父上旅人殿が、征隼人持節大将軍に任ぜられていますから、その意味はご存知でしょう？」

「はい、節刀は天皇に代わる軍事大権である――と、承知しております」

家持の即答に旅人は父親らしく目を細めていた。

「この粟田の大殿への節刀が、日本で最初の節刀授与でございます」

「まあ、そうでございましたか」

郎女は次々と感心していた。

「このように留学僧として学問に造詣深く、語学力があり、唐に友人多く、法令の知識、外交折衝経験豊かで、かつ部下統率能力のある人材は、高官貴族の中にそう多くはいませぬ」

「その通りだ」

旅人が即座に断言した。親子は、憶良の説明で粟田真人卿の偉大さを再認識していた。

「それだけではございませぬ」

と言って、憶良は間をとった。

「まだ何かあるのか？」

「はい。真の貴人にとって、最も大事なことは、知識、教養、肩書だけではなく、人格、品格でございます。粟田の大殿が素晴らしいのは、内面では人格、知識、教養など精神面で優れ、外面では、立居振舞、挙措動作《きょそどうさ》、礼儀作法、発言論旨明快でございます。唐の朝廷の方々、上は皇后——高名な則天武后《そくてんぶこう》——から下は実務の官僚に至るまで、全員を驚嘆させ、絶賛させたほどでございます。その根幹である人格の背後には、——率先垂範《そっせんすいはん》、出処進退《しゅっしょしんたい》——という、『上に立つ者の負う重い責務』を、常に心掛けておられるからだと思いまする」

今風に申せば、欧州の王侯貴族や政財官界の指導者、将軍提督《ていとく》の心得である「ノーブレス・オブリージュ」である。

「なるほど、『上に立つ者の負う重い責務』——か。旅人、この歳にして目から鱗《うろこ》が落ちた心地じゃ。貴人の心得、よく分かったぞ。家持、書持。この一言だけでも、そなたたちは若くして教わり、幸せぞ。自今《じこん》、忘ること勿《なか》れ」

「はい」

兄弟は紅潮した面持ちであった。

郎女は、大貴族の大伴氏族を束ねる氏上の正妻として、夫旅人を支えてきた。日夜、神経を張り詰めて夫に仕えてきた。胃腸の重い病、心の臓を襲う鋭い痛みは、その気疲れの所為《せい》であった。

（病気を押して、筑紫へ来てよかった！　親子四人、初めて家族らしく、人間味のある団欒《だんらん》の時を過ごしている！　わが子の隣に座って、前東宮侍講の山上憶良殿から、分かりやすい講義を聴ける。こんな至福の時はない……）

と、興奮していた。

「では今夜はこれぐらいにして、次回は大唐《もろこし》への旅の話にしましょう」

憶良は白湯《さゆ》を口にして、咽喉《のど》を潤した。

第十二帖　入唐《につとう》

年年歳歳花相似
歳歳年年人不同

年年歳歳花相似《ねんねんさいさいはなあいに》たり
歳歳年年人《ひと》同じからず

（劉廷芝《りゅうていし》　全唐詩）

（一）入唐

憶良が風呂敷から折りたたんだ大きな紙を取り出し、卓上に拡げた。手書きの地図であった。九州と韓半島、それに唐のある大陸が書かれている。真ん中は大海である。航路が記入されていた。韓半島には百済《くだら》、新羅《しらぎ》、高句麗《こうくり》が書かれている。（5頁参照）
「ご覧ください。百済がまだ存在していた頃の地図です。これまでの遣唐使船は、那大津を出港すると、対馬《つしま》を経て、韓半島の西側の岸沿いに北上して、大唐の山東半島の登州へ渡る航路をとっていました。『北路』と呼ばれていました。これは風や潮流の影響が少なく、最も安全な航路でした」

四人は納得し、頷いた。

「しかし斉明天皇の六年（六六〇）、百済は滅亡し、さらに僭称《せんしょう》――群臣未承認の自称の即位――天智二年（六六三）の白村江《はくそんこう》の戦いで、百済と倭の同盟軍は、唐と新羅の連合軍に惨敗しました。この結果、旧百済国は新羅の領土となりました。ところが、新羅と唐はすぐに不仲となり、両国は戦火を交えるほどの緊張関係になりました。したがって、唐へ向かうのに、新羅領となった西海岸沿いの航路は利用できなくなりました」

少年二人の頭に、百済、新羅、唐の名と位置関係が、否応なく刷り込まれていく。

「それゆえ吾らの第七次遣唐使船は、初めて五島《ごとう》列島から、西の大海を横断して、長江《ちょうこう》（揚子江）の河口から少し入った北岸にある大きな港町、揚州（江蘇州の都市）へ向かう航路を取ることにしました」

憶良は地図の上に記入されている揚州の場所を示した。

「この航路は『南路』と申します。最短距離にはなりますが、大海の横断になります。風と潮流に左右されやすい危険な大冒険でございます。そのため玄界灘以西の大海の荒波を知る宗像海人部《むなかたあまべ》を主とする九州地方の、体力気力に優れた強靭《きょうじん》な水夫《かこ》が集められました」

（そうか。船長《ふなおさ》の甚は豊後海人部の出身と申していたが、この時採用された水夫であったな）

旅人は佐婆津《さばつ》（防府）の船宿での甚との対談を想い出していた。

「さて、吾らは大宝二年（七〇二）六月、那大津を出港致しました。粟田の大殿は、前年正月に完成した大宝律令を携《たずさ》えていました。船は三隻。執節使、大使、副使が別々に乗艇したのは、――万一事故があっても、誰かが国の使節として長安に赴《おもむ》けばよい――との配慮でした。使節船は勇躍一路、揚州へと目指しました」

家持、書持はわくわくしていた。佐保の里では異国の談《かたり》など耳にすることは無かったからである。

「船旅は気味の悪いほど順調でした。が、やがて大荒れに遭遇しました。この時の暴風雨については、佐婆津（防府）の泊で甚が帥殿に詳しくお話し申し上げていますが、若たちには機を見て甚より体験を語らせることにして、入唐《にっとう》に参りましょう」

「転覆するかもしれなかったほどの、凄まじい嵐だった――と聞いた。お前たちも甚から直接聞くと、当時の水夫たちの苦労が分かろう」

と、旅人が父親として言葉を添えた。

「分かりました」

二人は甚の冒険談も楽しみにした。

「さて、揚州を目指したのは理由がありました。この地は古くから水上交通の要地で、物資の集散地として栄えているだけではなく、学者や文人も多数集まっている――と、耳にしていたからです。しかし吾らは、嵐の関係もあって、揚州からかなり離れた楚州の海岸にたどり着きました。そこで驚くべき情報に接しました」

憶良は間を置いた。

家持、書持はもとより旅人、郎女も、（何事であろうか？）と、興味を抱いた。

「唐の国名が『周』に代わっていました」

「唐が滅亡していたのですか？」

と、弟の書持が訊ねた。

「いいえ、唐は滅びていませぬ」

郎女や兄弟の頭は混乱した。

「それがしらも驚き、戸惑いました。その時唐の役人から説明を受けて、やっと納得しました。複雑な政治の事情、分かりやすく表現すれば、――お家騒動――があったのです。簡潔に説明しましょう」

憶良は新しい半紙を取り出し、横長の方向に置いた。筆を執ると、皇帝、皇后、妃などを書き連ねた。（西暦は読者の便のために筆者が入れた）

四人は、憶良の筆の穂先を追っていた。

（この方法は、書いたものを見せるより、弟子の注意を惹《ひ》き、理解を早める）

憶良は、首皇太子《おびと》の指導をした経験から、自信を持っていた。

国名	皇帝（在位期間）		参考事項
唐（李氏）	初代	高祖（六一八―六二六）	
	二代	太宗（六二六―六四六）	武照《ぶしょう》　後宮入り
	三代	高宗（六四六―六八二）	尼武照　後宮入り
			武照、皇后王《わん》氏を失脚させ皇后となる

四代　中宗　（六八二―六八四）　武照（武后）の三男
五代　睿《えい》宗　（六八四―六九〇）　武照（武后）の四男
周（武周）　則天武后　（六九〇―七〇五）　恐怖政治
唐　四代　中宗　（七〇五―七一〇）　再任
五代　睿宗　（七一〇―七一二）　再任
六代　玄宗　（七一二―七五六）　睿宗の子（武后の孫）

「なるほど、この表なら複雑な皇帝の変遷も、すべて武照が関与していたのがよく分かるわ」

と、旅人が感心した。

「ご覧ください。それがしらが入唐した時の皇帝は、女帝の則天武后でした。今回は唐朝の歴史は省き、それがしらの遣唐使節関連の話だけにします。則天武后の詳しい物語は次回に致しましょう。さて、唐に上陸したそれがしらは、直ちに、則天武后についての情報を集めましたが、余りの冷酷非道な恐怖政治に、身震い致しました」

「異郷の地で、相当に緊張したであろうな」

「はい。吾らは一時動揺し落ち着きを失いました。しかし、粟田の大殿は泰然自若《たいぜんじじゃく》とされていました。それを見て、使節団は平常心を取り戻しました。今さら引き返すわけには参りませぬ。揚州から長安に向かう間に、相当の覚悟ができ、一行は落ち着いておりました」

「先生が渡唐された時、則天武后は何歳ぐらいだったのですか？」

と、家持が質問した。

「実は七十八歳の老境にありましたが、見かけは五十歳前後の若さで、矍鑠《かくしゃく》とされていました。則天武后は国政の全権を掌握されると、政治の第一線は部下に任せ、若い男たちとの色事に時を過ごすようになっていました」

「まあ、そのようなお歳で若い男たちと遊ばれたのですか？」

郎女が顔を赤らめながら聞き返した。

「はい、これは郎女様や若たちには詳しくは語れませぬが……」

――武后は淫乱で、巨根の美男子を好まれました――

と、口にするか躊躇《ちゅうちょ》すると、旅人が意を察して、

「そのような女帝が相手では、粟田卿の日唐国交回復の交渉は、さぞかし大変な気苦労であったろうな」

と、話題を本論に戻した。氏上の旅人は、執節使である粟田真人の当時の心境を慮《おもんばか》った。

憶良は大きく頷いた。


「はい。まず長安に入る前に、唐朝廷の迎賓館である鴻臚寺《こうろじ》で、担当の役人とひと悶着《もんちゃく》ありました」

「ほう」

「先方の役人たちは、それがしらを――『倭《わ》国』から来た『倭国使』――と、思っていたようです。だが、粟田の大殿は終始一貫、『日本《にっぽん》国使』を名乗られました。――『日本』と称する国が、これま

で唐に好誼《こうぎ》を通じていた『倭国』なのか、それとも別の国なのか？　――先方は判別に大変混乱したようです」

「なるほど、三〜四十年も交流が途絶えていたからな。当然であろう」

「粟田の大殿は、泰然自若として、『日本国使』を主張されました。一時は鴻臚寺の役人に『衿大《きんだい》』つまり傲慢《ごうまん》な男だ――と、酷《ひど》い評価を受けました。役人たちは、長安の朝廷に――この国名で長安城への入門を許可してよいかどうか――伺いを立てました」

少年二人は、あたかも使節団の一員になったかのような気分で、憶良の話の展開にのめり込んでいた。

「則天武后は桁外《けたはず》れのお方です。ご自分も国名を『唐』から『周』へ変更されています。またご自身を『聖神皇帝』と称されるほど、大きいことが好きなお方でございます。――『倭』より『日本』の方が格段に恰好良いではないか――と、仰《おっしゃ》られ、『日本国使』と名乗ることには意にも介されませんでした。則天武后のこの一言で、『日本国使』の入城が許可されました」

憶良の話は、実際に現場にいただけに説得力がある。家庭で奥向きの仕事をしていた郎女や、未成人の家持兄弟には新鮮であった。遣唐使節の直面した光景を想像していた。

「この機会に申し上げますと、この時が『日本』という国名を、異国に認知させた最初でございます」

「そうでございましたか」

「余談になりますが、唐の鴻臚寺《こうろじ》に倣《なら》って、筑紫館《つくしのむろつみ》の名称を『鴻臚館《こうろかん》』と変更する案が、平城の朝廷で検討されているようです」

「ほう、鴻臚館となよい響きだ」

「第八次の遣唐使節が帰国した際に進言した——と、漏れ聞いております」

家持、書持にとっては、那大津に到着した際に泊まった宿舎の名前だけに、話題に興味を持った。

(そうか、唐の迎賓館のお寺の名前だったのか……)

知識が知識を広げていく。憶良の気配りであった。

「さて、いよいよ長安入城でござる」

憶良は卓上に手書きの地図を広げた。長安の市街図であった。

「まずはこの大唐の都、長安地図をご覧くだされ。長安は長安城と申して、周囲を高い城壁で囲まれています。東西約二里半（約十粁）、南北約二里（約八粁）ございます」

「えっ、南北二里もあるのですか！」

家持は仰天《ぎょうてん》した。

「左様。今の平城京は、粟田の大殿が帰朝後、大納言であった藤原不比等卿に献策して、建造されたものですが、規模は縦横ともに長安城の半分、つまり面積では四分の一でございます」

「長安は平城京の四倍か！　広いのう」

旅人も規模の差をまざまざと思い知った。

「はい。長安はやや横長型ですが、平城京は縦長型でございます」

「どうして平城京は縦長型にしたのですか？」

と、書持が疑問を呈した。

（なかなか鋭い質問をする兄弟だな……素晴らしい）

憶良は教師冥利《みようり》を味わっていた。

「それは最南端の羅城門《らじようもん》から、宮城の朱雀《すじやく》門までを少しでも長くして、――外国、特に唐の使節に京師《みやこ》を大きく見せよう――としたのです」

「何ともいじましい日本の官人の知恵よ、のう」

旅人が苦笑いした。

「左様でございます。さて、この長安城の中に、皇帝の宮城や、官人の役所である皇城があります。この地図でお分かりのように、一面に三門、合計で十二の大門があり、夜間は閉じられます。話には聞いておりましたが、実際に都城を遠望した時、都の巨大さには度肝《どぎも》を抜かれました。近づけば城壁は三丈弱（約五米）もあり、大門は小山のように見えました」

郎女、家持、書持は、数字を使った憶良の具体的な説明の一つ一つに頷き、頭の中で想像を巡《めぐ》らしていた。

「それがしら遣唐使節は、儀礼にしたがって、最南端の羅城門《らじようもん》から入城しました。宮城までの一直線の大通り、朱雀《すざく》大路は、驚いたことに、道幅が六十丈（約百米）もあります。宮城の南正面の朱雀門は、遥か二里の先ゆえ、殆ど見えませせぬ。ようやく見えても、辿り着くまで何と長かったことか。今でも忘れませぬ。その朱雀門の巨《おおき》さと、建築の堅牢さ、装飾の豪華さには目を奪われました。平城京の朱雀門は、この長安の門を模して建築されていますが、すべてが半分の規模です」

（あの華麗な朱雀門の縦横二倍の規模……四倍の巨《おお》きさか！）

四人は当時の遣唐使節の驚きを、脳裏で追体験していた。

「吾らの国は、この大国を相手に、白村江《はくそんこう》でよくぞ戦ったものです、惨敗したのは当然の帰結《きけつ》でした。

それがしらは巨大な街並みに圧倒され、溢れるほどの人々の多さ、それも人種の多様さに驚き、心も
体も萎《な》える心地で歩を進めていきました」

一家四人は、いつしか遣唐使節や随員の心境になっていた。

「しかし粟田の大殿は、輿《こし》の上で終始悠然とされていました。時折それがしらに、『背筋を伸ばして
堂々と胸を張って歩け！』と、声を掛けられました」

「ほう、真人卿は終始悠然とされていたか。何故《なにゆえ》ゆとりある態度で過ごせたのであろうか？」

大貴族で、人の上に立つ旅人が興味を示した。

「それがしの推測でございますが、真人卿はお若い頃、この地で学問を学ばれた経験がございます。

そのうえ、学力や成績は、唐の方々と対等、いやそれ以上の水準であった――と聞いております。そ
れゆえ気後れされませぬ。大殿は常々――知識や思想の高さも必要だが、肝要なのは人間の器量、品
格、礼節である。着衣や化粧などの外見は必要だが、副次的だ――と、申されていましたから、長安
も奈良も、どうということは無かったのでしょう」

「なるほど、なるほど。――建物などには威圧されるな――ということだな」

「その通りです」

「それからあの有名な則天武后との対面の挿話になるのだな」

「左様でございます」

郎女たちは、固唾《かたず》を飲んで聴き入っていた。

（二）礼見《れいけん》

「皇帝との会見には、国書と進物などを奉呈する『礼見の儀』、内々に親しく会見する『対見の儀』、および帰国の際の『辞見の儀』がございます。まずは『礼見の儀』からお話します」

少年二人の理解が容易にできるよう、憶良は間合いを取った。

「『礼見の儀』は形式的な儀式ではありますが、三十年ぶり、実質には四十年途絶えていた国交回復交渉でございますゆえ、使節団は緊張致しました。参内致しましたのは、執節使の粟田真人卿、大使坂合部大分卿《さかあいべのおおわけ》、副使巨勢邑治卿《こせのおおじ》のほか、判官、録事の四等官全員と随員の通辞——通訳——でございます」

（憶良殿は、日本の歴史に残る貴重な経験をされたのだな）

旅人は心中、感嘆していた。羨ましくもあった。

「人は初対面が大事と申します。粟田の大殿が則天武后にご挨拶された時の、着衣、態度物腰、礼儀作法、対話の内容などは、実に堂々として、お見事でございました。大唐国《もろこし》でも通用する貴人の風格がございました」

憶良の脳裏には、亡き粟田真人と則天武后の当時の様子が、ありありと再現されていた。

「どのようなお召し物を着けられていたのでございますか？」

と、郎女が女性らしい興味を示した。

「大殿は、高貴な身分を示される紫の袍《ほう》を着し、帛《はく》――絹の腰帯――を召されていました。頭には、唐の太子専用の冠である進徳冠を被《かぶ》り、頭飾《かざし》として、冠頂に華やかな花を付けられていました」

「まあ、何と華やかなお姿でしょう。こちらの朝廷ではそこまでのお姿は見られないのでは？……倭国時代の衣装は、貧相だったのではございませんか？」

「その通りでございます。日本人はどうしても控え目を美徳とする性格ですから。しかし粟田の大殿は、昔の在唐時代の友人などの意見を事前によく聴かれました。唐の高官と遜色《そんしょく》のない、則天武后好みの衣冠束帯《いかんそくたい》を、短時日で入手され、御身を飾られました。この気遣いが、まず派手好みの武后のお気に召されました」

「左様でございましたか。よく分かりました」

郎女は則天武后の衣装も知りたいと思ったが、控えた。（真っ赤であろう）と、推測した。

「粟田の大殿は、『日本は大宝律令《たいほうりつりよう》に基づく、法制の整った国家である』と、説明されました。さらに、則天武后の様々なご下問にも、大殿は通辞を通さず、ご自身の流暢《りゆうちよう》な唐の言葉で、堂々と応答されました。居並ぶ唐の高官たちは、自分たち以上の博識に驚いておりました。後刻、――粟田真人卿は、好く経史《けいし》を読み、属文を解し、容姿温雅なり――と、賛辞を惜しみませんでした」

「相手もよく人を観たものだな」

「その通りでございます。則天武后は粟田の大殿に好感を持たれ、――日を改めて、内裏の麟徳殿《りんとくでん》に参れ――との招待を受けました」

「ほう、それが『対見の儀』だな」

「左様でございます。招かれましたのは大殿と大使、副使、録事のそれがしの四名でした。それがしは録事数名の中では末席の少録でございましたが、通辞もできましたことと、大殿の用人――秘書役でもありましたので、選ばれたのでしょう」

「ご謙遜されるな。相手もそなたの実力を見通していたのであろうぞ」

憶良は軽く頭を下げて旅人の賛辞に応《こた》えた。

(三) 対見

「『対見の儀』では、山海の珍味を集めた豪華な宮廷料理や、胡人が西域から運んできたという葡萄《ぶどう》の赤酒や白酒、それに紹興《しょうこう》の老酒などを頂きながら、武后と大殿の会話は弾みました。ご承知と思いますが、武后は有名な書家でもあり、文人好みでございます。一流好みのゆえに、大殿の才智を高く評価されたのでございましょう」

旅人一家は、次々と展開する憶良の懐旧談に、時の過ぎるのも忘れていた。

「談論が終わりますと、則天武后は粟田の大殿に、『何か要望はないか』と尋ねられました」

憶良はそこで区切って、白湯《さゆ》の茶碗を口にした。

「それで……粟田卿は？」

と、旅人が促した。

「大殿はそれがしを指さしました。『この者に芸文《げいもん》類聚を閲覧させていただけませぬか？』と申されました」

「ほう」

と、旅人が身を乗り出した。

「予想外の大殿の要望に、武后も側近たちも驚かれた様子でした。それ以上に吃驚《びっくり》したのはそれがしです。唐へ赴く船旅の中で、粟田の大殿とは、この大唐《もろこし》の代表作品でもあります『芸文類聚百巻』の噂を、話題にしたことはございます。――対見の席で、武后に閲覧の許可を要望される――とは、夢想だにしておりませぬ」

「して武后は何と……」

「ニコリと微笑《ほほえ》まれ、『さすがは数十年ぶりの倭《わ》、いや日本《にっぽん》国の国使よ。芸文類聚百巻《げいもんるいじゅう》を読みたい男を、遥々《はるばる》波濤《はとう》を越えて長安に連れて参ったか。その志《こころざし》や良し。芸文類聚百巻は国の宝ゆえ土産には渡せぬが、閲覧はよろしかろう。張易之《ちょうえきし》、便宜《べんぎ》を図るように』と、寵臣に指示をされました。先ほど申しましたように、武后ご自身著名な書道家であり、文藝の士を愛好されていましたから、粟田の大殿の懇請は、武后にはまことに心地よかったのでございましょう」

（張易之は、老境にあってなお巨根の若者を求めた則天武后の愛人であった――と付け加えたいが、まじめな郎女様や初心《うぶ》な少年たちの手前、伏せておこう）

「そういう秘話もあったのか。さすがは粟田卿と則天武后よ。――士君子《しくんし》は自ら士を知る――だのう、憶良殿」

「まさに至言でございます。それだけではございませぬ。武后は粟田の大殿に、在唐中の待遇として『司膳員外郎《しぜんいんがいろう》』という公卿《くぎょう》の官位を授与されました」

「粟田様は唐の官位を頂いたのでございますか？」

郎女は驚くことばかりであった。

「外国からの使節だから、定員枠外ということで『員外郎』の呼称《こしょう》だろうが、官位の授与は破格の処遇だな」

「はい、司膳卿《しぜんけい》は、皇后の食膳を司る大事な職でございます。最も信頼される人物が任命されます。定員枠外の員外官とはいえ、在唐中の大殿は、破格のお手当を支給されました。大殿は、この予想外の収入により、相当の文物を購入できました。文人を重用された則天武后の、さりげない気配りでございましょう」

「――武后は恐怖政治を敷いた冷酷無比の女帝――と、悪い面ばかり伝わっているが、意外な側面があったのだな。そうであったか……第七次の遣唐使節は、粟田真人卿の存在で、所期《しょき》以上の成果を収められたのじゃな」

「その通りでございます。文武天皇のご功績は、粟田の大殿を執節使――特使に選ばれたことでしょう。大殿は『日本《にっぽん》』という新たな国名を大唐に認知させ、国交を回復し、多数の文物を輸入されました。それがしには貴重な『芸文類聚百巻』を閲覧する機会を作ってくださいました。その上に更なる経験の機会を作ってくれました」

「まだあるのか？」

「はい」

憶良は風呂敷からもう一枚の地図を出した。

「長安の郊外図でございます。大殿は、それがしが洛陽やそのほかの郊外をも自由に見聞できるよう許可を取り付けてくださいました」

旅人はすぐに悟った。佐婆津《さばつ》（防府）での甚の話を想い出していた。

「そうか！　嵩山少林寺《すうざんしょうりんじ》は洛陽の郊外であったな」

嵩山《すうざん》少林寺は印度から中国に来た達磨《だるま》が、禅を伝えた寺――と伝えられる。（所在地は河南省鄭州市登封である）

「御意《ぎょい》」

旅人は、憶良が山辺衆の権や助、それに水夫の甚の三名を連れて、少林寺へ向かっている姿を想像して、ニヤッと笑った。

「ところで遣唐使船には、今奈良の大安寺の法師を務められている道慈《どうじ》師も、留学僧として乗られていた筈だが……」

「その通りでございます。道慈法師とともに留学僧として弁正《べんせい》も渡唐しました。二人の秀才は、性格も人生も対照的です。したがって則天武后の講義の次に、二人の留学僧の人生もお話致しましょう。

道慈は極めて真面目に勉学にいそしみ、現地で高く評価され、帰国後は、奈良に大安寺を建立され、今は法師として活躍されています。一方弁正は、吾らと別れて後、唐で女人に恋して還俗《げんぞく》し、現地で玄宗皇帝に重用され、遂に帰国しませんでした。この二人の漢詩もその折に披露しましょう」

「それは面白そうだな。子供たちにも参考になろう。よろしく」

旅人が頭を下げた。

（四）人同じならず

「さて、今夜の締めくくりに、入唐《につとう》の頃、長安や洛陽の文芸愛好家に流行していた名詩を披露しましょう。それがしらが日本に持ち帰り、長屋王の宴席でもしばしば吟詠しましたので、帥殿はすでにご存知ですが……」

「劉廷芝《りゆうていし》の『代悲白頭翁』（白頭の翁の悲しみに代わる）か？」

「左様です」

「あら、それなら妾《わらわ》も一部をよく知っていますわ。夫がよく『年年歳歳花相《ねんねんさいさいはなあい》にたり、歳歳年年人同じならず』と口遊《くちずさ》んでいますから……聞き覚えで……」

憶良が微笑みを返した。

「日唐両国で有名な詩です。長編なので、若たちには主な箇所だけ抜粋して、漢詩の雰囲気を知っていただきましょう」

いつものように和紙に楷書で書きながら、訓読みをした。

題　代悲白頭翁　　白頭の翁《おきな》の悲しみに代わる

洛陽城東桃李花　　洛陽の城東　桃李《とうり》の花
飛来飛去落誰家　　飛び来り飛び去って　誰《た》が家にか落つ
（中略）
年年歳歳花相似　　年年歳歳花相似たり
歳歳年年人不同　　歳歳年年人同じからず
（中略）
此翁白頭真可憐　　此の翁《おきな》の白頭　真に憐《あわ》れむべし
伊昔紅顔美少年　　伊《これ》昔　紅顔の美少年
（中略）
宛転蛾眉能幾時　　宛転《えんてん》たる蛾眉《がび》　能《よ》く幾時《いくとき》ぞ
須臾鶴髪乱如絲　　須臾《しゅゆ》にして鶴髪《かくはつ》　乱れて糸の如《ごと》し
但看古来歌舞地　　但《た》だ看る　古来歌舞の地
惟有黄昏鳥雀悲　　惟《た》だ黄昏《こうこん》　鳥雀《ちょうじゃく》の悲しむ有るのみ

憶良は筆を置き、呼吸を整えた。

「作者の劉廷芝はそれがしより十歳ほど年上ですが、それがしが長安を訪れた大宝二年（七〇二）にはすでに故人となっていました。二十年も前に、二十八歳の若さで亡くなっていましたが、劉の詩は人の世の儚《はかな》さを詠《うた》った名歌として人口に膾炙《かいしゃ》――分かり易く申せば、大いに話題になり、好まれていました」

「そんな若さで、このような詩を作られたのですか？　天才ですね」

と、家持が感心した。

「実は、一説によれば、劉廷芝の親戚の宋之問《そうしもん》という男が、この詩の未発表草稿を見て、買いたいと申し込んだそうです。勿論、劉は断りました。この時宋之問は劉を殺害したそうです。それが事実かどうか存じませせぬが、一部では宋の作とも伝わっています」

「まあ。ひどい」

郎女は驚いた。

「作品を金で買う話はいつの世にもあるようでございます」

漢詩も愛する旅人が、

「これほどの名詩を作る天才詩人が夭折《ようせつ》したのは惜しいな。――年年歳歳花相似たり、歳歳年年人同じからず――まさに人生哲学だ」

「同感でございます。しかし劉廷芝は、この詩によって唐のみでなく日本でも名を残しました。今後も人々に口遊《くちずさ》まれることでしょう。まさに詩人冥利と言えましょう」

太宰府に体よく追放されている旅人と憶良だけに、この詩が心に沁《し》みる。

「家持殿、書持殿は今紅顔の美少年ですが、いずれそれがしのように白頭の翁になりますぞ。ひと時ひと時を大事になされよ」

「はい」

良き弟子を持ち、良き友と語り、憶良は久しぶりに心地よい疲れを感じていた。

第十三帖　則天武后

佛授月光天子長寿天女記　仏は月光天子に長寿天女記を授け
当千支那国作女主　まさに支那の国に女主《をんなあるじ》となるべしとす

（仏説宝雨経）

（一）なぜ武后を語るか

——筑前守殿が、新しく着任された帥殿のご令息二人の家庭教師をされている——との話は、すでに太宰府の街中に知れ渡っている。

太宰府は広いようで狭い。皇族、王族や貴族・豪族が犇《ひし》めいている平城京に比すれば、『遠《とお》の朝廷《みかど》』と称したところで、規模は小さい。しかも、西海道の長官である大宰帥と、町民の直接の国主である筑前守は、何かにつけて目立つ存在である。

公用で旅人と政庁で会うのならば、衆人環視の中にあるが、帥館で、しかも夜、度々会うとなると無用の憶測を生みかねない。

――藤原の候《うかみ》に不審を持たれないように――との配慮で、旅人と憶良は、それぞれの役所、大宰府政庁と筑前国の国衙《こくが》で、家庭教師の話を部下との雑談の中で広めていた。

月三回。十の日になると、私服に着替えた憶良が、権と助、それに若干の警備の兵を従えて、坂本の丘に向かう姿は、町民にも違和感なく受け止められていた。

――候の極意は、自然に溶け込むこと――

権と助のほか、筑前守に付けられている雑兵《ぞうひょう》を従えるのも、すべて憶良の気配りであった。


旅人の館の玄関の間には、家持、書持が緊張して待っていた。

「若たちよ、これからも講義は長く続きます。気分を楽にされてお聞きくだされよ」

憶良は、孫のような年頃の二人に、やさしく声を掛けた。

（旅人殿が、家持殿を一日でも早く、一人前にしたい気持ちが分かる……）

個人指導の弟子というよりも、肉親の孫のような親近感を抱いていた。

郎女に勧められた茶菓で一服すると、講話を開始した。

「前回予告したように、今宵は『則天武后』の物語をします。正しくは『則天皇后武照』と呼ぶべきでしょう。本名は『武照』であり、『則天皇后』は孫にあたる玄宗皇帝が、後に贈られた称号です。ただ日本では『則天武后』で通用しておりますから、幼少期は『武照』、その後は『武后』などと適宣使い分けします。よろしいですね」

と、憶良は前置きして、

「講話の前に、――それがしが何故『武后』の物語を若たちにするのか――四つの目的を説明します」

(なるほど。指導が上手い。最初に目的をはっきり述べるとは……しかも数字で)

と、旅人は感服した。

「第一に、庶民の娘武照が、――どのようにして皇后の地位に上り詰めたのか。――身の毛もよだつ残酷な手段を語ります」

二人はやはり男子である。怖い話にははっきりと興味を示す。

「若たちは武将のご子息。それも大伴の氏上の嫡子として、若くして戦場に立つこともありましょう。血生臭い話に動じてはなりませぬ」

「心得ております」

「第二に、皇后になられた後、――いかにして政治の実権を握って、あたかも皇帝のごとく独裁専横を極めたのか――政権掌握《しょうあく》の過程を説明します。則天武后の手法は、異国の話ではありませぬ。実はこの日本でも似たような事例があり、今後もあり得ましょう」

(日本でも?)

二人の心を読んだ憶良は、付言した。

「日本の事例は、後日、皇統の秘話『まほろばの陰翳《いんえい》』として詳細に講論を予定してしますが、内容が機密事項なので、これは他言無用《たごんむよう》に願います」

「心得ました」

兄弟はますます講話に集中していた。

「上古は伴造《とものみやつこ》、あるいは大連《おおむらじ》、今は大貴族の大伴本家は、天皇家の忠臣として、――権勢を掌握しようと悪計《わるだくみ》を企てる者を見抜く眼力《がんりき》と、柔軟な対応策――を持たねばなりませぬ。これを念頭に置いて、わが講話を聴いてくだされ」

「相分かりました」

旅人と郎女は、――自分たちが子供に言いたいことを憶良殿が代弁してくれた――と、感心し、感謝していた。

「第三に、則天武后の功績です。武后は悪行ばかりでなく、それまでの唐、あるいはそれ以前にはなかった偉業も、いくつかなされております。人材では実力のある平民の登用や文芸家の重用など、功績面を見直してみます。それがしらが、唐――当時は『武の周』――から、好意をもって処遇され、多くの文物を持ち帰れたのは、則天武后の器量によるものでございます」

「なるほど。人の持つ善悪功罪両面を話していただけるのは、子たちの参考になろう」

父親らしい感想であった。

「第四は、則天武后の色欲について話します。これは若たちにはいささか早すぎるか――とも思いますが……」

内気な郎女が、恥ずかしそうに下を向き、頬を紅潮させた。

「いやいや早いことは無い。家持たちも友達仲間や、わが家臣の遊び人たちとは猥談《わいだん》をしている筈じゃ。遠慮は無用ぞ」

「それがしが則天武后の色情を話します目的は、猥談ではございませぬ。——政事に興味を持つ女帝や皇后、あるいは妃や夫人《ぶにん》たちは、意外に孤独であり、その心の空白を色欲で埋め合わせをしている節《ふし》がある——と、見られる点を述べたいからです。——『英雄色を好む』ごとく『女傑好色』——と断言できます」

「色情に男女差はないということか？」

「その通りでございます。問題は、女傑とて人間でございます。それゆえ、次第に相手の男の虜《とりこ》となり、自らの持つ権勢をも、色欲の相手に与えてしまうことです。則天武后と同様の事例は、わが日本の皇統にもあります。公になっていない事例もございます。今後も起こりうるでしょう。それは——好色の血は子々孫々に流れる——からです。日を改めてお話しします皇統秘史でご説明します。日本でのそのようなお方は、密かに則天武后を研究し、自らの理想像としていた節があります」

（予想を超えて、幅のある内容の深い話になりそうだ……）

旅人は、憶良が口にした『女傑好色』という表現を、心の中で反芻《はんすう》していた。

「では少し休息して、則天武后——則天皇后武照——の生い立ちから語りましょう。若たち背伸びをなされまし」

練達の教師憶良は、少年の緊張を緩めた。

（二）武照後宮へ

講論の前に、憶良は前回書いた唐朝の皇帝の変遷表——初代高祖から太宗、高宗、中宗、睿宗、則天武后、中宗、睿宗、玄宗——を卓上に置いた。

「さて、則天武后は、利州（四川省広元県）の都督《ととく》、武士彠《ぶしかく》と楊夫人の間に、次女として生まれました。非常に美しい乳児でした。幼名は媚娘《びじょう》、その後照《しょう》と申します。この乳飲み子を観た有名な道士が、『この子は必ず天に昇る。皇后になる』と予言したそうです」

憶良は皇后の出生時の挿話から始めた。

「父親の武士彠《ぶしかく》は、もともと山西省で産をなした富豪の材木商人でした。隋朝の末期に、李淵——すなわち後に唐の初代皇帝となった高祖——が挙兵した時に参加した功績で、都督に出世していました。一応貴族ですが、高い身分ではありません。士彠《しかく》は、道士の予言を信じ、実現しようと考えました。美貌の媚娘《びじょう》に、密かに高い教育をしました。少女の頃の媚娘は、髪黒々とし、切れ長で大きな目、雪のように白い肌、桃色の唇、薔薇色の頰、大きな乳房、媚びを含むような微笑み、その上、頭脳明晰で多くの者を魅了しました」

憶良の描写は、美女の媚娘を想像するに十分であった。

「媚娘を武照と改めて間もなく十四歳の時、二代太宗に見染られて、後宮に入りました。『才人』という地位でした」

「『才人』という後宮の地位は初めて耳にしました。どの程度の高さでございますか？」

と、郎女が女人としての興味で質問した。

「では、当時の後宮の序列をご説明しましょう」

憶良は木簡に二行書いた。

皇后、四妃——貴妃、淑妃《しゅくひ》、徳妃、賢妃、
九賓——昭儀、昭容、昭媛など　その下に、美人、才人

「つまり、武照は後宮入りしたとはいえ、その序列は十六位と低うございました」

憶良の語りは、適宜図表や木簡の記載を併用するので、少年たちにも分かり易かった。

「後宮での序列は低くても、才媛の武照は何かと目立ちました。忽ち《たちま》、太宗は、溌溂《はつらつ》とした乙女の武照に魅せられ、寵愛しました。しかし後宮に——李に代わり武が栄える——との流言が広まりました。太宗は武照を遠ざけるようになりました。——太宗の気持ちは自分から離れた——と察した武照は、次の庇護者を秘かに探しました。武照が目を付けたのは、太宗の子、李治——後の高宗です。二人は密通する仲になりました」

旅人夫妻はもとより、家持、書持も身を乗り出して聴いていた。

「太宗が崩御すると、皇后はじめ後宮の女人は全員出家せねばなりません。仏教の寺に入り尼僧にならなければ、還俗《げんぞく》しないように、額に焼き印を押される慣わしでした」

「まあ怖い……」

郎女が身震いした。

「美貌自慢の武照にとっては、とても堪えられません。そこで武照は、額に焼き印を入れない道教の寺院で、坤道《こんどう》――女道士になりました」

（尼僧になった武照の人生はどう変わるのであろうか？）

兄弟はますます興味をそそられていた。


「太宗の跡目は李治が継いで、高宗となりました。この高宗の後宮では、女の激しい対立抗争がありました。高宗は皇后である王《わん》氏よりも、序列三番の淑妃《しゅくひ》である蕭《しょう》氏――蕭淑妃――を寵愛していました。王皇后は、夫高宗が出家をしている武照に好意を持っていることを知っていました。――何としても高宗の寵愛を蕭淑妃より離して、自分に向けたい――と考えた皇后は、夫に武照の後宮入りを勧めました。この結果、武照は道士の修行を止めて還俗《げんぞく》し、再び華やかな後宮に身を置くことになりました。この時の武照の身分は、先ほど説明した九賓の筆頭である昭儀でした。皇后、四妃に次ぐ序列六番目の高い地位です。太宗の時の才人とは様変りの出世でした。王皇后の思惑通り、高宗の寵愛は蕭淑妃から離れました。しかし、王皇后が熱望したような結果になりませんでした。高宗は王皇后よりも武照を熱愛したのです」

旅人一家は武照の運命の転変に、固唾《かたず》を呑んで聴き入っていた。

「武照はしたたかでした。表面では自分の後宮入りの後ろ楯となった王皇后を立てつつ、密かに――皇后を排除し、自分が皇后になろう――と、画策しました」

物語の展開の異常さに郎女は驚いた。

「昭儀の武照は高宗の子を身籠り、可愛い女児を産みました。ある日、武照は皇后を自室に招きました。王皇后が訪れた時、部屋には武昭儀の姿はなく、小さな寝台には赤ん坊が寝ていました。王皇后はそのまま自室に帰りました。丁度その時間、武昭儀は高宗と散歩に出ていました。外出から帰った武昭儀は、赤ん坊を抱き起し、悲鳴を上げました。赤ん坊の首に柔らかい絹布《けんぷ》が巻きつけられ、絶命していたのです」

兄弟は手に汗を握っていた。

「『留守中にお見えになられたのは王皇后さまだけです』と、武照は高宗に説明した。高宗は――皇后が扼殺《やくさつ》したに相違ない――と、思い込みました。実は、武照が自分の娘を殺していたのです。皇后を招きながら、その時間に高宗と外出していたのも武照の悪計《わるだくみ》でした」

「まあ、ご自分が産んだ可愛い娘を！　信じられませぬ。何と恐ろしいことを……」

郎女が青ざめた顔で絶句した。

「高宗は王皇后を遠ざけ、ますます武昭儀を溺愛《できあい》しました。高宗の愛を独り占めできたのは、美貌だけでなく、才智があり、さらに性欲絶倫で、性技に長《た》けていたからです。武照は寝物語に、昭儀よりも更に高い地位を望みました。困惑した高宗は、――皇后と四妃の間に、『宸妃《しんひ》』の称号を作り、武照を任命する――案を作り、宰相たちに下問しました」

「ほう、『宸妃』とな、そういう話があったのか」

「はい。あるいは武照本人の提案であったかもしれませぬ。なぜならば、『宸』とは天子に係わる表現です。また別の意味では『空』を示します。武照は後に皇后になると、則天文字を創られ、自分の名を『照』から『曌《しょう》』に変えています」

「なるほど、空への強いこだわりだな」

「しかし宰相はじめ重臣たちや、王皇后《わん》、蕭淑妃《しょう》の親族たちも、皆が猛反対し、高宗の提案は潰れました。これで怯《ひる》むような武照ではありませぬ。より狡猾《こうかつ》な手段を考えました」

四人は、憶良の次なる言葉を待った。

(三) 立后《りっこう》

「高宗はもともと病弱でした。武昭儀はこの点を見逃しませんでした。――皇帝がお弱くなられたのは、長い間、王皇后さまと蕭淑妃さまが密かに軽い毒を盛り続けたせいでございます。お二人にはお気を付けあそばせ――と、ありもしない告げ口、誣告《ぶこく》をしました。案の定、高宗は激怒されました。――武昭儀が産んだわが子を殺害した疑いのある王皇后を、いつまでも皇后にしておくわけにはいかぬ――と考え、――王皇后廃立、武照立后――を重臣たちに諮問《しもん》しました。再び多くの重臣たちは反対しました」

「それは当然であろう」

中納言で朝議に出ていた旅人は、国は異なるが、重臣たちの言動に賛意を示した。

「ところがただ一人だけ、『誰を正妻にするか、それは陛下のご家庭の事でございます。家臣に聞く必要などございません』と、答えた者がいました」

「ほう。それも一理あるな。誰ぞ」

「李勣《りせき》と申します。高宗の父君、太宗に仕え、異民族の討伐、特に高麗《こうらい》を滅ぼした功績のあった武将でございます。李勣《りせき》は、――武照の立后問題などばかばかしいわ――と、重臣会議を欠席していたのですが、高宗はわざわざ使いを出し、下問したのです。高宗は、李勣の軽蔑した回答を救いの頼りにして、王皇后廃立を決断しました。しかし外部には名目が必要です。そこで高宗は、王皇后と蕭淑妃をろくに取り調べもせず、――陰謀下毒――の罪名で、二人の官位を剥奪し、庶民の地位に落として投獄しました」

「武照は本当に怖い女性でございますね」

同性ながら郎女が首を振った。憶良は頷きを返し、話を続けた。

「思慮浅い高宗は、王氏、蕭氏の父母兄弟や親族の官位を剥奪し、僻地に追放、さらに殺害しました。高宗は武照の立后に反対した家臣を左遷しました。こうして高宗は武照を皇后にしました。今や高宗は、武皇后の色香に迷い、理性ある判断力を失っていました。材木商人の娘が、遂に大国の皇后となったのです」

「――道士の予言が的中した――と表現するよりも、――予言を実現すべく、武照自身が、あらゆる奸計、謀計、手練手管《てれんてくだ》を使った――という方が実態だな」

と、旅人が苦虫を嚙み殺したような表情で呟《つぶや》いた。

「武皇后の、さらに異常な残酷さを話さねばなりませぬが、郎女様、ご気分いかがでございましょうか？」

　憶良は病身の郎女の、心身に及ぼす影響を心配した。

「憶良様、今にも冥土へ旅立ちそうな妾でも、武将の妻でございます。血を見る話には慣れております。ぞくぞくと震えながらも、武皇后の生き様には興が尽きませぬ。家持、書持にも、武人として残酷な話から目を逸《そ》らさない勇気と覚悟が必要です。どうぞお続けください」

（さすがは氏上殿の奥方だ。気丈だ……）

　憶良は感服して続けた。

「皇后となった武照は、前皇后の王氏と前淑妃の蕭氏を牢獄から引きずり出し、棍棒《こんぼう》で百叩きしました。さらに、両手両足を切断して、――骨まで酔わせてやる――と、酒壺に投げ込みました。王氏と蕭氏は、余りの痛さに、泣き叫び、絶命しました」

　郎女と家持兄弟は、想像を絶する新皇后武照の仕打ちに圧倒されていた。

「それだけではありませぬ。二人が息を引き取る前に、王氏一族の姓を蟒《うわばみ》、蕭氏一族を梟《ふくろう》と、改姓させました。梟は――子が親を食う不孝の鳥――と言われています。武照の余りの残酷非道さに、蕭氏は絶命寸前に、『武照め、お前が生まれ替わる時には鼠になり、わらわは猫になって、お前を食い殺してやる』と、呪いながら死んだそうです。それ以来、武皇后は皇居内で猫を飼うことを禁じたそうです」

「なんとも表現しがたいおぞましい話だな。それ以来、後宮で女たちは皇后を怖れ、高宗の寵愛を得ようとする女官はいなかった――と、聞いた」

と、旅人が付け加えた。

「その通りでございます。こうして病弱の高宗に代わり、武皇后は次第に政治の実権を握るようになりました。今回は則天武后が皇后になるまでの、凄まじい謀計や残虐行為を話しました。話し手のそれがしが、いささか気が滅入りましたので、この辺で終わりましょう。家持殿、書持殿、今回の講義の感想はいかがかな」

「武照が皇后になるまでの凄まじい行動に仰天《ぎょうてん》しました。それにしても前皇后王氏や淑妃蕭氏への仕打ちはあまりにも残酷で、二人に憐憫《れんびん》すら感じました。一族までも追放したのですね」

「はい。両氏とも大豪族ですから、武后が権勢を持つには徹底した粛清が必要だったのです。政権交代時には一族殲滅《せんめつ》はわが国の事例でもありますので、心に留めておいてくだされ」

——若たちよ、中大兄皇子が天皇に即位するまでの連続殺人は、もっと酷いかもしれませぬぞ——

と言いたかったが、ここでは抑《おさ》えた。

(父は大宰帥に左遷されたらしい……)

と、うすうす事情を察している二人である。兄弟は緊張して頷いた。

「さてさて、次回は一転して、皇后の政事《まつりごと》、功績の面を講義します」

と、憶良が雰囲気を変えた。

「よかろう。皇后になった悪女武照が、なぜ皇帝になれたのか——詳しく聴きたいものだ。ところでいつものように、——別室にて一献——と思ったが、さすがに今日ばかりは酒は飲みたくないな。酒壺の女人を想い出そう。酒抜きの食膳を憶良殿や子供たちと共にしよう」

「結構でございます」

「憶良様、酒の代わりにはなりますまいが、今宵の膳には那大津の倭唐屋で入手しました龍井《ろんじん》の銘茶を、たっぷり入れさせましょう。長安でもお楽しみだったでしょうから」

茶は日本ではまだ栽培されていない。時折、唐や韓の船が倭唐屋に持ち込む高価な貴重品であった。

憶良は郎女の行き届いた気配りに、深々と頭を下げた。

第十四帖　武の周

則天是弥勒下生
作閻浮提主
唐世合微
則天革命

則天は是弥勒下生《みろくげしよう》にして
閻浮提《えんぶだい》の主とならん
唐世《とうせい》はほのかに合し
天は則《そく》して命《めい》を革《あらた》む

（法明　大雲経訳述）

（一）垂簾《すいれん》政治

「王皇后と蕭淑妃を殺害し、その一族を追放したとて、武照がすんなり皇后になれたわけではありません。庶民出身の武照の立后に反対したのは、いずれも名門貴族たちでした。たまたま李勣《りせき》の――皇后は皇帝が決めればよい――との捨て台詞《せりふ》を利用して、高宗は武照を皇后にしたことは前回お話ししました。唐は、高祖、太宗、高宗といずれも門閥貴族社会でした」

憶良は、家持兄弟の理解を確認するように、一息入れた。

「武照が、これまでの皇后と異なる点は、美貌と才能と、閨房《けいぼう》の睦《むつ》みあいで、皇帝の寵愛を得ることに、満足しなかった点です。つまり——皇后になることが目的ではなく、皇后として政事《まつりごと》を自らの手で実行してみたい——と、考えていたのです。表面では高宗の顔を立てますが、実際には背後で操る方法を取りました。簾《すだれ》の背後に隠れているようなものですから、垂簾《すいれん》政治と言います。分かりますね」

憶良は兄弟に念を押した。二人が頷くのを確かめて続けた。

「武皇后が目を付けたのは、難しい国家試験である科挙《かきょ》に合格しても、下級官僚にくすぶっている者たちの存在でした。彼らは実力があるのに、家柄とか出自《しゅつじ》のために、低い地位や役職にあって、国政の運営に敏腕《びんわん》を振るうまでには至っていませんでした。家柄は低いが優秀な下級官僚たちは、保守的な貴族たちに不満を持っていました。武皇后は、宮廷でも後宮でも、『材木商人の娘』とか、『冷酷非情の女』などと、貴族階級に軽蔑されていることを知っていました。——政事では貴族の積極的な支援や協力は得られない——と、認識していました。そこで武皇后は、——実力主義、能力主義の人事をしよう。貴族階級でなくても、有能な人材を積極的に登用しよう——と、決断し、適材適所の公平な人事を実行しました。さらに、登用と同時に、武皇后への忠誠を誓わせました。この結果、官僚はよく働き、唐は隆盛しました。新羅と連合し、百済を滅亡させ、さらに、わが国との白村江の戦いに勝利したのも、背景には武皇后の実力者登用により、活性化した社会になっていたからでございます」

「なるほど。唐繁栄の鍵は、科挙の制により実力が証明された人材を、出自《しゅつじ》に係わりなく登用した人事にあったか。武照を見直したぞ」

「武皇后自身、幼い時から皇后教育を受けただけあって、芸文《げいもん》を愛され、特に書家としても著名であり、文人にとっても、才能を発揮できた時代と言えましょう」

「凄い女性でございますわね」

と、郎女は感心していた。

「――男勝り――とは、彼女のような方でしょう。旧来の貴族層を次々と排除して、政事の実権を掌中にした頃、高宗は病気がちになりました。彼女は完全に独裁政治ができるようになりました。高宗が没すると、武皇后はご自分の三男を中宗として、更に四男を睿《えい》宗として即位させ、実質はご自分が政事を行いました。典型的な垂簾政治でした」

(二) 天は則して

「先生、質問があります。武皇后から追放あるいは冷たくされた貴族たちは、皇后の専横に反対して、暴動などを起さなかったのですか?」

(さすがは、氏上のご子息だ!)

「いいところを衝いてきますな。確かに、武皇后に左遷あるいは追放された貴族たちは、反抗し、挙兵しました。武皇后はすべて鎮圧しました。これは武皇后が出自を問わず有能な官人や軍人を登用していたことと、民衆の間に、旧貴族や皇族、王族に対する反感もあったからでしょう。庶民は庶民の武皇后を支持したのです。民衆が暴動を起こすことはありませんでした。——武皇后は、地方の豪族や役人を監察する官吏の御史《ぎょし》や隠密《おんみつ》を巧く使って、情報を迅速的確に入手していた——との説もあります。武皇后の恐怖政治は徹底していました」

「なるほど、御史と隠密を駆使《くし》したのか……」

旅人は納得した。

「さすがの高宗も、武照を皇后にしたことを後悔し、廃立を画策し、断行しようとしました。しかし、これも事前に漏れて、高宗は全く権力を失ってしまいました。生きる屍《しかばね》となって、武皇后の執政がますます強まっていきました」

「よく分かりました」

「余談になりますが、唐の上元元年、わが国では天武三年（六六四）、武皇后は——夫の高宗『皇帝』を『天皇』と称し、『皇后』を『天后』と称する——と、宣言しました。この称号変更はわが国にも伝わりました。それまで『大王』と称していましたが、『天皇』と呼ぶようになりました。天武天皇以前のお方は『大王』ですが、この講義では『天皇』として進めます」

「まあ。そうだったのですか。『天皇』の称号は、武皇后が創られ、日本では天武天皇以後使われたのでございますね。武皇后が何か身近に感じられますわ」

郎女が驚きを隠さなかった。

「天智二年（六六三）の白村江の戦いは、別の機会に話しますが、惨敗したわが倭国は、唐と国交が断絶していました。当然遣唐使節も途絶えていましたが、新羅の商人などとの交易を通じて、武皇后の専横政治などは、断片的に伝わっていました」

「なるほど、庶民は逞しいわ」

「ここで注目していただきたいのは、天武二年（六六三）の天武帝即位に際し、皇后となられた鸕野《うの》讃良《さらら》妃、持統皇后です。持統皇后と武皇后は同じ時代です。持統皇后は武皇后の生き方や治世を、密かに学習されていました」

「何と！　それは確かか！」

旅人が驚きの声を出した。憶良は微笑みながらゆっくりと頷いた。

「はい。その実証を致します前に、もう少し武皇后の権勢把握の歩みを説明しましょう」

そう言って、憶良は前に書いた皇位変遷表を卓上に拡げ、三行補足し枠で囲んだ。

国名	皇帝		（在位期間）	参考事項
唐（李氏）	初代	高祖	（六一八—六二六）	
	二代	太宗	（六二六—六四六）	武照　後宮入り（才人）（十四歳）
	三代	高宗	（六四六—六八二）	尼武照　後宮入り（昭儀）
				武照、王皇后を失脚させ皇后となる（六五五）（三十一歳）
				高宗に代わり万機決裁す（六六〇）（三十六歳）
	四代	中宗	（六八二—六八四）	武照（武后）の三男　武照は皇太后となる

周（武周）

唐

五代　睿宗　（六八四―六九〇）　武照（武后）の四男
則天武后　（六九〇―七〇五）　恐怖政治
四代　中宗　（七〇五―七一〇）　再任
五代　睿宗　（七一〇―七一二）　再任
六代　玄宗　（七一二―七五六）　睿宗の子（武后の孫）

「高宗が没すると、武皇后は三男を中宗とし、自らは皇太后となり、更に四男を睿宗《えい》として、自分が垂簾《すいれん》政治を行ったことは前に申しました。しかし、武皇太后の権勢欲はとどまることなく、ますます肥大化しました。垂簾政治には満足されず、自らが直接政治を行うことを決断しました。武皇太后は睿宗を廃し、政事の表面に立ちました。則天武后として以後十五年皇帝として君臨しました。皇后として万機《ばんき》を決裁した時から通算すれば、実に四十五年の長きにわたり実権者でした」

「わが国にも推古女帝や斉明女帝など皇位の長い方がいたが、庶民からの成り上がりではないな。それに権勢欲で強引に即位されてはいない」

「その通りです。武皇太后は、――実質皇帝の地位にはあるが、名称も欲しい――と、帝位に就くことを決断しました。ところが、唐の国の歴史では、上古以来女性の皇帝はいませぬ。いかに武皇太后が反抗勢力を一掃し、恐怖政治を敷いたとはいえ、皇帝に即位するには、世の人を納得させる理由付けが必要でございます」

「その通りだ」

「才女の武皇太后は、腹心たちと協議し、周到《しゅうとう》な計画を練りました」

憶良は、白湯《さゆ》の茶碗を取って、ゆっくりと飲んだ。四人が次の言葉を待っていた。

「武皇太后は、宗教政策を変えたのです」

旅人らの思いも及ばなかった発言であった。

「これまでの皇帝は『道先仏後』つまり、道教優先、仏教劣後の方針を、『仏先道後』と、仏教優先にしたのです。各地に寺院を建築し、寄進をされました。頃合いを見計らって、武皇太后の愛人である薛懐義《せっかいぎ》は、洛南の僧法明ら九人を呼び、仏教法典の偽作、つまり捏造《ねつぞう》をしました」

家持、書持は次々と展開する武照の物語に熱中していた。

「法明らは仏説宝雨経という経典に、——浄光（月光）天女が王位に就くと書かれている——と、次のように引用しました」

佛授月光天子長寿天女記　仏は月光天子に長寿天女記を授け
当千支那国作女主　まさに支那の国に女主《をんなあるじ》となるべしとす

（仏説宝雨経）

「さらに大雲経では、——皇后は弥勒菩薩の生まれ変わりで、唐の世直しをなされると解釈される——との意見を纏《まと》めました」

則天是弥勒下生　則天は是弥勒下生《みろくげしょう》にして
作閻浮提主　閻浮提《えんぶだい》の主とならん
唐世合微　唐世《とうせい》はほのかに合し
則天革命　天は則《そく》して命《めい》を革《あらた》む

（法明　大雲経訳述）


「この捏造《ねつぞう》された大雲経を納める『大雲経寺』を全国に造らせました。余談ですが、粟田の大殿は、この大雲経寺の制度を日本に紹介して、わが国では国分寺制度になったのです」

「そうでございましたか」

郎女は次々と話される新しい知見に興奮し、納得していた。

「経典の捏造解釈の是非はさておき、こうした根回しによって、国民の反対を生じないように、理論武装の配慮をしました」

「宗教界を籠絡《ろうらく》したのだな」

「はい。かくして天授元年（六九〇）、――そうです。この天授の改元も、先刻の大雲経に準拠していますが――武皇太后は遂に自ら皇位に就き、『聖神皇帝』と称しました。すべてが――天に則している――との思想の表現でございます。「則天武后」の由来です。同時に、国号を『周』とされました。上古の『周』と区別するために、便宜的に『武の周』、――『武周』――と申します。」

（凄《すさ》まじいお方だ）

旅人一家は武后に圧倒されていた。

(三) 則天武后と持統天皇

「武后が皇帝に即位した天授元年は、日本では天武天皇が崩御後の、僭称《せんしょう》持統四年(六九〇)になります」

「持統四年だと! 持統皇后が、僭称ではなく正式に天皇に即位された年ではないか?」

「その通りです。偶然の一致か、あるいは持統皇后が、武皇太后が皇帝に即位される情報を入手されていたのか、それがしは存じませぬ。大唐と日本で、同時に女帝が出現しました。持統天皇につきましては、別途、『まほろばの陰翳《いんえい》』と題して、皇統の秘話を語る際に、詳説致す予定でございます」

(そうか、憶良殿が大唐見聞録として則天武后の話を、長々となされたのは、持統天皇のお話の布石か……)

旅人一家は、憶良の意図を完全に理解していた。

「これまでは――自分の子を殺して前皇后を容疑者に陥《おとしい》れ、更に誣告《ぶこく》により皇后を罪人として失脚させ、その上手足を切断し、残虐卑劣な手段で死に至らしめ、仏教界を籠絡《ろうらく》して皇位を掌中にした――武照の非人間的な側面を語りました。いかにも悪女の中の悪女です。しかし、有能な人材を登用した功績は大きく、その面をもう少し語りましょう」

「それは参考になる。悪女の面ばかりが日本に伝わっているようだから」

と、旅人が賛同した。

「『聖神皇帝』では仰々《ぎょうぎょう》しく、則天皇后武照では長いので、以後『武帝』と申しましょう。武帝は、長安の東にある古都洛陽《らくよう》を整備し、東の京としました。長安を『西京』、洛陽を『東京』と呼び、二都としました。洛陽は交通の要衝で、経済都市、文藝都市として発展しました。科挙の難しい試験に合格した秀才たちや、文藝の知識人を重用した成果でしょう」

「書籍や絵画で有名になることを――洛陽の紙価を高める――という譬《たとえ》が流布《るふ》したのは、この時からだな」

と、文人旅人が家持、書持に解説した。

「先ほど――武照が皇太后時代に、『仏先道後』の方針に変更し、各地に大雲経寺を建造された――と、申しました。皇帝になられても、多くのお寺を建立されました。これはその地方の大工や労務者に仕事を与え、材木商人や瓦の製造者にはお金を支払うことになります。周辺の飲食店は繁盛し、食材を供給する近隣の農家も潤います。物の流れとお金の流れが活発になり、その土地は繁栄します。また、武帝は寺院だけでなく、国威を示すために、明堂《みんどう》――つまり議事堂や、いろいろな建築をなされました。建築の経済効果が大きかったので、庶民は反乱などを起こさなかったのです」

「なるほど、そういう見方もあったたか」旅人は憶良の分析に驚嘆した。

現代風に表現すれば、――国費による公共投資の乗数効果――である。

（憶良殿は吾と異なり苦労人だけに、幅広い見方や冷静な考え方ができる方だ。知れば知るほど、驚

くほど博識家だ。一言一句が勉強になる。さすがは長屋王が選ばれた東宮侍講だ）

旅人はますます尊敬の念を深めていた。

憶良の講義は続く。

「人事については、門閥を鼻にかけた無能な名門貴族を粛清し、出自に係わりなく有能な人材を登用したことは先に申しました。有能な君子であれば真っ先に行うことです。武帝が際立っているのは、帝武帝の威光を利用しようとした彼女の親族の者たちも追放したことです。これまでの皇后や妃は、帝の寵愛を背景に、親族を重用していました。皇后や妃が皇子を出産すると、父や兄弟など外戚の発言力が強くなります。皇后や妃も、自分の親族の登用により、後ろ楯を強くしました。しかし武帝は親族の増長を嫌いました。バッサリと、親族を捨てました。ここまで徹底すれば、官僚も国民も納得します。皇后として万機決裁した三十年間と、『武帝の周』が約十五年続いたのは、公平な人事、人材登用にありました」

「なるほど、親族の容喙《ようかい》を避けたのは見事だな。なかなかできぬことだ」

旅人の脳裏には、女《むすめ》宮子と光明子を、二代続けて天皇の后《きさき》に入内《じゅだい》させ、権勢を振るった藤原不比等の姿が、対照的に浮かんでいた。

「しかし、武帝もまた生身の人間、いや女人でした。前にも少し述べましたが、夫君高宗が病弱のため、皇后の頃、妖僧薛懐義《せつかいぎ》を愛人としていました。――薛は巨根であった――と伝えられています」

書持がクスッと笑った。兄の家持が慌てて弟の膝を軽く叩いた。

「皇帝になられた後半の頃は、若く美男の張易之《ちょうえきし》兄弟を寵臣《ちょうしん》とされました。兄弟もまた巨根でした。色欲だけは年をとっても衰えないものですな」

旅人と憶良は顔を見合わせて苦笑いした。

「そなたが訪唐した時、武帝は七十七～八歳とか申していたな」

「はい。しかし五十歳ぐらいの若さに見えました。艶やかな美貌に圧倒されました。お化粧のせいではなく、お身体全体から発散している妖気を感じました。若い男を溺愛《できあい》し、精気を吸い取っていたのでしょう。郎女様の前ですが、――女は化け物――と、思いました」

郎女が袖で顔を覆い、下を向いた。

「それがしは当時四十歳を過ぎ、不惑《ふわく》の身でありました。それがしも参内の折、恥ずかしながら、一瞬魅惑されました。慌てて自制し、すぐに無心となり、録事の仕事に専念致しました」

「ほう、そなたが？　それほどの色気であったか」

旅人は、憶良が候《うかみ》の首領《かしら》であることを想い出していた。

（山辺衆の憶良は、獣《けもの》に気取られぬように、自らの気を消したのだな）

「武帝のお顔は終始にこやかに微笑まれておりましたが、時折鋭い眼光で、粟田の大殿の挙措《きよそ》応答を凝視されておられました。妖艶にして知の深い才女でございます」

（――武帝は読心術ができる――と、あの時直感した。粟田の大殿もそれがしも、それゆえ『無心の術』を使った。武帝は、それも承知で、――以心伝心、話が通じる同類――として、大殿と吾を受け入れてくれた。だが……これは旅人殿といえども語れぬ）

「そうか。そなたも一瞬とはいえ魂を奪われるほどの色気であったか」

「その頃から晩年にかけて、武帝は張兄弟との房事に耽溺《たんでき》し、若い兄弟が政事《まつりごと》を操るようになりました。そこで宰相の張柬之《ちょうかんし》が立ち上がって、武帝を幽閉し、三男の中宗を再び唐の皇帝に復位させました。さしもの『武の周』も十五年で幕を閉じました」

「権力欲、名誉欲、それに色情欲が絡んだ則天皇后武照の講話を聴くと、冒頭にそなたが申した如く、遠い唐の物語ではなく、わが日本の国にも心当たりがあるな」

（斉明（皇極）天皇と持統天皇、それに……）

もう一人の若い妃が旅人の脳裏に浮かんでいた。

憶良は「読心の術」で旅人の意中を察していた。

「帥殿、そのお方のお名前は公《おおやけ》になされないように」

（吾が指導した首皇太子《おびと》、今上聖武天皇《きんじょう》の夫人《ぶにん》光明子！）

「そのことよ。今はともかく、いずれ藤原の女狐《めぎつね》には、家持、書持も注意せねばならぬ時が来よう」

「御意《ぎょい》。宝皇女《たからのひめみこ》——皇極、斉明女帝の権勢欲と淫乱の血は、中大兄皇子——天智天皇、鸕野讃良皇女《うののさららひめみこ》——持統女帝《じとう》。藤原不比等、藤原光明子に流れております。これらは皇統秘史で詳しく語ります」

「憶良殿、貴殿は名だたる則天武后、いや武皇帝に直接拝顔した数少ない日本人よ。晩年とはいえ武皇帝の恐怖政治下で、かつ文藝発展期に、数年の在唐生活を送られたとは……得難い体験をなされたのう」

「それがしが申すのは、自惚《うぬぼ》れのようで、おこがましいことでございますが、遣唐使節船では粟田の大殿や名僧道慈法師、向こうでは則天皇后武照、帰国しては長屋王や中納言の旅人殿、それに首皇太子……一流の方や偉才の方々に不思議な縁がございます。繰り返しになりますが、――これは吾が求めしには非ず。わが天命――と、受け止めておりまする」

「天命――か。家持、書持。そなたらは日本を代表する碩学に直接教えを受けているのじゃ。――天の命――と心得て、一言一句聞き漏らすではないぞ」

「心得ております」

「では今日の長話はこの辺りで……」

「よかろう。咽喉が乾いたであろう。後は酒の席で……」

「憶良様、まことにおもしろうございました。ひととき病を忘れました。ありがとうございました」

郎女が深々と礼をして、兄弟を促し退室した。

第十五帖　持戒僧道慈《じかいそうどうじ》

長王の宅に於て宴《うたげ》す　追って辞を致す
……僧は既に方外《ほうがい》の士　何ぞ煩《わずら》はしき宴宮《えんきゅう》に入らん
（釈道慈　懐風藻　五七）

（一）持戒僧道慈

「家持殿、書持殿。前回までは則天武后のおどろおどろしい話で、さぞかし驚かれたでありましょう。今回は名僧の話ですから、武后の時とは対照的に、少し堅苦しくなりますが、お聴きくだされ」

二人は大きく頷いた。

「道慈師はそれがしより十歳ほど若く、当時三十歳前後の留学僧でした。大和国添下《そふのしも》の出身で、出家前の姓は名門額田《ぬかだ》氏です。若い時から聰敏《そうびん》として有名でした。偶々《たまたま》か、あるいは粟田の大殿の配慮か存じませぬが、往路、同じ船でございました。船中で、仏教や経典について、いろいろ教えていただきました。先に述べましたように、粟田の大殿も、若き日留学僧でございましたから、大殿と道慈殿の高度な仏教論を身近に拝聴できました。それがしの仏教に関する知識は、この船中の耳学問が基礎になっております」

「左様であったか。――類は朋《とも》を呼ぶ――とか、賢者の鼎談《ていだん》を拝聴したかったな」

と、旅人が羨望《せんぼう》の所見を入れた。

「道慈様は何年ほど留学されたのでございますか？」郎女が遠慮がちに訊ねた。

「十六年ほどです」

「まあ、そんなに長く……」

「粟田の大殿の留学時代の旧友の方々が、高僧になられていたので、道慈殿は大殿の紹介で諸寺の明《めい》哲《てつ》を歴訪されました。またその高僧の伝手《つて》で、則天武后に謁見《えつけん》の機を得られました。則天武后は、後半生、仏教に深く帰依《きえ》されており、洛陽はじめ各地に大きな寺を建立《こんりゅう》されたことは前にお話しました。

――有名な龍門の石窟《せっくつ》、奉先寺の大仏は、夫君の高宗の発願《ほつがん》で造営され、武后の容貌が彫られた――

との話です。そうした関係で、武后の一言で、道慈殿は希望された長安の大寺、西明寺《さいみようじ》で、十六年の間、修行が出来たのです」

郎女は、留学の長さと、その背後に武后の配慮を知って、さらに驚いた。

「道慈殿は、西明寺を拠点に、仏教の三蔵、つまり経義、律義、論義の玄妙な宗旨《しゆうし》を理解されました。さらに、声明《しょうみょう》などの古代印度の教えも研究されました」

「ほう。声明までもな」と、旅人が感嘆した。

「声明は、もともと音韻、文法、訓話の学問でございますが、日本に渡ってきますと、法要などで僧侶が唱える音楽の総称になっております。道慈殿は、音韻だけでなく、文法や訓話、つまり解釈にも詳しゅうございます」

(真面目な学僧時代の道慈師をもう少し講話しよう)

と、憶良は続けた。

「道慈殿が唐の高僧たちに学び、――英材明悟《えいざいめいご》の俊秀――と、評価された挿話《そうわ》を紹介しましょう。もっとも、それがしたちが帰国後のことで、伝聞ではございますが……」

と、前置きして、

「ある時、唐の朝廷で、国中で仏教を学問として研究している名僧、高僧百人を呼んで、大般若経《だいはんにやきよう》六百巻のうち、仁王般若を講論させることになりました。――道慈は、学業に優れている――と判断され、この名僧百人に選ばれたのでございます」

「左様でございましたか。もはや留学僧の域を超えておられたのでございますね」

郎女が再び感嘆した。

憶良は頷きを返して、話を進めた。

「道慈師の学ばれました西明寺について、もう少しお話しましょう。このお寺は長安に参ります西域や世界各国の使節、あるいは高僧たちの迎賓館としても利用されていた名刹《めいさつ》でございます。その建物は、遥か印度の祇園精舎《ぎおんしようじや》を模して建築されたと伝えられています。それがしも何度か訪れましたが、それはまことに壮麗な雰囲気でございました」

憶良は講義をしながら、西明寺の道慈に、寺院の隅々まで案内された往事を想起していた。

「祇園精舎を模されたお寺でございますか……」

病に苦しむ郎女は、――余命幾許《いくばく》もない――と、悟っていた。日夜、小さな持仏に、安楽往生を祈念していた。憶良の仏教の話には、多いに興味を示していた。

「三年後の慶雲二年（七〇四）、それがしが帰国します折、道慈殿に別れを告げました。その際、道慈殿は、『将来この西明寺のごとき大寺を、日本に建立したい。そのためには建築の勉強もする』と、申されました」

「建築も学ばれたとは、まっこと相当の勉強家、努力家であったな」

「はい。それがしが道慈殿を尊敬してやまないのは、十六年間の長きにわたり、多くの経典を研鑽《けんさん》され、経典を持ち帰られた功績だけではございません。道慈殿は、養老二年（七一八）帰国されると、唐の西明寺を模して、奈良に大伽藍、大安寺を実際に建立されたことでございます。その後大安寺には留学僧や渡来し帰化した印度僧や唐僧などが集まっています」

「なるほど、建築を有言実行されたか。海外からの僧が多い背景がよく分かった」

（大安寺は、長安の西明寺を模して建てられたお寺でしたか）

郎女は納得して頷いていた。

（二）長屋王の宴《うたげ》を辞す

「道慈師は――僧侶は常に釈門《しやくもん》に身を置き、研鑽《けんさん》すべきである。俗界、特に政界の方々と深い交流を持ってはいけない――と考え、実行されている方です。実に高潔な僧でございます」

「そういえば、長屋王から聞いた話を思い出したわ」

「どのようなお話でございましたか？」

と、郎女が横に坐っている夫の旅人の方に訊ねた。

「では憶良殿に代わって、長屋王と道慈師との逸話《いつわ》を、余が話そう」

家持と書持は、父の方に姿勢を変えた。

「長屋王は深く仏法に帰依《きえ》されていることは、郎女、そなたも承知であろう」

「はい」

「さらに、王は和歌や漢詩、漢文にも大変に造詣《ぞうけい》が深い。道慈師もまた仏法だけでなく、漢詩に優れた才能をお持ちである。唐に留学中、作られた立太子祝賀の詩は有名だ。憶良殿、ちょっと筆と半紙を拝借……」

そう言って、旅人はさらさらと書いた。口に出して詠んだ。

在唐奉本国皇太子　　唐に在って本国の皇太子に奉《たてまつ》る

三宝持聖徳
百霊扶仙壽
壽共日月長
徳与天地久

三宝　聖徳を持し
百霊　仙壽《せんじゅ》を扶《たす》く
壽《ことぶき》は日月と共に長く
徳は天地とともに久し

家持と書持は父旅人を畏敬の眼で見ていた。郎女はその二人をいとおし気に眺めていた。

「長屋王は『一度道慈師とゆっくり語りたいと、宴《うたげ》に招いたが、ものの見事に断られたわ』と、苦笑されていたな」

「あの時道慈師が長屋王に宛てた漢詩とその序文は、実に礼を尽くし、かつ理《ことわり》を説き、丁重なる意を尽くしたお断りの仕方でございました」

と、憶良が補足した。

「少し長くなるが、序と漢詩のさわりの部分だけ説明しよう」

旅人は話を続けた。

「まず、道慈師は長屋王を極めて高く尊敬されていた。序の書き出しから述べてみよう」

旅人はすらすらと口にした。

沙門道慈啓す
柄にもなく王のお引き立てを頂き、ご宴会の招待を賜り、王の思し召しに驚惶《きょうこう》恐縮し、どう振る舞ってよいか分からないほど嬉しゅうございます。

しかし私は少年の頃から僧になり詩文を作り論談することはいまだ未熟でございます。お酒を佛に供える香の盞《さん》と、俗世間の酒盃は同じではございませぬ。凡才のわたくしごときが、長屋王の高名な宴席に赴くことは、道理に乖《そむ》いて心苦しく思います。

俗人の食べる魚と、僧が食べる胡麻《ごま》が、処《か》を易え、四角と円が形を改めれば自分の本質が変わります。謹んで詩を作り、高席を辞退致します。詩は羞《はず》しい作品で、王の耳目《じもく》を穢《けが》すような代物でございますが。


「文頭の――啓す――とは、皇后や皇太子に対して申し上げるときに用いる。したがって道慈師は長屋王を皇太子並みに考えておられるなと、分かった。――王の思し召しに驚惶恐縮《きょうこう》し、どう振る舞ってよいか分からないほど嬉しゅうございます――と、感謝しつつ、――凡才のわたくしごときが、……――と謙遜された。――僧が宴席に赴くことは、自分の本質が変わります――と理を説き、――謹んで詩を作り、高席を辞退致します――と丁重に断られた」

郎女はもとより家持兄弟は父の記憶の良さに驚き、畏敬の念を深めていた。

「その詩がまた素晴らしく佳い。漢詩の勉強になるから、全文を書こう。憶良殿、余が失念している箇所は助けてくだされよ」

旅人は再び筆を執り、新しい半紙を横長にして、道慈師が長屋王に宛てた漢詩を書いた。旅人もまた達筆である。五言《ごん》八句から成る律詩であった。

初春在竹渓山寺　初春、竹渓山寺に在り
於長王宅宴　長王の宅に於て宴《うたげ》す
追致辞一首　追って辞《ことわり》を致す一首

緇素杳然別　緇素《しそ》杳然《ようぜん》として別る　（僧と俗とは遥かな隔《へだ》たりがあり）
金漆諒難同　金漆《きんしつ》まことに同じゅうし難し　（金と漆《うるし》の如く本質は違います）
納衣蔽寒体　納衣寒体を蔽ひ　（僧衣はやせて寒々しい体を蔽《おお》い）
綴鉢足飢嚨　綴鉢《ていはつ》飢嚨《きろう》に足れり　（ひび割れた鉄鉢に施《ほどこ》しを受け飢えをしのぐ）
結蘿為垂幕　蘿《ら》を結んで垂幕《すいばく》となし　（まさきのかずらを編んで簾《すだれ》とし）
枕石臥巌中　石に枕し巌中に臥《ふ》す　（石を枕にして巌《いわ》の中に臥《ふ》している）
抽身離俗累　身を抽《ぬき》んでて俗累《ぞくるい》を離れ　（すすんで世俗の係累《けいるい》を離れ）
滌心守真空　心を滌《すす》ぎ真空を守る　（心を滌いで真空を守る）

ここで旅人は筆を止めた。

「家持、書持にはいささか難しかろうが、この――心を滌いで真空を守る――という一行が道慈殿の人生哲学を見事に表現されている。――心を洗い、空すなわち現世の一切の色相、目に見える物事を超越した真の空を守る――という決意と解した」

家持は何となく父の言葉が分かったような気がしていた。

（さすがに旅人殿だ。この一行によくぞお目を留められた。また非凡な記憶力だ）

憶良は内心喝采を送った。

旅人は続けて書いた。

策杖登峻嶺　杖を策《つ》いて峻嶺《しゅんれい》を登る　（杖を策《つ》いて嶮《けわ》しい嶺《みね》を登る）
披襟禀和風　襟を披《ひら》いて和風をうく　（襟元を披《ひら》いて和らいだ風をいれる）
桃花雪冷々　桃花雪冷冷たり　（桃の花は咲いているが残雪は冷たく）
竹渓山冲々　竹渓の山冲々《ちゅうちゅう》　（竹渓山には雪割の音が響く）
驚春柳雖変　春に驚き柳変ずといへども　（春に呼び覚まされ柳は芽を出したが）
餘寒在単躬　餘寒単躬《たんきゅう》に在り　（余寒は独り身に沁《し》みる）

「家持、書持。これは道慈師の修行の厳しさの表現だ、分かるな」

「はい」

旅人は一呼吸して最後の二行を書いた。

僧既方外士　僧は既に方外《ほうがい》の士　（僧は既に世俗の外の者です）
何煩入宴宮　何ぞ煩はしき宴宮《えんきゅう》に入らん　（何で煩わしい宴席に出席致しましょうか）

旅人は書き終わると、この二行を再唱した。

「道慈師は——性甚だ骨鯁《こつこう》——と、人口に膾炙《かいしゃ》している。まさに剛直。信念が強く、筋を枉《ま》げない高僧だな」

郎女が夫に訊ねた。

「長屋王は左大臣でございます。道慈様のお断りの詩に、ご立腹なされなかったのは何故でございますか」

「さすがは郎女様。鋭いご質問でございます。それがしがご説明致しましょう」

と、憶良が引き取った。

(三) 戒律

「宴席への出席をお断りになっても、道慈師と長屋王には共通の認識がございます。お二人は宴で会談されずとも、分かり合っていました」

「それは何でございますか？」

「お二方とも、——今の日本の仏教界が、僧侶、尼僧ともに厳しい戒律を守らずに、腐敗している——と、嘆かれております。道慈師の詩は、多数の僧の腐敗に対する嘆きでもあります。それがしは遣唐使節の縁がありますゆえ、時折、道慈師と会って法話を聴き、清談を致しております。道慈師の憂慮がよく分かります」

「憶良様が仏典にお詳しいのは、ご帰国後も道慈様とのご交流があるからでございますか。――類は朋を呼ぶ――とか。よい人縁に恵まれていらっしゃいますね」

と、郎女が感心した。

（今日の郎女は饒舌《じょうぜつ》だな。後で熱が出ねばよいが……）

旅人は気に懸けていた。

「有難い天運でございます。道慈師は、――僧や尼僧の教育が急務――とお考えです。『そのためできるだけ早い時期に、大唐《もろこし》より戒師《かいし》、すなわち戒を授ける師僧を招請《しょうへい》したい』と申されていました」

「何と申した？　唐人の戒師の招聘だと？」

旅人が驚きの声を発した。

「そうです。日本には次々と仏典が伝来し、また留学僧も帰国して活躍しています。しかし、道慈師の言葉を借りますと、――わが国の仏教界は唐と異なってきている。正しい教育のできる唐人の戒師に、直接日本にお出でいただこう――という大胆な構想でございます」

「ほほう。唐へ学びに赴く留学僧の人数はごく限られる。それとて無事に向こうへ着き、また無事に帰国できる保障はない。一人の戒師に来日いただければ、確かに効果は高いな」

旅人は道慈の発想に感服した。

憶良は突然姿勢を正し、語調を変えた。旅人を正視した。

「帥殿はいずれ京師《みやこ》へ戻られれば、朝議に入られましょう。わが友道慈師の――唐より戒師を招きたい――構想を、頭の片隅に置いていただけますれば、政事《まつりごと》嫌いな持戒僧道慈師といえども内心喜びましょう。政事の高官には頭を下げぬ友に代わり、それがしがお願い致しまする」

憶良は、頼まれてもいない友人のために、旅人に深々と礼をした。

「相分かった。吾で実現できねば、家持、書持も、――戒師招聘《かいししょうへい》――という難事を記憶に留め、将来大伴一族で協力すべし」

「家持、しかと心得ました」

「書持も」

聡明な兄弟は、少年の身ながら、的確に事情を理解していた。

後日談になるが、道慈法師は、この翌年、すなわち天平元年（七二九）冬十月、朝廷より律師に補せられた。

さらに四半世紀後、第十次遣唐使節の副使に任命された、旅人の甥、大伴古麻呂《こまろ》は、戒師として学僧鑑真《がんじん》を、苦難の末、日本に伴って帰朝した。日本史に残る画期的な快挙であった。時は天平勝宝五年（七五三）六月。旅人も憶良も道慈も、この世にはいなかった。――真の戒師を日本に呼びたい――との道慈の悲願は、憶良、旅人、家持、古麻呂の連携で実現した。大伴の隠れた偉業といえる。

古麻呂の鑑真招聘の苦労談は、稿を改める。

（四）手遊《てすさ》び

道慈が長屋王に宛てた漢詩の細部について、旅人が子供たちに説明し終えた頃合いを見計らって、憶良が言葉をかけた。

「今日は仏教や漢詩などの話で疲れたでしょう。少し話題を変えて終わりにしましょう。長安の街並みのことや、世界各国から来ていた人々の容貌や服装などについても若たちに話したいので、絵草紙を持参しました。暫くお貸し申そう」

憶良は風呂敷から画集を取り出した。

「それがしの手遊《てすさ》びでござる。唐の西明寺《さいみようじ》の伽藍《がらん》をはじめ、珍しい三つの夷寺《えびすでら》、――景教《けいきよう》（キリスト教）、祆教《けんきよう》（ゾロアスター教）、摩尼教《まにきよう》（チベット仏教）――の寺も描いております。街並みでは、西域の胡人や胡娘の営む飲食店。黒い肌の印度人、赤い髪の波斯人《ぱーるさじん》（ペルシヤ人）。さらには悪戯場《あそびば》で演じられていた大道芸人の軽業《かるわざ》――呑刀《どんとう》、吐火《とか》、剣舞、綱渡り――などを素描して参りました」

「うわあっ！　面白そうだ！」弟の書持が素直に反応した。

――観たものをできるだけ正確に、後刻再現するのは、候《うかみ》の基本技の一つでございます。この程度の素描は朝飯前でございます――と、自慢し説明したかったが、抑えた。

旅人以外は、憶良が候とは知らない。

二人が画集を捲《めく》り異国の風物に興じているのを眺めながら、旅人は納得していた。

（なるほど。憶良殿は候の首領だけあって、子供の心を掴《つか》むのも上手いな）

郎女は優しい眼差しで子供たちを見ていた。

（今上聖武天皇も、首《おびと》皇太子の頃はこのように教育を受けていらっしゃったのか。わが子たちは幸せなことよ）病のことは忘れていた。

暫くして、憶良が家持兄弟に声を掛けた。

「面白いでしょう。絵草紙は置いておきますから次回までゆっくりご覧ください。さて、若たちと同様に、大唐の文物に興味を持ち、さらに女人に惚れこみ、留学僧から俗人に還俗《げんぞく》し、帰国しなかった男がいます。次回は、その還俗僧の話を致しましょう」

郎女は驚いた。

「まあ、そんな留学僧もいらっしゃったのですか？　ぜひお聴きしたいものです」

「ははは。子供たちよりも郎女、そなたの方が熱心な生徒だな。結構結構、実は余も唐の女人に惚れた僧の秘話を聴きたいぞ。ははは」

と、旅人が照れ隠しに豪快に笑った。

第十六帖　還俗僧弁正《げんぞくそうべんせい》

在唐憶本郷
日辺瞻日本
雲裏望雲端
遠遊労遠国
長恨苦長安

唐に在りて本郷を憶《おも》ふ
日辺《にっぺん》日本を見
雲裏雲端《うんりうんたん》を望む
遠遊《えんゆう》遠国に労《ろう》じ
長恨《ちょうこん》長安に苦しむ

（留学僧釈弁正　懐風藻　二七）

（一）異才

「それでは還俗僧弁正《げんぞくそうべんせい》の講話を始めましょう」

憶良が居住まいを正した。部屋に緊張感が溢れた。

憶良は五言《ごごん》の詩を書き、訓読みで朗々と発声した。

「この作者である弁正法師は、それがしとは別の船に乗っていました。遣唐使船は、全船が揃って唐に渡れるという保証は何もありません。したがって使節団の高官や録事も留学僧も随員も分かれて、別々に乗り込みます。――無事に着いた船が、任務を果たす――という考えです。幸運にも、それがしたちは、往路、復路ともに全船無事でした。今にして思えば、奇跡的でした」

憶良は心中天に感謝していた。

「ところで弁正は異色の僧でした。出身は秦氏《はた》です。若たちと同じ年頃で出家しました。頭脳明晰《めいせき》でしたが、他の僧と際立った特徴がありました。それは、陽気で滑稽《こっけい》の才があり、弁舌も爽《さわ》やかでありました。さらに、遊びでは囲碁を好み、抜群の強さでした」

「滑稽の才について説明してください」と、家持が求めた。

「滑稽の才とは、難しいことを面白い譬《たと》え話で、それも冗談半分に相手を笑わせながら、分かり易く理解させたり、あるいは、忠告したりできる才能です。機知に富み、陽気に笑わせる芸人の技とも言えましょう」

「大道の芸人で、口上《こうじょう》の上手な者を時折見かけますが……」郎女が添えた。

「そうです。人を非難するとか、世相や政事《まつりごと》を皮肉る場合でも、嫌《いや》みなく、冗談交じりに、それでも痛烈に要点を衝《つ》く頓智《とんち》。それも物柔らかで、相手や周囲に傷をつけない心配《こころくば》りが行き届く才能です。誰にでもできるものではございませぬ。天賦《てんぷ》の才でしょう」

旅人一家四人は、憶良の説明に納得していた。

「弁正法師は、渡来人系の秦氏の一族だけあって、語学は達者でした。囲碁の強さと滑稽の才は、たちまち唐の朝廷に伝わりました。則天武后の愛孫、李隆基《りりゅうき》王子は囲碁好きでしたので、早速弁正を招きました。遥々遠国から海を渡って唐に来た碁打ちに興味を持たれたのでしょう。これが縁で、弁正は李隆基のお気に入りの碁仲間になりました。機知に富む談論、人当たりの良い接遇など、僧らしくない僧でしたから、すぐに李王子の寵臣となったのは自然の帰結でした」

四人は弁正の人生に興味をそそられていた。

「ある時弁正は病になりました。李隆基王子はすぐに宮廷の薬師《やくし》（医者）に手当をさせました。病はすぐに恢復《かいふく》しました。ところが、その薬師の娘が弁正法師に惚れこみ、二人は恋の病に落ちました」

書持がクスリと笑を漏らした。

「弁正は、留学僧として大いなる期待を背負い、また莫大な国費と、水夫《かこ》たちの苦労で唐に辿《たど》り着いています。弁正は大いに苦悩しましたが、遂に女人を選択し、還俗《げんぞく》して結婚しました。秦弁正に戻り、今や裕福な薬師の娘婿として、何不自由なく、堂々と囲碁三昧《ざんまい》と仄聞《そくぶん》しています」

「お子たちは？」郎女らしい質問であった。

「二人います。聞き及ぶところでは、朝慶、朝元という名です」

郎女は、女の愛に僧籍を捨てた弁正に、親近感を抱いていた。

「若たちは、李隆基が誰かご存知か？」

二人は首を振った。子供である。異国の王子を知らないのは当然である。

「今の唐の玄宗皇帝だよ。憶良殿の書かれた唐の皇帝一覧表の末尾にある六代玄宗だ」

と、父の旅人が二人に教えた。

「まあ、左様でございましたか」

「人間の運命は分かりませぬな。囲碁の才、滑稽の才で、弁正は玄宗皇帝の囲碁のお相手を終生続けられ、今なお知遇を受けられている」

（還俗《げんぞく》して幸せでよかった！）郎女は安堵《あんど》していた。

「表向きでは、皇帝の碁のお相手、立派な薬師の娘婿、さらには文人として、大唐《もろこし》の華やかな生活。……二人の子持ちの優雅な人生を楽しんでいた弁正ですが、心の奥底には、やはり還俗をした苦悩が残っていたようでございます」

「それは？」

「この本郷――日本を憶《おも》う詩の後半の二行は、弁正の正直な心の叫びでございましょう。僅か三年ほどの在唐のそれがしですら、日本を憶う情に駆られましたから、弁正の気持ちがよく分かります」

実際に現地での生活経験のある憶良の言葉に、四人は深く頷いた。

「粟田の大殿やそれがしらは、二人の留学僧を残して帰国しました。その後十余年、遣唐使節は派遣されませんでした。文武天皇の崩御や元明女帝の平城京遷都（七一〇）などがあったからです」

憶良はもう一枚の半紙を広げた。

「霊亀二年（七一六）秋八月から九月にかけて、元正女帝は第八次遣唐使節や随員を任命されました」

憶良は肩書や氏名を書いた。

押使　従四位下　多治比県守《たじひのあがたもり》
大使　従五位下　大伴山守《やまもり》
副使　正六位下　藤原馬養《うまかい》（現名宇合）
大判官一名、少判官二名、大録事二名、小録事二名
総員五五七名　四隻に分乗

名簿を見て、郎女が、

「今、中務卿《なかつかさけい》の縣守殿は遣唐使でしたか」と、驚いた。

「はい。縣守卿は押使（特使）として使節団の統括者でした」

旅人が、

「一族の山守が大使に任命されたのは、阿部安麻呂卿が任命を辞退された代わりだったな」

「左様でございます。この使節団は、翌年の養老元年（七一七）三月、難波津を出港されました。那大津に帰港したのは翌養老二年（七一八）十月でした。この帰国の船に道慈師は乗られました。もちろん、十六年間に収集された多数の経典を積み込まれたのでございます。それだけではございませぬ」

憶良は一旦話を切った。四人は憶良が何を語るのか注目した。

（二）望郷詩と愛児

「港には還俗して唐人服に身を包んだ弁正、正確には秦弁正が、見送りに来ていました。弁正は友人の道慈に一片の詩を渡しました。先ほど書いたこの詩です」

在唐憶本郷　　唐に在りて本郷を憶う
日辺瞻日本　　日辺《にっぺん》日本を見
雲裏望雲端　　雲裏《うんり》雲端《うんたん》を望む
遠遊労遠国　　遠遊《えんゆう》遠国に労じ
長恨苦長安　　長恨《ちょうこん》長安に苦しむ

「弁正は『道慈、そなたならわが心の奥底を分かってもらえる。もし帰国後、破戒僧の吾の消息を問われたら、この詩を示してくれ』と、道慈師に手渡しました。道慈師は『分かった。そなたはただの破戒僧ではない。僧よりもっと大きな、目に見えぬ貢献をしていることは拙僧百も承知だ。この詩は必ず後世に残し、そなたの望郷の彼方日本の人々に、残留の偉業を伝える』と約束されました。同じ遣唐使節団の一員であったそれがしは、この埠頭《ふとう》での留学僧二人の別離の会話を他人事《ひとごと》と思いませぬ」

憶良はしばしこの漢詩を凝視していた。

「その時弁正は、年の頃十四～五歳の少年を連れていました。弁正と唐人薬師の娘との間に産まれた次男の朝元です。弁正は自分の帰国を諦め、朝元を母国日本に帰す決心をしたのでございます。少年朝元の帰国同伴を、縣守卿、山守卿、馬養卿に懇請しご同意を得ました。また友人の道慈法師にも、親代わりの保護を頼みました」

「その話は山守から聞いたが、家持、書持は初耳であろう」と、旅人が付言した。

「はい」

(少年朝元は来日してどうなったのであろうか?)同じ年頃の二人は興味津々《しんしん》であった。

「縣守卿らが弁正の懇請を受け入れたのは、朝元が父親に似て聡明であり、唐と日本の言葉を流暢《りゅうちょう》に操《あやつ》られた才能や人柄を判断したからでございます」

兄弟二人の眼は輝いていた。

「それがしは霊亀二年(七一六)四月に伯耆守《ほうきのかみ》を拝命し、同地に赴任しておりましたゆえ、この第八次の方々の任命や出発、帰港などには格別の接触の機はありませんでした。折々耳に入りました情報を自分なりに整理しますと、以上のような話になります」

「日本に来られた朝元は、その後どうしているのですか」

と、家持がしびれを切らして質問した。

「そのことでございます。利発な子ゆえに、多治比縣守卿や藤原宇合卿、――そうそう馬養殿は唐にいる時今の宇合に改名されましたが――使節幹部のお引き立てで、通辞(通訳)として官人となり、大いに活躍していますし
「その通りだ。父の弁正が、現在、唐の玄宗皇帝の囲碁相手だから、日本の朝廷としても、朝元を有《う》

為《い》の人材として重宝しておるのじゃ」

つい数カ月前まで中納言として朝議に出ていた旅人である。事情は詳しい。

「さらに申し添えますと、朝元は少年の時から薬師の祖父の指導を受け、医術の面でも相当の知識技能を持っているとのことです。今は三十歳くらいでしょう」

（わが年頃で異国から日本へ一人で来て、活躍されているのか……）

家持は感心するとともに、（吾も負けてはいられぬ）と、心に期すものがあった。

憶良は、候《うかみ》の読心術で家持の意中を見通していた。（朝元の話までしてよかった）

「弁正は秦一族であるから、父の汚名の回復に頑張っているのだろう」

旅人が氏上らしい解釈を加えた。

「師殿、日本では――弁正法師は唐の女に溺れ、碁に遊び呆けた――と、軽蔑する向きも、多くみかけますが、それがしは、道慈師同様に弁正の陰の功績を高く評価しております」

「と申すのは？」

「第八次遣唐使節の成功は、弁正が玄宗皇帝の寵臣の一人となっていたからでございます。道慈師が弁正の還俗を高く評価しているのは、この点です。さらに、朝元は、唐と日本の双方の血を併せ持つ、つまり、両国の文化を生まれながらに備えた俊才の次男を帰国させたことです。――帰国しなかった自分に代わり、将来必ず日本の役に立つ存在となる――と、確信したのです。それがしは――朝元は文化の懸け橋になる――と信じ、彼の活躍を側面から冷静に眺めております。父子ともに日本の外交を陰で支えているのでございます」

「なるほど。道慈法師は持戒僧として大いなる学識を持ち帰った功績がある。弁正法師は、全く対照的に、還俗して滑稽の才と碁の力で、日本と唐の親善友好の外交に、目立たぬ寄与をしているのか。それも親子で……」

「その通りでございます」

「道慈と弁正、二人とも傑出した留学僧であったな」

「ここまで憶良様に解説していただきますと、弁正殿が日本に帰られる道慈法師様に託した望郷の詩が、一層心に沁みますわ」

（実は、道慈師の紹介でそれがしは来日した朝元をよく知っております。内々面倒を看て、貴重な内外の情報を得ておりますが、これは旅人殿にも申し上げられませぬ）

憶良はにこりと微笑みを返して、

「これでそれがしの六回に及んだ大唐見聞録の講談は終わりと致しましょう」

「大唐に行ってみたくなりました」家持が上気した顔で礼を述べた。

「そうだな。今から憶良殿に唐の言葉なども学び、将来遣唐使節に選ばれるよう、知識教養を磨かねばならぬな」

「はい」と、兄弟は応え、憶良に深々と一礼して退出した。

（実は余も大宝元年には候補になっていたが、大伴本家の長子であるがゆえに辞退した――と、父安麻呂に聞いた。家持は嫡男ゆえに難しいが、学問好きの書持は渡唐させたいものだ）

これまで旅人は息子たちの遣唐使節など考えてみたことはなかった。

(それにつけても、弁正は偉い。僅か十四～五歳の息子を、日本へ旅立たせたとは。それも『懸け橋になれ、帰るな』と。よく決断したものだ。吾がもう少し若ければ……書持の使節の実現も夢ではないが……)旅人は老いていることを無念に思った。

「憶良殿、今日も良い講話を聴けた。とりわけ弁正を見直した。家持、書持の家庭教師をお願いしたが、息子以上に、この旅人に学習の機会を与えられ、感謝申し上げる」

「妾は黄泉《よみ》の土産話に、まだまだ憶良様のお話を聴きとうございます」

「郎女、体調は大丈夫か?」旅人が病妻を気遣った。

「大丈夫でございます。道慈様、弁正様の素晴らしい生き様をお聴きして、もう少し人生の余韻《よいん》を楽しまなくては勿体のうございます」

(郎女の生命もそう長くはあるまい。好きなようにさせよう)と、旅人は覚悟していた。

「郎女、この席へ酒肴《しゅこう》を運ばせよ。憶良殿からもう少し四方山話を伺おうぞ」

郎女が呼び鈴を振ると、侍女たちが夜食の食膳と酒器を運んできた。

「憶良殿はもう食べ飽きていようが、吾らには馳走の玄界灘の虎河豚《ふぐ》料理だ。奈良と違って、魚は美味いのう。酒は、郎女がやきもちを妬く、吾の昔の女友達、丹生女王《にうのおおきみ》から届いた吉備の銘酒よ。さあさ、一献。咽喉が乾いておろう」

「では丹生女王のお酒を妾も頂戴しましょうぞ。昔の色男様」

郎女もご機嫌で、三人は至福の時を過ごした。

第十七帖　類聚歌林《るいじゅうかりん》

西の市にただひとり出でて眼《め》並《なら》べず買ひにし絹の商《あき》じこりかも
（古歌集　万葉集　巻七・一二六四）

（一）芸文類聚《げいもんるいじゅう》の衝撃

どちらかといえば、人見知りをする郎女であったが、これまで数回の講話を聴いて以来、憶良には格別の敬意と親近感を抱いていた。

「憶良様、佐保の留守邸を切り盛りしている義妹《いもうと》の坂上郎女《さかのうえのいらつめ》から、奈良の餅菓子が送られて参りました。お話の前にどうぞお召し上がりくださいませ」

「これは珍しい。ではお言葉に甘えいただきます。ところでお身体の具合はいかがですか？」

（奥方様のお言葉や態度とは逆に、顔色は青ざめ、痩せが目立つ……）

「心の臓の発作が年々ひどくなって、時に息苦しくなり、困っております。今日は体調が良いので、子供たちとお話を拝聴できると、朝から楽しみにしております」

「それはよろしゅうございます。しかし、どうぞご無理をなさらず、もし具合が悪くなられましたら、途中でご退席ください」

菓子と茶をいただくと、憶良は講論を始めた。

(それがしにも帥殿にも……時間の余裕はない)

「これまで数回にわたって、大唐に渡って則天武后の宮廷に参内《さんだい》した話や、留学僧の実話をお話しました。今日は、唐で最も衝撃を受けた書物の話を致します」

家持と書持が緊張した表情で頷いた。

「則天武后の厚意あるお言葉で、それがしら遣唐使節の一行は、いろいろな建物や施設を見学しました。また政事《まつりごと》の制度や法令、詩や小説、天文や医薬、仏教など諸分野に、官人、陰陽師《おんみようじ》、薬師《くすし》、留学僧が配置され、勉強を開始しました。同時に、帰りの船に積み込める限度いっぱいまで、学術書や法典、経典などが蒐集されました。こうした調査、研究の中で、それがしが持ち帰りたくても持ち帰れない書籍がありました」

書持が勢いよく手を挙げた。

「先生、『芸文類聚《げいもんるいじゆう》百巻』でしょう。武后が『閲覧はよいが、渡せぬ』と仰《おつしや》られた」

「ご名答です」

(驚いた！　書持殿も聡明だ。まだ童《わらべ》であるのに記憶力が抜群だ)

　憶良は木簡に「芸文類聚百巻」と墨書した。

「繰り返しになりますが、──芸文とは学問と文芸──という意味です。──類聚《るいじゅう》とは分類して編集した書籍──です」

　郎女は納得して頷いた。憶良の配慮に感謝していた。

「その『芸文類聚』は、古代から唐の初期までの、天文、歳事《さいじ》、つまり一年中の行事や、地、州、郡、山、水、帝王、后妃など四十六の項目に分類して、それぞれの史実を記述し、さらに、これらに関連する詩や文章をまとめた書籍です。初唐の頃、書家で有名だった欧陽詢《おうようじゅん》らが、皇帝の勅《みことのり》を承って撰びました。唐が国内諸国を統一して着手した、文化面の大事業でした」

　憶良は間を置き、郎女や二少年の顔を観察して、理解度を確かめた。

「閲覧を許されたそれがしは、実際に百巻の書籍を目の前にして、呆然としました。圧倒され目が眩《くら》みました」

「呆然自失……か」

　旅人が呟《つぶや》いた。

「全くその通りでございました。その頃、吾が国では和歌が口で詠《うた》われ、伝播《でんぱ》していました。木簡に我流で漢音を充《あ》てたものや、訓音で書かれたものもあります。歌好きの皇子たち有志が蒐集した皇室がたの歌集もありました。しかし、『芸文類聚』のように、体系的に、項目別に分類された詩や文章を集め、編集された書物は皆無でした。古事記や日本書紀すらまだ編集されていない時代でした。それがしらが目にしていたのはすべて輸入された経典や書籍でした。それがしが受けました精神的な衝撃というか、驚きを察してくださいい。大唐《もろこし》と日本の文化の格差は歴然としていました」

兄弟は目を輝かせて聴いていた。

(二人とも聡明だ！　話し甲斐がある！)

憶良は往時の興奮を、己の脳裏に再体験していた。

「それがしは憑《つ》かれたように、この百巻を捲《めく》りました。限られた閲覧の時間では到底読みつくせません。この時決意したのです。――よし。帰国したらそれがしが日本版の芸文類聚を創ろう。政事や地誌、学問全てには及ばないが、少なくとも和歌に関する限りでは、知的、あるいは情緒的な水準は、漢詩に劣らぬ。長歌短歌を集めた和歌の類聚を編集しよう――と」

旅人は年頭、憶良の屋敷を訪れた際に聞いていた。だが郎女や家持、書持には、憶良の体験談と決意の背景は初耳である。ぐんぐん引き込まれていた。親子四人は尊敬の眼で、憶良の次の言葉を待っていた。

(二)　和歌蒐集と分類

「ほぼ三年の滞在を終え、慶雲二年（七〇四）帰国したそれがしは、議事録や報告書の作成、大宝律令など法令への適用や改訂、持ち帰った多くの書籍や経典の整理や諸寺への配布などの作業に十数年従事しました。録事は、文字通り記録や庶務の係でございますから、当然の職務でございます。在唐の見聞とその後の整理作業が、それがしの知識を培《つちか》ってくれた気が致します」

「報告や整理作業が大変でございましたでしょう」

郎女は大伴一族の氏上の妻――家刀自《いえとじ》――として、奥向きの雑務を取り仕切っている。裏方の苦労を熟知していた。

「その作業の合間に、上は天皇から下は名もなき庶民が詠みました長歌、短歌、民謡などを片端から集め、木簡に書き留めました。ここらあたりの話は、年初に拙宅で帥殿にはお話し致しましたが、お三方《さんかた》のために繰り返します」

と、旅人に了解を求めた。


「当時それがしの身分は低く、俸給は少なかったので、とても和紙は買えませぬ。木簡を使いました。木簡の一枚一枚は薄くとも、わが家は見る見る内に木簡で埋まりました。これを分類して、紐で結わえて整理していきました」

「どのように分類されたのですか？」家持がすかさず質問した。

(旅人殿の嫡男だけあって、鋭い)

「分類をどうするか――苦慮しました。詠み人がはっきり分かる歌、これは皇室や貴族、豪族、官人、女官などが多かったので、とりあえず、愛の歌である相聞《そうもん》、死者を悼む挽歌《ばんか》、皇室や土地を讃《たた》える歌、旅の風景を詠んだ羇旅歌《きりょか》などに分類しました。詠み人不詳の歌は、相聞や恋の歌、長歌を主とした伝承や祭りの式典歌、さらに東歌《あづまうた》や雑歌などに分類しました」

「憶良殿は、日本で初めて和歌の蒐集と分類という画期的なお仕事をなされたのだ。分かるな？」

郎女たち三人は大きく頷いた。

「帰国後十年ほど経った和銅七年（七一四）、それがしは、思いもしなかった従五位下の地位に昇進しました。貴族として一町歩ほどの広さの屋敷を頂きましたので、木簡の収納や整理が楽になりました」

「それはよろしゅうございましたね。憶良様は大層なお仕事を自費でなされたのですね」

郎女は感に堪えぬという表情で、独りごとのように感嘆していた。

「ところで憶良殿、二～三年後に伯耆守《ほうきのかみ》になられたな。伯耆国には何年ほどいられたのかな？」

「霊亀二年（七一六）四月から養老五年（七二一）一月までの六年間でした。大量の木簡は伯耆国まで持っていけませぬ。屋敷に置いて赴任しました。伯耆ではもっぱら京師《みやこ》で詠《よ》まれていた歌を、留守宅の家人に蒐集し送ってもらい、その分類や左注の作業を行いました。若たちに申しますが、――左注とは、選者として批評を、歌の左に書き添えること――です」

「なるほど、伯耆では地味な左注の作業をしていたのか……」

しかし、憶良が山辺衆の首領と知っている旅人は、

（その間も、配下の山辺衆を使って、東歌なども自由自在に集めていたであろう……）

と、類推していた。

憶良がその旅人の顔を見て、微笑みながら目で肯定した。旅人の心を読んでいた。

（三）　類聚歌林《るいじゅうかりん》

「それがしが伯耆《ほうき》国で国守をしながら、のんびり和歌の批評を書いていた前後数年間は、京師では皇室はじめ大伴家や朝議の面々は、大激動の時期でございましたな」

「その通りだ。忙しかった」

「文藝と政事《まつりごと》は密接な関係にあります。若たちには歴史を知るいい機会ですから、当時の主な出来事だけ抜粋《ばっすい》してみましょう」

前置きをして憶良は半紙を取り出し、書き始めた。長屋王、旅人と己《おのれ》は太字にした。

	政事	人事
和銅六年（七一三）		大納言大伴安麻呂薨
々　七年（七一四）	首皇子立太子（十四歳）	**山上憶良**従五位下
霊亀元年（七一五）	元正女帝即位	**大伴旅人**従四位上中務卿
々　二年（七一六）	第八次遣唐使節任命	大伴山守副使　**山上憶良**伯耆守
養老元年（七一七）	遣唐使節出発	多治比縣守、山守、藤原馬養、吉備真備、玄昉
々　二年（七一八）	**長屋王**大納言	**大伴旅人**中納言　家持誕生
々　三年（七一九）		**大伴旅人**正四位下　書持誕生

々　四年（七二〇）　日本書紀完成　右大臣藤原不比等薨
　　　　　　　　　　大隅隼人の乱　**大伴旅人**征隼人持節大将軍鎮圧
々　五年（七二一）　元明太上天皇崩　**長屋王**右大臣　藤原房前内臣
　　　　　　　　　　　　　　　　　　大伴旅人従三位
　　　　　　　　　　　　　　　　　　山上憶良東宮侍講　類聚歌林編集

「ほう、さすがは前東宮侍講殿《さきの》だ。纏め方が上手い。一目瞭然とはこのことだ。皇室と吾らの立ち位置がよく分かるわ」

家持、書持も、大納言であった祖父安麻呂の薨去《こうきょ》から、父が従三位中納言の高い官位に昇進する過程と、右大臣長屋王の存在、東宮侍講憶良の登用の状況が、明確に頭に入った。

（そうだったのか）

個々に聞いていた話を点に例えれば、点と点が線になり、更に面として把握されていた。

自分たちの生まれた前後の年の出来事だけに、記憶に残る。

「養老五年、元明太上天皇《げんめいだじょう》が崩御《ほうぎょ》されました。これまでは元明太上天皇と藤原不比等卿が政事を取り仕切っていました。しかし右大臣の不比等卿は前年薨去されていたので、元正女帝《げんしょう》と右大臣に昇任された長屋王が、国政を担《にな》うことになりました。元明太上帝が枕頭《ちんとう》に長屋王と藤原房前《ふささき》参議を呼ばれ、——皇親派と藤原一門が協調して元正女帝を支えよ——と、懇望され、房前卿は内臣《うちおみ》となりました。皇親派と藤原一門の軋轢《あつれき》は後日、詳しくお話します」

旅人が、

「元明太上天皇は優れた判断力のある立派な女帝だったな。物事の判断が冷静にできる房前《ふささき》卿を、東宮首皇《おびと》太子の後見役も兼ねる内臣《うちおみ》とされた。長屋王は文藝をよく理解されたお方だ。房前卿の内臣と同時に、学識右に出る者のない憶良殿を東宮侍講に抜擢《ばってき》された。朝廷の名人事であったのう」

「あの時、あなた様は従三位に昇進なされましたな」

郎女は、大伴氏族が溌溂《はつらつ》としていた当時を懐かしく思い出していた。

憶良は講義に戻した。

「東宮侍講に任命されたお陰で、それがしはご進講の教材費として過分のお手当を頂きました。それがしの貯えにその手当てを加え、木簡の歌を整理して、和紙に書き換え、『類聚歌林』を編集しました。表題はもうお分かりのように、大唐の『芸文類聚』に因んだ命名でございます。『芸文類聚』の百巻には遠く及びませぬが、精一杯努力して、七巻としました。用紙が百二十八張《はり》、半紙にしますと二千五百六十枚でございます。約千五百首を編集しました」

「大作業でございましたね」

今、本人から生々しい裏話と数字を聴いた郎女が、驚きと尊敬の気持ちを込めて、労《ねぎら》った。

「その内の第一巻を持参しました。どうぞ手に取ってご覧ください」

家持と書持は、順に手に取った。少年にとっては、ずしりと重い感触であった。

「わが国では最初の類聚です。勅撰でなく、それがしの独りで編んだという自負を持っております。有名な秀歌だけでなく。雑歌《ぞうか》も混ぜて入れております。上は天皇から、下は遊行女婦《うかれめ》の歌により、その時々の国民の生活が描写されているからです。後の代の者たちが、収録した歌の背景を知れば、詠んだ者の心の内面だけでなく、粉飾のない真の日本の歴史を理解する副読本や、生活史を学ぶ資料にもなりましょう」

「家持、書持、驚いたであろう。余は過日、憶良殿から――類聚歌林は単なる歌集ではなく、歴史の資料だ――と聞いて、余人には想像もできぬ良き発想だと感服した」

憶良は軽く頭を下げて、

「しかし、今、この『類聚歌林』を開いてみますと、やはり上流社会の方々や官人の歌が圧倒的に多く、――国民の生活までを描写した歌集、歴史や生活を知る資料と称するには程遠い――と、感じております」

郎女が重い書物を膝に置いて、憶良に訊ねた。

「こんな立派な『類聚歌林』ですのに、七巻ではまだ不十分なのですか？」

「はい。不十分でございます。もっともっと蒐集し、足らざる分野は、編者のそれがしや志を持つ歌人に詠んでもらわねばなりませぬ。『芸文類聚』百巻に、少しでも近付けたい、いや、近付けねばなりませぬ」

家持は、母郎女同様に『類聚歌林』第一巻の立派さに驚いたが、七巻の編集にすら満足していない憶良に、畏敬の念を深めた。武者震いした。

（四）庶民の歌を

「一例を申し上げましょう。詠み人は名もなき庶民。小金を貯めて、絹を買い、一儲《ひともう》けしようとした市井《しせい》の素人が、商いに失敗して悔んだ歌です」

「ほう。商いの歌だと？　それも失敗の……」

思いもしない題材に、旅人が興味を示した。

憶良はゆっくりと木簡に一首を書いた。


西の市にただひとり出でて眼《め》並《なら》べず買ひにし絹の商《あき》じこりかも

「平城京には東と西の市が立って、競って商品が売られている情景がよく分かります。その西市へ独りで出かけ、商品をろくに見比べもせず、買った絹は、どうも転売が難しそうだ——と、ぼやいている様子が、彷彿《ほうふつ》とします」

「街中ではこのような歌も詠まれていたのですね。驚きましたわ」

「はい。この歌によって、市では絹まで売られており、素人が絹を衝動買いするほど、京師《みやこ》の経済や、庶民、多分下級官人の懐具合が良くなっていることが示されています」

「なるほど。吾らでは詠めぬ歌に、社会が反映されているのだな」

憶良は黙って頷いた。

「ついでに、面白い掛け合いの戯《たわむ》れの歌も披露しましょう」

憶良は木簡二枚を取り出して、それぞれに筆を運んだ。

――戯れの歌――と聞いて、一家四人は木簡を覗き込んでいた。

「では、詠みますぞ」


法師《ほふし》らが鬚《ひげ》の剃杭《そりぐひ》馬繋《つな》ぎいたくな引きそ僧半《ほふしなから》かむ

(作者不詳　万葉集　巻一六・三八四六)


「ははははは」

と兄弟が爆笑した。

「お分かりの通り、――無精ひげの法師様の鬚《ひげ》に馬を繋いでも、ひどく引っ張るなよ、法師様が半分になるだろうからな――と、からかいます。すると、すかさず法師がこう応えます」


檀越《だにをち》やしかもな言ひそ里長《さとをさ》が課役徴《えつきはた》らば汝《なれ》も半《なから》かむ

(作者不詳　万葉集　巻一六・三八四七)

「――旦那さんや、そんなこと言いなさんな。里長が来て、税金の徴収や労役であなたを責めれば、あなたの身体も半分になりますよ——」

「ほほほほほ……」

郎女が口許を袖口で押さえて、体を捩《ねじ》るようにして笑った。

（ご病気の奥方様がこのように笑い転げるのはいいことだ……）

憶良は微笑みながら、

「これらの歌はどちらも結句が——半《なか》かむ——で、笑いを誘っています。そうした当意即妙の冗句として庶民に受けています。ただそれがしがこの歌を取り上げましたのは、この法師の返歌です。里長《さとおさ》が管理している五十戸の家々から徴収する租税や賦役《ふえき》がいかに重いかを、そのまま示しております」

「そうか。確かに一瞬は面白くて笑ったが、吾ら貴族はこの苛酷な税の徴収によって、優雅な生活を送っているのだな。相聞歌《そうもんか》や皇室讃美歌などにはない哀愁すら漂うな。まぎれもなく社会詠だ」

父旅人の感想に、家持、書持も真剣な顔つきになっている。

「その通りでございます。『類聚歌林』の増補改訂——という再構築の案は、帥殿には正月に少し話しましたが、まさにこれらの庶民の詠んだ歌を、広く東国から西国まで拾い集めることでございます。詳細は別の機会にじっくりとご説明したいと考えております」

憶良は、

——『類聚歌林』を、万人の歌集にまで高め、『万葉歌林』と命名したいとの存念まで述べるには時期尚早だ。今夜は触れずにおこう——

と、判断した。

「それがしの編んだ『類聚歌林』の話はこれで終わります。いよいよ倭歌《やまとうた》——八雲《やくも》の道《みち》——を解説したいのですが、その前にそれがしが尊敬する陶淵明《とうえんめい》と漢詩を紹介しましょう」

「それは楽しみだな。陶淵明の詩はそなたたちにも分かりやすいだろう」

と、漢詩漢文好きの旅人が郎女や家持、書持の顔を見た。三人は頷いた。

憶良は卓上の水差しから湯飲み茶椀に水を注ぎ、咽喉を潤した。

家持は、再度『類聚歌林』を手にして、熱心に捲《めく》っていた。

(吾も和歌を詠み、先生が改訂される『類聚歌林』に必ず収録してもらうぞ)

と、固く決心した。

第十八帖　帰去来辞《ききよらいのじ》

帰去来兮
田園将蕪胡不帰
臨清流而賦詩

帰りなんいざ
田園まさに蕪《あれ》なんとす何ぞ帰らざる
清流に臨み詩を賦《つく》る

（陶淵明　帰去来辞）

（一）尾行の下人

馬を曳く権が、憶良を見上げ、空咳《からせき》を二度した。主従にしか分からない合図であった。

——お首領《かしら》尾行されていますぞ——

憶良は軽く頷いた。下人の格好をした男を、すでに察知していた。

（藤原の放っている候《うかみ》であろう。無駄話をして安心させよう）

権の耳にやっと聞き取れるように囁いた。

「そ知らぬふりをしておけ」

権が前を向いたまま微かに頷いた。警固している他の家臣たちは気が付かない。

下人は同じ方向へ向かう通行人の如く、さりげなく間をつめてきた。

――もう相手は聞き取れるだろう――

頃合いを見て、平素の雑談のように権に話しかけた。

「権、若たちの家庭教師を引き受けて、今夜で何度目になるかのう？」

「へえ。九回目でごぜえます」

「もうそんなになるか。いやいや家持殿、書持殿は、三十年も前の大唐《もろこし》の話が面白いとおっしゃるので、ついつい長話になる。吾にとっても則天武后との会談など昔を想い出して、呆け防止になるわい」

「へえ、あっしには大唐のお話など全く見当もつきませんが……」

権は渡唐の経験を他人に語っていない。表向きは平凡な下男の役に徹している。

――尾行している下人が聞きとれるように意図して、首領は喋《しゃべ》っているな――

「ははは。若たちには何事も奈良の都の四倍の規模で想像させておるのじゃ」

「今日も大唐《もろこし》の話でございますか？」

「うむ。吾が向こうで感銘を受けた漢詩の話をするつもりじゃ。漢詩といってもお前には分かるまいが……」

「へえ、字もろくに読めねえんで、……馬なら心まで読み取れますが……漢字はどうも……」

権は漢詩漢文にも素養がある優れた候であるが、おくびにも出していない。和歌も堪能であることは年初、憶良の館を訪れた旅人にのみ、憶良は身許を明かしていた。

今、藤原か朝廷か分からぬが、尾行の者に権の学才を気づかれてはならない。

――とうとう尾行が来たか。むしろ、こやつを利用してやろう――

と、憶良主従は即座に判断していた。

「大唐《もろこし》の話は今夜で終わり、次回からは和歌を教えるつもりだ。首《おびと》皇太子時代に使った類聚歌林《るいじゅうかりん》を教材に使うつもりだ」

「へえ」

ここまで聞くと、下人はさりげなく離れて脇道に消えた。坂本の帥館が近かった。

「権、これで奴は――山上憶良は公言通り、帥館では家庭教師に徹しております――と、吾の喋った内容を、そのまま京師の誰かに報告するであろう。暫くはこの手でとぼけるぞ。奴が今夜、もし侵入しようとしたら始末せよ。帥館は『遠《とお》の朝廷《みかど》』の一角だ。正当防衛ぞ」

「心得ております」

(二) 隠棲の詩

「それがし唐では多くの詩人や官人たちと交遊し、意見交換をしました。その会話の中で、彼らが共通して尊敬している詩人がいました。すでに故人となっていましたが……」

といいつつ、木簡を取り出して書いた。

東晋時代　陶淵明《とうのえんめい》　帰去来辞

結廬在人境

「東晋は今から三百年も昔です。日本では大和朝廷が国内統一に苦戦していた頃でしょう。東晋はその後、宋という国になり、更に隋になるのですが、今夜は国の歴史は簡単にして、淵明の詩を鑑賞し、彼の生涯や人物像を話しましょう。最初に、それがしがこの『帰去来辞』の詩に受けた衝撃を告白しましょう」

旅人一家は、――憶良の受けた衝撃の告白――に興味を持った。

「作者の陶淵明は下級貴族の出身で、彭沢《ほうたく》という県の県令、すなわち長官になりましたが、僅か八十日で役人生活に見切りをつけて辞職し、郷里の田園に帰り、隠棲《いんせい》しました。その時に辞任届に付けるために詠んだのが『帰去来辞』です。淵明は、当時のそれがしと同年齢の四十一歳でした。それがしは三十年ぶりの遣唐使節の録事として、職務に夢中になっておりました。――帰国後も粟田の大殿を補佐して、役人の仕事に専念し、良き律令国家の建設に、裏方として大いに寄与しよう――と心中大いに燃えていました。大唐見聞録でお話しした通りです」

これまでの講論で、憶良の活躍と功績を、一家は十分承知している。

「ところがかの国には、同年齢で身を退き、田園詩人に遊ぶ高官がいたのです。先刻申しましたように、三百年も前に……」

「そんな昔に、あの国には四十歳そこそこで退任する立派な高官の詩人がいたのですか？」

家持は驚いた。

「はい。淵明が上司に宛てたこの詩の内容を知り、――同年にして、人生に対する考え方、生き方がこうも異なるのか――と、それがしも驚きました。さらに、時代背景や辞任の事由を知りました。――唐の著名な詩人のみならず、官人たちが心服するのも当然だ――と納得できました。それがこの詩です。大事な部分のみ抜粋して書きましょう」

そう前置きして、憶良は半紙に数行の詩文を書き加えた。

帰去来辞
帰去来兮　　帰りなんいざ
田園将蕪胡不帰　　田園将《まさ》に蕪《あ》れなんとす　なんぞ帰らざる
（中略）
富貴非吾願　　富貴《ふうき》は吾が願ふところに非ず
帝郷不可期　　帝郷は期すべからず
（中略）
登東皐以舒嘯　　東の皐《おか》に登り　舒《おもむろ》に嘯《うそぶ》き
臨清流而賦詩　　清流に臨《のぞ》み　詩をつくる

「――帰りなんいざ。田園将に蕪れなんとす――という有名な文頭で始まります。以下は少し難しい表現があるので省略し、なぜ隠棲をするのか、どう人生を過ごすのか、詠んだ部分を抜粋《ばっすい》しました。淵明は役人として県令の地位に在りましたが、――富貴は吾が願うところに非ず――と、物欲、名誉欲を否定しました。だからといって帝郷、つまり仙人の住むような理想郷を夢見たのではありませぬ。――故郷の屋敷の東の丘に登って、気の向くままに笛を吹き、近くの清流の畔《ほとり》に坐して、詩でも作ろう――と、ごく平凡な隠棲生活を理想としています」

郎女と兄弟二人は同時に頷いた。

「この六行だけでも名文句です。若たちは頭の片隅に入れておかれるとよいでしょう。大人になったら全文をお読みくだされ」

「承知しました」

(ここらの柔軟性が憶良殿の指導の巧さだな。吾も政界から引退して、生まれ故郷の飛鳥の里に隠棲したいが……大伴の氏上だと、儘《まま》ならぬ)

「もう一篇の詩は、淵明が隠棲生活を詠んだ作品です。淵明が田園詩人と称されたのがよく分かります。筆記してみましょう」

憶良はもう一枚の半紙に筆を走らせた。

結盧《けつろ》在人境　飲酒二十首其五

結盧在人境　盧《いおり》を結んで人境にあり（小さな盧を結んで人里に住んでいる）
而無車馬喧　而《しか》も車馬の喧《かしま》しき無し（しかし役人の車馬の音に煩わされることはない）
問君何能爾　君に問ふ何ぞ能く爾《し》かるやと（どうしてそうしていられるのか問われるが）
心遠地自偏　心遠ければ地自づから偏《かたより》なり（心が俗事を離れているから自然に僻地《へきち》にいるような心境になるのだ）
采菊東籬下　菊を東籬《とうり》の下に采り（菊を東側の垣根の下で採り）
悠然見南山　悠然として南山を見る（悠然として南山を見れば）
山気日夕佳　山気日夕に佳《よ》く（山の気は朝夕によく）
飛鳥相興還　飛鳥相與《とも》に還る（鳥たちは連れ立ってねぐらに帰る）
此中有真意　此の中に真意有り（この中に人間のあるべき真の姿がある）
欲弁己忘言　弁ぜんと欲してすでに言を忘る（そのことを言葉にしようとしたが、そんなことはもうどうでもよい）

憶良は書きながら、一行ずつ訓読みをした。

「淵明がすっかり俗世間のことを忘れ、言葉すら出ないほど、自然に溶け込んでおります。この詩はお二人にも状況がよく理解できるでしょう」

　憶良は一行一行をゆっくりと解説した。

「何度聞いても、また自分で声を出して唱歌しても、いい詩だ」

と、旅人が感想を述べた。妻の郎女が大きく頷き同意していた。

「お互いに、隠棲した淵明が羨ましいのう、憶良殿」

「これらの詩を読む時は、いつも感無量でございます。さて、現地で驚きましたそれがしは、――陶淵明とはいったい何者か？　なぜ四十歳そこそこで隠棲したのか？　人物像と背景を少し調べました」

「ほう。何か面白いことが分かったのか？」

　旅人が身を乗り出した。

(三)　陶淵明の生涯

「はい。折角の機会ですから、家持殿、書持殿にも理解できるよう、淵明の活躍した東晋や宋の時代と淵明の置かれていた立場などをご説明しましょう。その前に彼の国の略史を書いておきましょう」

　そう言って、憶良は三枚目の和紙を卓上に拡げた。

　旅人、郎女、家持、書持の眼が、憶良の墨痕《ぼっこん》を追った。

略史	
古代王朝	夏《か》→殷《いん》→周《しゅう》
春秋戦国	全国に多数の国家が分裂し抗争
国家の統一	秦《しん》（始皇帝）　万里の長城構築
	前漢→後漢
三国時代	魏《ぎ》、呉《ご》、蜀《しょく》
天下の統一	魏→晋（司馬炎《えん》）呉を滅ぼし、洛陽を都とした
五胡の乱	匈奴《きょうど》、鮮卑《せんぴ》など五胡《えびす》長城を越え侵入　晋（西晋）滅亡
南北朝	北朝　鮮卑（道武帝）　北魏建国→東魏、西魏→北斉、北周
	南朝　漢族（司馬睿）　晋（東晋）再興　建業（南京）を都とした
（陶淵明時代）	**東晋**→**宋**→斉→梁→陳
	十一代恭王（司馬徳文）**劉裕**《りゅうゆう》に禅譲《ぜんじょう》　**劉裕**　**宋を建国**（四二〇）
国家の統一	**隋**
	北周の武将楊堅が幼帝から帝位の禅譲を受け、隋を建国（五八一）
	都を大興（長安）　南朝の陳を滅ぼし、南北統一（五八九）
	中央集権国家建設　科挙の制　日本より遣隋使（小野妹子）
	唐
	隋朝三世恭帝、唐国公の李淵《りえん》に禅譲　李淵（高祖）唐建国（六一八）

都は長安　日本より遣唐使（六三〇）

「極めて大雑把《おおざっぱ》ですが、かの国は以上のような異民族との歴史を経て、現在の唐朝に至っております」

一家四人とも憶良の書いた略史を――分かり易い――と感じていた。

「ここで宋を建国した将軍劉裕《りゅうゆう》にご注目ください。東晋の都、建業（南京）の北辺を守る北府軍の司令官は劉牢之でした。劉裕は、武人として、陶淵明は官人として仕えていました。

劉裕と陶淵明は、気心の知りあった同僚でした」

「ほう。それは知らなかった」

武人劉裕の登場で、旅人は大いに興をそそられていた。

憶良は白湯《さゆ》を飲み、一呼吸置いた。


「陶淵明が、今の若たちと同じ十代の少年の頃の東晋は、北から鮮卑《せんぴ》――古代アジアのモンゴル系遊牧民――の侵入に怯《おび》えていました。二十代、三十代の青壮年期は、暗愚の皇帝と将軍たちの権力闘争で、国内は落ち着かない日々でした。――淵明がなぜ若すぎる隠棲をしたのか――その謎を解く鍵が、この将軍たちの権力闘争にあったと思いますので、少し詳しく解説しましょう」

憶良は半紙に次のように書いた。関係する四人の将軍名を太字にした。


北府軍（揚州）司令官　**王恭**→劉牢之→**劉裕**

西府軍（武漢）司令官　**桓玄**――――北府軍の将軍**劉裕**が**恒玄**を打倒
東晋十一代の恭王（司馬徳文）　王権を**劉裕**に禅譲――→**劉裕**　宋を建国

「陶淵明の友人劉裕が宋を建国した過程を説明しましょう。淵明の隠棲と関わりがありますから」

「それは興味深いな」と、旅人が同意した。

「当時、東晋の都、建業（南京）を、外敵の侵入から守るため、二大軍団が組成されていました。北魏に備え、揚州に北府軍の拠点を置き、西の匈奴《きょうど》には、武漢の西府軍で防衛していました。ここまではよろしいですね」

　軍事の話である。憶良が確かめるまでもなく、武将の子、少年二人の眼は輝いていた。

「淵明十八歳（三八三）の時、北から百万の鮮卑《せんぴ》の大軍が南下してきました。東晋建国以来の大危機でした。この時、北府軍の司令官王恭が大活躍しました。南下する鮮卑軍を撃退し、国土防衛に成功しました。権勢を得た王恭将軍は、暗愚の皇帝に政治の改革を求め、挙兵しました。淵明三十三歳の時でした。王恭の挙兵を鎮圧したのが、劉牢之将軍でした。翌年、孫恩という将軍が反乱しましたが、劉牢之将軍はこれも平定し、北府軍の司令官となりました。この二つの反乱鎮圧の戦いで功績を挙げたのが劉裕でした。もちろん陶淵明も劉牢之将軍の役人として、参戦していました。武将劉裕と教養ある知の役人淵明は、――士君子《しくんし》自ら士を知る――友人になりました」

「そうか。劉裕と淵明は命を懸けた戦いの場で同僚であったのか。戦友だったのか」

　大隅隼人の乱の平定など、修羅場《しゅらば》を知っている旅人は納得していた。

「一方、西府軍司令官の桓玄は、北府軍の新司令官となった劉牢之の台頭を快く思いませんでした。それどころか、劉牢之将軍や朝廷の高官を粛清し、権力の座を占めようと狙っていました。劉牢之が警備を油断して参内《さんだい》した時を見計らって、重臣たちを殺害しました。劉牢之将軍は自殺しました」

次々と展開する将軍たちの権力闘争は、若い家持、書持の脳裏に鮮明に染み込んでいった。

「劉牢之将軍の武将であった劉裕は、直ちに西府軍の桓玄将軍と戦い、勝利しました。この結果、劉裕が、北府軍と西府軍を統括する権力者――権臣《けんしん》となりました。権力の座に就いた劉裕は、数年前の同僚、陶淵明を探しました。淵明はある都市の上流階級の子弟を教育する学校――国子監の祭主、学長になっていました。劉裕は淵明を、教育の場から政治の世界に利用しようと考え、彭沢《ほうたく》県の県令（長官）に登用しました」

「そうか、彭沢県の県令になったのは、劉裕との密接な背景があったのか」

「今は権臣となっている旧友劉裕の懇請で、県令の役を引き受けました。しかし淵明はすぐに後悔しました」

「何故だ？　郡大県小とはいえ、祭主より県令は大栄転ではないのか？」

旅人が首を傾げた。

「確かに大栄転です。しかし淵明は聡明でした。――昔の友人だった頃と違って、今の劉裕の周辺は常に血生臭く、同僚や腹心でも容易に殺されている――と、気づいていました。権臣劉裕の懇請を無《む》下《げ》に断るわけにゆかず、一旦は応諾しました。もし彭沢県の県令として善政を行えば、淵明の人望は高まるでしょう。昇格昇進するかもしれません。――そうなれば、明日は我が身に危険が及ぶであろう——と、危惧しました。——早く辞めたい。そのためには劉裕の心証を害さないような大義名分が必要だ——と、思案したはずです。折しも、嫁いでいた妹が逝去しました。淵明は——この機に郷里へ帰り、田園詩人として隠棲すれば、命まで奪われることはなかろう——と、決断したと、それがしは推測しています」

「なるほど、そうであったか」

「その後も劉裕は淵明の才智を利用しようと、再三仕官を誘いましたが、淵明は都度丁重に固辞し、田園詩人の生活を貫きました。劉裕は、その後、国王である東晋十一代の恭王、司馬徳文から王権の禅譲を受け、宋を建国、新国王となったことは、前にも述べました。この建国の時にも有能な淵明を起用しようと試みましたが、淵明は仕官せず、詩人に徹しました」

「陶淵明が四十一歳の働き盛りで世を捨て、田園詩人として生きた背景がよく分かりました」

家持が大人のような感想を述べた。

(憶良様の博識と指導の上手なことには、全く心服するわ。さすがは長屋王が東宮侍講に抜擢されただけのお方だわ。家持、書持は、この地で幸せだわ)

郎女は病を忘れ聞き惚れ、感動していた。

「最後に一言申し添えます。劉裕が権勢を入手したような権力闘争は、わが国にも多々ありました。淵明はその渦中《かちゅう》から去り田園詩人となりました。名門かつ重臣の大伴本家の御曹司は、淵明のように隠棲はできませぬが、淵明のように冷静柔軟に対応されるよう心の片隅に留めておいてくだされ」

（そうか、憶良殿はこの為に淵明を講義してくれたのか。ありがたい）

「次回は、いよいよ倭歌《やまとうた》――八雲の道――です。それがしが類聚歌林に納めた日本の名歌、秀歌から十首ほどを選び、分類を説明しながら、作歌についてお話しましょう」

「憶良様、今日もご講話楽しゅうございました。胸の激痛もございませんでした。次回にも是非参加したいと思います」

郎女は深々と頭を下げた。家持、書持も続いた。

「憶良殿、では別室で酒宴にしよう。薩摩隼人より芋焼酎や干し魚が届いておる。吾は陶淵明のような田園の詩は詠めぬが、酒飲みながら酒讃《ささほ》ぎの歌ならいくらでも詠めるぞ」

郎女、家持、書持の三人が声を立てて笑った。

第十九帖　八雲《やくも》の道《みち》

八雲立つ　出雲八重垣　妻籠《つまご》みに　八重垣作る　その八重垣を
（須佐之男命《すさのをのみこと》　古事記　上　一）

（一）五七の旋律

初夏になった。太宰府周辺の山野の緑が次第に濃くなっていく。

愛馬に跨《また》がり坂本の丘に向かう憶良の耳に、鶯の鳴き声やその他の小鳥の囀《さえず》りが入る。

「権、旅人殿の佐保の里は、小鳥の多い丘であるが、この坂本の周辺も結構賑やかだな」

「左様でございます。郊外の田圃は蛙の大合唱、街には燕がだんだんに増えてきました。生き生きした季節でございます。お首領も今年は春先から忙しゅうございますな」

「そのことよ。家持殿、書持殿ともになかなか利発で、通い甲斐がある」

（首皇太子《おびと》〈聖武天皇〉に東宮侍講としてご進講申し上げたのが、わが生涯の最初で最後の教師の仕事だったと思っていたが……）

憶良は、旅人に二人の息子の個人指導を懇請されて以来、昂揚《こうよう》した日々を送っていた。

「憶良様、今日は主人が公務で帰宅が遅れますが、――和歌の話ゆえぜひ拝聴したい――と、申していますので、少しお待ちくだされ」

郎女が侍女の運んできた茶菓を勧めた。

「それでは帥殿のご帰宅までの間、若たちの喜びそうな長安の大道芸人の物真似や街の商人《あきんど》たちの話など致しましょうか？」

「妾も拝見しとうございます」

憶良は、過日、大唐見聞録の講論の際に、二人に手渡した絵草紙に描いた大唐の芸人たちの仕草を、あたかも役者のように演じた。三人は相好《そうごう》を崩して嬉しがった。

候《うかみ》は時に大道芸人にも身を変える。手妻《てづま》――手品や曲芸などはお手の物である。

年初、旅人には身の上を明かしたが、郎女、家持、書持の三人は、憶良が候の集団、山辺衆の首領とは知らない。

「大道芸人の真似がお上手ですこと……」

郎女が笑い転んでいた。病気を忘れていた。

旅人が帰宅した。

「三人とも玄関まで聞こえる大笑いをしていたが、何かあったのか？」

母子は顔を見合わせ、微笑みながら口を抑えた。

「それでは今日は、倭歌《やまと》、今の和歌についてお話し致します。われわれが詠んでいる詩歌は、大唐《もろこし》の漢詩に対して、倭歌《やまとうた》と呼ばれています。この倭《やまと》を「わ」とも言うところから、倭歌《わか》となり、さらに和歌となりました。倭歌、和歌には、長歌と、それをまとめた反歌、さらに旋頭歌《せどうか》、連歌《れんが》などがあります。いずれも漢詩の五言詩や七言詩を模して、原則は五音と七音を以て読みます。なお反歌は長歌に対して短歌とも申します」

そう言って憶良は木簡に、数字を書いた。

長歌　　　　五七五七……最後　五七七　で締める
反歌（短歌）　五七五七七
旋頭歌　　　五七五七……
連歌　　　　五七五　次の者が　七七

「五七・五七七　あるいは五七五・七七の旋律が、倭歌の中心をなしております。このように五と七の耳に心地よい美しい旋律が、大和の国、広く日本を代表する詩歌として、和歌と総称されるようになりました。お分かりか」

四人は頷いた。

「若たちは、こういう分類や旋律の決め事などを考えずに、まずは単純に、五七五七七の言葉遊びを気軽に愉《たの》しむがよろしい。自分で詠むにしろ、他の人の歌を学ぶにしろ、気軽に楽しむことが、出発点でございます」

——気軽に愉しむがよろしい——と聞いて、家持、書持は安堵《あんど》した表情になっていた。

（二人は少年だ。ゆっくり語ろう）憶良は兄弟に微笑みを返した。

（二）出雲八重垣

「では最初にお尋ねしましょう。わが国で最も古い倭歌をご存知か？」

「はい、日本の昔話を母上から何回となく聞きました。その時に出雲の神話も教わりました。須佐之男命《すさのをのみこと》が八岐大蛇《やまたのおろち》を退治して、櫛名田比売《くしなだひめ》を妻とされるために、宮殿を作られた時の歌でございます」

弟の書持が答えて、詠唱した。

八雲立つ　出雲八重垣　妻籠《つまご》めに　八重垣作る　その八重垣を

「お見事でござる。さすがは大伴郎女様。良くご指導されておられますする」

「恐縮でございます」と、郎女が満面の笑みで会釈《えしやく》を返した。

「この歌は、五七五七七で典型的な和歌でござる。音調がすこぶる快く耳に入るのは、八雲と出雲の対比や、八重垣の繰り返しが、まるで音楽のような効果を生んでいるからです。多分、大昔の出雲の国人《くにびと》は、酒の席などで合唱していたのでしょう。歌の意味は、簡単ですからお分かりでしょう」

今度は兄の家持が応じた。

「はい。――むくむくと八重の雲が沸き立つこの出雲で、妻を籠《こも》らせ一緒に住むために、幾重にも垣を巡らし、宮殿を作ろう――との内容です」

「その通りです。この有名な歌から、和歌を八雲と呼ぶこともあります。さらに、八雲と言えば、出雲の前に置く、枕詞になりました」

「まくらことば？」

「そうです。飾りの言葉ですから、あまり深い意味はありませぬが、歌の調べはよくなります。おいおい教えましょう」

(なるほど、憶良殿は東宮を指導されただけあって、教え方は巧いわ)

旅人はしばしば感心する。憶良は説明を続けた。

「ところでそれがしは、常にその歌が詠まれた背景を調べるとか、推察するよう心がけております。この歌の場合には、何分にも上古のことゆえ、本当に八つの頭の大蛇が存在したかどうか、須佐之男命が大蛇に酒を呑ませ、退治した話が、事実かどうかは、憶良には分かりませぬ。しかし、出雲地方には、大和の朝廷と祖先を異にする出雲族が住んでいたことは間違いありませぬ」

歌の話が別の方向に展開していくので、一家は興味を深めて聴いていた。

「出雲族は太古、韓半島から渡来し、主として平地に住み、穏やかに農耕や漁労で、豊かに暮らしていたのでしょう。その出雲国に、海の彼方、高句麗の方から、鉱山を探す部民が渡来しました。彼らは海岸の河口の砂を調べ、砂鉄のある川を探して、遡《さかのぼ》りました。出雲の奥山の谷川に砂鉄が沢山ありました。すぐに鉄の鉱脈を発見しました。山の木を伐り、木炭を作りました。足を踏んで空気を火元に送る――地踏鞴《たたら》――という手法で、砂鉄と木炭を高熱で燃やして。強く硬い鋼《はがね》を作りました。あちらの谷、こちらの谷に、炭焼きや地踏鞴の火が、昼間は見えませぬが、夜目には不気味に思えたでしょう。火を噴く目、火を噴く口の大蛇に表現されたと思います」

家持、書持だけではない。旅人も郎女も、これまで考えもしなかった話である。憶良の推論に吃驚《びっくり》していた。

「大蛇《おろち》ではなかったのか？」

「はい。彼らは鉱山男《やまおとこ》の集団だったのです。食糧を求め、女人を攫《さら》いに平地に降りてきたのでしょう。彼らの鉄剣には出雲族の銅剣や銅鉾では歯が立ちませぬ。食糧も女も差し出さねばなりませんでした。そこへ須佐之男命に象徴される流浪の武人が現れ、機略を以て八岐大蛇――実は韓半島北部、あるいは高句麗の山岳地方から渡来した鉱山男たちの首領八人――を退治したのでしょう。多分、平地の民が、若い女を動員した酒池肉林《しゅちにくりん》の大宴会開催を餌に、あちこちの谷の頭領たちを誘い出し、途中で酒に眠り薬を入れて酔っぱらわせ、斬ったのでしょう。大蛇の尾から出てきたと伝えられる名剣――後の草薙剣《くさなぎのつるぎ》は、蛇が作ったのではなく、鉱山男らが出雲の砂鉄を原料とした地踏鞴《たたら》鉄剣でござろう」

（何と大胆な発想と推理か！　説明に筋が通っている……）

余談であるが、東出雲の安来《やすき》地方は、現在も日本刀の素材である玉鋼《たまはがね》の名産地である。

「憶良殿、さすれば、藤原不比等卿が中心になって編纂された古事記の話は嘘になると？」

「いいえ。嘘ではありませぬが、真実ではありませぬ。――事実を踏まえ、脚色と修飾で変形された神話・伝説の物語、お話として受け止めればよろしいか――と思います。古事記は歴史ではなく物語、お伽話でございます」

「なるほど、神話、伝説は鵜呑《うの》みにせず、さりとて否定もせず、その背後にある真実を見通せ――ということか？」

「左様でございます」

家持と書持は、――壮大な物語である八岐大蛇の火炎は、地踏鞴《たたら》の火の象徴である――との説明に吃驚《びっくり》したが、今は納得していた。

（憶良先生の解説は予想外で、まことに面白い）と、興奮していた。

「帥殿、郎女様、若たちも、憶良の推論は、この場限りとして、決して他言なさらぬようにしてくだされ。次の話もまた皇室の翳《かげ》の部分もございますゆえ」

「承知した。郎女、家持、書持もな」

旅人は家族ともども口封じを約した。

「堅苦しい話が続くので肩が凝ったでしょう。少し休みましょう。郎女様も若たちも、背伸びをされるがよろしい。緊張と休養を交互に繰り返すと、集中力が出来、記憶によろしい」

（さすがは前東宮侍講だけあって、憶良様はこんなところにも気配りをなされる）

郎女は心底から憶良の教育手法に感服し、感謝していた。

（三）郷愁の古歌

憶良は木簡に、倭建命《やまとたけるのみこと》（日本武尊）と、書いた。

「草薙剣《くさなぎのつるぎ》が出ましたゆえ、倭建命の歌にまいりましょう。倭建命の東国遠征の話は？」

「母上より伺っております。さらに父よりは、『そなたらは武人の子なれば、倭建命のごとく、帝《みかど》より全国各地へ派遣されることを覚悟しておけ。命《みこと》のように勇気と知略と、文藝の心得を持つべし』と、訓導されております」

嫡男の家持が、旅人の声音《こわね》を真似て応えた。

憶良は感服した。少年とは思えぬほど引き締まった顔つきの家持に訊ねた。

「その倭建命が、遠征先で大和を詠まれた歌は？　この場合のヤマトは日本国ではなく、飛鳥周辺の故里《ふるさと》ですが、……」

「承知しております」家持は即答して暗唱した。

大和は　国の真秀《まほ》ろば　畳《たた》なづく
青垣　山籠《やまごも》れる　大和しうるはし

（倭建命　古事記中　景行紀三〇）

――大和はこの国で最も良い所である。重ね重ね懐かしく思う。緑の山がぐるりと取り囲んでいる。大和は壮麗である――と、歌の意も述べた。

「ご立派！」憶良は舌を巻き、誉めた。

父旅人から、――憶良殿は日本でも屈指の碩学だ――と、何度も聞いていた兄弟は、これまで緊張していた。その憶良に直接褒められて、嬉しく、落ち着いた気分になっていた。

「佐保の里で暮らしていた若たちが、はるばるこの筑紫へ下り、飛鳥の里や平城京の奈良を懐かしんでいるでしょう。この気持ちを――郷愁《きょうしゅう》――と言います。倭建命も郷愁に駆られ、――大和は　国の真秀《まほ》ろば――と詠みました。倭建命の気持ちの一端が分かるでしょう」

二人は頷いた。

「倭建命の場合には、今の若たちよりもずっと厳しい環境にありました。郎女様からお聞きしているように、父君景行大王――当時はまだ天皇という呼称はなく――から『熊襲《くまそ》を討て』と、九州へ派遣されました。熊襲が背《そむ》いて、朝貢《みつぎことたてまつ》らなかったとの理由です。命は熊襲を制圧しましたが、休む間もなく、『東国の蝦夷《えみし》を征伐せよ』と命ぜられました」

二人の顔は――知っている――と告げていた。

「遠征の途中、相模国で国造《くにのみやつこ》たちに騙《だま》されて、野火を放たれ、あわや焼け死ぬところを、伊勢神宮で叔母の倭媛《やまとひめ》から貰った宝剣で草を薙ぎ倒し、同じく拝領した火打石で、向かい火を放って助かった話もご存知でしょう」

「はい。――この剣は八岐大蛇の尾から出た剣で、この時から草薙剣と呼ばれている――と母上に教わりました」

（聡明な子に育ってくれて嬉しい……）郎女は、師弟の会話に上気していた。

「命《みこと》は浦賀（横浜）から対岸の房総（千葉）へ渡ろうとしましたが、海が荒れ、妻の弟橘媛《おとたちばなひめ》が、海神への犠牲になられました。様々な苦難の中で、大和への望郷の念は募るばかりです。しかし父景行大王からは帰国の命令が来ません。――父に嫌われているな――との複雑な思いの中で、――大和は国の真秀ろば――と詠まれたのです」

「父君に嫌われていたのですか？　信じられない」

弟の書持が怪訝《けげん》な表情で憶良に確かめた。

「そうです。もし倭建命が帰京されれば、大歓迎されたでしょう。景行大王は、大王の地位を、人気の高い、功績のある倭建命に譲らねばならなかったのです。景行大王は実権を保持したかったのです。倭建命は遂に尾張の地にて病死されました」

「景行帝はむごい方よ、のう」

旅人が父の立場で帝を非難する所感を述べた。

「それがしは、――倭建命はお一人の皇子の物語ではなく、古代の複数の皇子たち、各地へ派遣された軍隊の指揮をとられた皇子たちの逸話が、合成された話――と考えております」

「なるほど。合成物語か……それなら東奔西走《とうほんせいそう》も分かるな」

「物語はさておき、それがしがこの倭建命の絶唱で指摘したいことがございます」

「それは何ぞ？」

「――真秀ろばの持つ陰翳《いんえい》――でございます。分かり易く申せば『かげ』です。神の創られたこの世は、太陽の輝く昼の世界があれば、月の満ち欠けする夜の世界があります。表があれば、必ず裏があるように、神は美と醜を創られました。次回から最近の和歌を講義しますが、最初は入門として明るい表の世界を詠んだ歌を披露します。――まほろばの陰翳――は、皇統の秘史に絡みますので、もう少し先の、別の機会にまとめます。よろしいですね」

（――まほろばにも陰翳がある――そうか。憶良殿は候《うかみ》だ。――客観冷静に物事の背後を見よ――と、わが子たちを指導するつもりだな）旅人は納得した。

憶良が白湯《さゆ》で咽喉《のど》を湿《しめ》した。

「そうそう。話は前後するが、弟橘媛の悲話が出たので、その後、倭建命が常陸《ひたち》国から甲斐《かひ》に向かった時の挿話を語りましょう。倭建命が甲斐国の酒折宮（山梨県甲府市の酒折神社あたり）に到着された時に詠まれた歌はご存知か？」

「いいえ」兄弟が首を振った。

旅人が、にこりと笑った。

「憶良殿と二人でやろう」

新治《にいばり》　筑波《つくば》を過ぎて　幾夜か寝つる

（倭建命　古事記　中　景行紀　二五）

憶良が続けた。

日日並《かかな》べて　夜《よ》には九夜《ここのよ》　日には十日を

（御火焼《みひたき》の老人《おきな》　古事記　中　景行紀　二六）

「今、帥殿が唱われた命《みこと》の歌を受けて、それがしが焚火係の老翁《おきな》の機転の利いた歌を続けました。命は翁の才を愛でて、ご褒美に東《あづま》の国造《くにのみやつこ》に任命したと伝えられています。それがしがこの歌を語りましたのは、転戦の旅の哀愁が偲ばれるその挿話ではなく、一つの歌を二人で詠んで、詠み続ける連歌《れんが》の嚆矢《こうし》――最初の事例だからです」

憶良は英明な少年二人のために、あえて難しい表現を使い、その意を易しく説明していた。

「では古代の歌を引用した短歌や連歌の事例や、歌の背景を考察する話はこれくらいにしておきましょう。次回は、最近の分かり易い名歌を学習しましょう」

「楽しみに致しておりますわ」と、郎女が応じた。

「では、今夜は大和に帰れなかった倭建命の追悼の献杯をしよう。憶良殿さあさ」

爆笑が続いた。

第二十帖　歌は山柿《さんし》に

東《ひむかし》の野《の》にかぎろひの立つ見えてかへりみすれば月西渡《かたぶ》きぬ
（柿本人麻呂　万葉集　巻一・四八）

（一）歌聖人麻呂

「さて、須佐之男命の上代から、今上《きんじょう》聖武天皇の今日《こんにち》まで、随分多くの歌が詠まれてきました。これらの和歌を、内容で分類してみましょう」

そう言って憶良は新しい半紙に筆を入れた。

半紙は高価で貴重品である。しかし木簡では横長に書けない。

憶良は二少年の指導に、惜しみなく半紙を使った。実は講論を始めて間もなく、郎女から憶良の館へ、半紙の束が届けられていた。憶良へ負担を掛けないとの郎女の配慮であった。

もちろん家持や書持には知らせていない。

家持たちが、憶良が教材に使った半紙をきちんと綴《と》じて、復習している――との郎女の添え書きに、憶良は――二重の教育効果がある――と喜んでいた。


題を、――山上憶良による類聚――と書いた。

一　叙景歌《じょけいか》、羇旅歌《きりょか》
二　相聞歌《そうもんか》、恋愛歌
三　挽歌《ばんか》、殯歌《もがりうた》　回想歌
四　叙事歌《じょじか》、伝説歌、戦歌《いくさうた》
五　讃歌《さんか》、皇室讃歌、土地讃歌《とちほめうた》、酒食讃歌
六　生活歌、社会歌、寓意歌《ぐういか》
七　人生歌、宗教歌
八　雑歌《ぞうか》

「それがしが思いつくままに書き連ねました。このように、様々な内容の歌がございます。入門としましては、美しい景色を詠んだ叙景歌が、分かり易くてよろしいでしょう。その中でも、歌聖と呼ばれている山柿、柿本人麻呂殿と山部赤人殿の秀歌を最初に披露しましょう」

旅人はオヤッと思った。

（人麻呂は兎も角、赤人は六位か七位の卑官《ひかん》の筈だ。憶良殿は赤人にも敬称を付けている……そうか、吾が憶良に敬称で接するごとく、――人麻呂と赤人は敬え――と、子供たちに言動で示されているのか）

「柿本人麻呂殿のお名前は既にご存知でありましょう」

二人は――当たり前だ。知っていますぞ――という顔で頷《うなず》きを返した。

「このお方の、波乱に富んだ生涯については、公《おおやけ》の記録から抹消されております」

「えっ。本当ですか？　人麻呂殿は一時期、持統天皇の寵臣として四位あたりの高官であったとか聞いていますが……歴史に名がないのですか」

家持兄弟は勿論、郎女も驚いていた。

「はい。彼ほど名歌を沢山残されている高官でも、わが国の正史である日本書紀にも、またその後の国史になる歴代天皇紀の資料にも、名はありませぬ。これは大きな声で申せませぬが、……わが国では、帥殿やそれがしら五位以上の官人の任免は国史に残りますが、赤人殿のような素晴らしい歌人でも、国史には名も歌も残らないのです。人麻呂殿の人生は、前回申した『まほろばの陰翳《いんえい》』でもありますので、別の機会にお話しします。今日は彼の叙景歌の傑作だけを挙げ、文芸的な学習だけを致します」

旅人一家は驚きを隠さず表情に出して、大きく頷いた。

――だから憶良めは、人麻呂や赤人たちの名と歌を後世に残そうと、類聚歌林を自費で編んだのです――と、付け加えたかったが、いかにも手前味噌なので抑えた。

書紀に名のない人麻呂を追憶しながら、木簡にさらさらと書いた。

東《ひむかし》の野《の》にかきろひの立つ見えてかへりみすれば月西渡《かたぶ》きぬ

「まず、私が独りで唱います。その後皆さんで合唱してみましょう」

憶良がゆっくりと、感慨を籠めて朗詠した。一家がそれを真似て発声した。

「ではこの歌が詠まれた場所や状況を説明しましょう。人麻呂殿は軽皇子《かるのみこ》、後の文武《もんむ》天皇のお供をして、狩りの旅に出られ、阿騎野《あきぬ》（奈良県宇陀市大宇陀付近）に宿られました。その翌朝詠まれた歌です。目を閉じ、広々とした狩場の風景を想像してください。日の出前の東の空に、すでに暁の光が溢れ、阿騎野に射し込んでいます。西の方を振り返ってみると、月が山の端に落ちかかっている。東天に昇る太陽と、西へ沈む月を対比し、雄大な歌になっています。作者の感情や意見を述べず、淡々と景観だけを詠んでいますが、それがそのまま、大宇宙の時の流れを表現しています」

「実に爽やかな朝の雰囲気を感じるな」

と、旅人がすぐに感想を述べた。

「軽皇子は持統女帝の孫です。前《さき》の皇太子であられた草壁《くさかべ》皇子の御子です。人麻呂殿は、もともと草壁皇子の舎人《とねり》でした。草壁皇子が薨去された後、一時は高市《たけち》皇子の舎人でしたが、すぐに持統女帝の側近の歌人に取り立てられました。この歌が詠まれた時は、持統女帝の血統である軽皇子が皇位継承者に決まり、女帝は大いに喜ばれていました。この阿騎野は軽皇子の亡父草壁皇子が好んで狩りをされた地でもあります」

憶良が作歌の背景を説明した。

「実は、草壁皇子は日並皇子尊《ひなみしのみこのみこと》とも申されていました。人麻呂殿は草壁皇子が持統三年に薨去された際に、長歌、短歌の殯歌《もがりうた》を詠まれ、それが持統女帝の寵愛を受けるきっかけになっています。それゆえに、――この歌は、日の出を軽皇子、落月を、皇位に就けなかった天武天皇の長子、高市《たけち》皇子や、軽皇子の皇太子立太子に反対した弓削《ゆげ》皇子を象徴している寓意歌《ぐういか》だ――という方もいます」

「なるほど、確かに役者は揃っているな」

「しかし、若たちは、今は単純に、叙景の名歌として、歌聖人麻呂殿の詠まれた和歌の雰囲気を学ばれればよろしいかと思います」

二人は複雑な政事《まつりごと》の背景を垣間見ながら、人麻呂の歌を復唱した。

（二）天才赤人の感性

「人麻呂殿は故人ですが、次に現在宮廷歌人として活躍している山部赤人殿の歌を鑑賞しましょう。船長《ふなおさ》の甚から聞いた話では、――瀬戸内の船旅で、ご一家は随分と和歌を愉しまれた――とのこと。なかでも家持殿は、赤人殿の不尽山《ふじのやま》を詠まれた歌が大好きの由、大変結構と存じます」

家持が照れくさそうに俯《うつむ》いた。

旅人が、

「いやいや、暇潰しの酔狂よ、それよりも、甚もまた文藝愛好の男と知ったのは、収穫であったぞ。権、助、それに甚。そなたと唐に渡った下人たちは、歌を嗜《たしな》む。そちの躾《しつけ》か。身分に関係なく素晴らしい男たちだな」

三人とも山辺衆の候《うかみ》と知っている旅人は、憶良と含み笑いをしていた。

「さて、多くの歌人がわが国の美しい山や川、森や海などを題材にしています。その中で一首のみ絶唱を挙げよと申されれば、それがしは、家持殿同様に、赤人殿が詠まれた不尽山の長歌と反歌を選びまする」

家持が嬉しそうに頷いた。

「長歌と言ってもそれほど長くありませぬから、全文を書いてみましょう」

天地の　分《わ》かれし時ゆ　神《かむ》さびて　高く貴き　駿河なる　布士《ふじ》の高嶺《ね》を　天《あま》の原
ふり放《さ》け見れば　渡る日の　影《かげ》も隠《かく》らひ　照る月の　光も見えず　白雲も　い行き
はばかり　時じくぞ　雪は降りける　語り継《つ》ぎ　言ひ継《つ》ぎ行かむ　不尽の高嶺は

反歌

田児《たご》の浦ゆうち出《い》でて見れば眞白《ましろ》にぞ不尽《ふじ》の高嶺に雪はふりける

（山部赤人　万葉集　巻三・三一七・三一八）

「田児の浦は駿河国の富士郡、蘆原《あしはら》郡の二つの郡にわたって弓状になっている砂浜の海岸です。（現在の田子の浦より西、富士川河口西の蒲原、由比あたりである）赤人殿はその姓が示すように、山部族です。歌人でありますが、朝廷のどなたかの命でしょう。しばしば各地を訪れています。この時、赤人殿は、薩埵《さった》峠を抜け出て、眼下の砂丘の松林や、不尽山の雄大な景観を眺望した感動を、清らかに、かつ簡明に表現しています。船に乗って沖へ出て詠んだのではありませぬ」

「何と申した。船で詠んだのではないと？」

と、旅人が驚いた。

（家持、書持にはこれまで赤人の船中詠と教えてきたが、間違っていたのか？）

「はい。多くの方が船上で詠んだと誤解しています。実際は先ほど申しましたように、峠を抜け、眼下に田児の浦を見た瞬間の、鮮烈な印象です。だらだらと詠んでいませぬ。この簡潔さが大事です。不尽の山頂の雪の白さと、紺青の海の対比。白砂に緑濃き松林は、ひと言も述べていませぬが、誰の眼にも彷彿として浮かびます。このように、実際に体験して、自分の眼に移った景色や感動を、そのまま素直に詠むことが肝要ですぞ」

「よく分かりました」

きらきらと輝く目で、兄弟が応えた。

「そうであったか。船中詠とばかり思いこんでいた。いやいや恥かしい。『過ちを改めるにはばかることなかれ』だ。解説有り難い」

旅人が軽く頭を下げた。

「では海を詠んだ赤人殿の名歌を披露しましょう」

若の浦に潮満ち来れば潟《かた》を無み葦邊《あしべ》をさして鶴《たづ》鳴き渡る
（山部赤人　万葉集　巻六・九一九）

「歌の意味は誰にでも分かり易い。若の浦（和歌山県和歌浦）に、だんだんと潮が満ちてきて、干潟が無くなるので、干潟に集まって餌を取っていた沢山の鶴が、葦の生えている陸の方へと鳴きながら飛んでいく。声を出してこの歌を詠唱してみると、調べに流れがあります。ひたひたと寄せてくる小波《さざなみ》と、一斉に飛び立つ鶴の姿が、眼前に彷彿《ほうふつ》と致します。不尽山の歌が静的とすれば、この歌は動的です。しかし、不尽の歌と同様に、景色の描写が鮮明で、清潔です。他の鳥ではこのような透明感は出ませぬ。名歌と呼ばれる所以《ゆえん》です」

郎女はしばし病を忘れ、歌論に熱中していたが、

（憶良様の解説は女の私にもまことに分かり易い。それに次々と名歌、秀歌を紹介してくださり、ありがたい。もっともっと聴講したいが……この病が……）

疲れと共に、時折鋭い痛みが走り、不安を隠せなかった。このところ鈍い痛みもあり、体調は良くなかった。

（人間遅かれ早かれ死ぬ。冥土の土産に、できる限り学問を受講し続ける）

と、堅い決心をしていた。大伴の武人の女であった。疲れも痛みも口にしなかった。

旅人は分かっていた。

(好きなようにさせよう。太宰府まで連れてきたのは、最期を看取ってやることだから)

(三) 小さな懽《よろこび》の歌

「人麻呂殿や赤人殿の歌は多いので、今後も折を見て紹介致しましょう。今日の講義の最後に、山や海のような雄大な景観ではなく、身の回りの、そこらに見かける渓谷の、小さな眺めを詠んだ、明るく流麗な秀歌を鑑賞しましょう」

憶良は新しい木簡にさらさらと書いた。

石激《いはばし》る垂水《たるみ》の上のさわらびの萌《も》え出づる春になりにけるかも

(志貴《しき》皇子　万葉集　巻八・一四一八)

「この歌も説明がいらないくらいです。――岩にほと走る小さな瀧のほとりの蕨《わらび》が、芽をふくらませ土から出てくる春となった――と、淡々と自然を描写しています。作者の志貴皇子は、天智天皇の第七皇子です。皇子は壬申《じんしん》の乱では、大海人皇子(天武天皇)の許に逃げました。天武八年(六七九)五月、持統女帝の御子、草壁皇子を皇太子とする『吉野の盟約』に参加された六人の皇子の一人です。この盟約の話は、別の機会に致します。志貴皇子は、天武天皇や持統天皇の朝廷では、天智天皇の御子ゆえに、ひっそりと、目立たぬように過ごされました。皇子の複雑な気持ちが分かりますね」

「はい」

旅人は、憶良が作歌の背景を重視していることに慣れ始めていた。

(憶良殿は、歌の解釈だけをする学者ではない。──歌の歴史的背景や奥深い心象風景をも考えよ──とのことか)

「志貴皇子は、控えめな爽やかな秀歌をいくつか詠まれました。この歌は代表作の一首です。春を詠まれた歌ですが、身辺のありふれた景色を、これほど清々《すがすが》しく描写した歌は、そう多くは見かけませぬ。旅に出なくとも、身近なところでも叙景歌は詠める例として挙げました。若たちもまずは身の回りで自然を観察し、素直に叙景歌を詠んでみることをお勧めします」

「そのように心がけます」

「これで和歌の講義と、若たちの特訓を一旦終わりにします。暫く間を置き、次はわが国の歴史の特訓、皇統の秘史を考えております。若たちはその間復習をしておいてください」

「承知しました。これまでの講義ありがとうございました」

郎女、家持、書持が、折り目正しく、深々と礼をした。

「憶良殿、大唐見聞録や分かり易い和歌道の講話、余も参考になった。国守の業務の中、格別の特訓に礼を申す。咽喉も乾いたであろう。打ち上げに吉備の美味い酒で一献やろう」

「憶良様、主人は昔の女友達から転居見舞いの差し入れがあったので、ご機嫌でございますのよ。どうぞ」

（多分、丹生女王《にうのおおきみ》からの贈り物であろう……）

「ではご相伴にあずかりましょう」

「父上、打ち上げの口実で酔い潰れないように……」

風鈴を鳴らして佳い風が入ってきた。

第二十一帖　老将酔吟

価《あたひ》無き寳といふとも一坏《ひとつき》の濁れる酒にあに益さめやも
（大伴旅人　万葉集　巻三・三四五）

（一）大隅の口嚼酒《くちかみさけ》

宗像海人部の船長《ふなおさ》甚の配下の水夫が、太宰府の憶良の館へ、志賀島《しかのしま》で獲れた鮑《あわび》と大海老を届けてきた。

表立っては国守筑前守に献上する宗像の海人たちの贈り物であるが、使いの水夫はさり気なく下男頭の権に、封書を手渡していた。

鮑も大海老も、憶良の館には多すぎる量である。

（いつもの通り――これを手土産に、帥殿と一献酌み交わし、密書を酒の肴にされてはいかがか――

との、甚の心配《こころくば》りだ）

「権、半分を坂本のお館《やかた》へお裾分けせよ。今宵、帥殿のご都合を承って参れ」

太宰府は九州第一の都邑《とゆう》であるが、坂本の丘にある旅人の帥館と、街の北西にある憶良の守館は近い。候の権にはほんのひと跳びの距離である。すぐに帰ってきた。

「帥殿より『大隅国から未通女《おとめ》の口嚼酒が到来したところだ。早く参るがよい』とのお言葉でございます」

旅人の奥座敷では二人だけの酒席が設けられていた。鮑は殻つきのまま焼かれていた。

大海老は茹《ゆ》でられ、食べやすいように包丁が入れられていた。真っ赤な殻の中に、白い身が弾けて

いる。酢味噌が添えられていた。

権は庭に回り、植え込みの陰に身を潜めた。山辺衆の候《うかみ》として、いつもの警固であった。

旅人が大人の頭ほどの大きさの壺を持って着座した。

「さてさて、筑紫は玄界灘の幸がまっこと美味い。それにこの大隅の口嚼酒は絶品だ。酔い心地の良

い酒だ。さあ飲もう」

と、旅人は自ら憶良の坏に酒を注いだ。

「――まだ男を知らぬ乙女たちが、初穂を神に供えるお祭りのため、身を浄め、歯を塩で清めた後、

蒸し米と、水を十分吸わせた新米を、口で嚙砕き、壺に吐き出して、数日間発酵させた御神酒《おみき》――と

聞いておりますが、実際にいただくのは初めてでございます」

「さすがは物識《ものし》り憶良殿だ。その通りじゃ。以前大隅隼人の乱を鎮圧した時が、ちょうど初穂の収穫の時でもあった。その祭礼と降伏の儀式を同時に行ったのだ。彼らの慣習を尊重した。これを多としたのか、初穂の季節にはちと早いが、早生《わせ》を使ったとか。酒好きの余のために造って届けてくれた」

「帥殿のご人徳でございます」

「いや口嚼酒の美味《うま》さに惚れたからだろう。はっはっは」

二人は坏に酒を満たすと、お互いの眼の高さに持ち上げ、頷き合うと、ゆっくりと流し込んだ。

「えもいわれぬ馥郁《ふくいく》たる香りのよい濁り酒でございますな。噂には聞いておりましたが、初めて味わいます。まさにそれがし神になったような、至福の酒でございまする」

「よい酒だろ。物が物だけに、届いたのはこの一壺だけだ。乙女たちと口づけをする気がするのう」

「その通りでございます」

「この壺を飲み干した後は筑後米の須彌酒《すみさけ》だ。こちらは咽喉越しがいいぞ」

須彌酒は現在の清酒である。

「二つとも貴重な酒、まことに勿体のうございます。十二分に酔いましょう」

「早速二首できたぞ」


價《あたひ》無き寳といふとも一坏《ひとつき》の濁れる酒にあに益さめやも

「お見事。同感でございます」

（帥殿、今宵は輿に乗っている）

「次にまいろう」

なかなかに人とあらずは酒壺《さかつぼ》になりにてしかも酒に染《し》みなむ
（大伴旅人　万葉集　巻三・三四三）

「帥殿は、この大隅乙女の酒壺がたいそうお好きでございますな。余人には分からぬでしょうが」

「はっはっは。甚が届けてくれたこの大海老の白身を、乙女の柔肌と思うて食うか」

老いてなお豪快な武将の面影十分の食欲であった。

「ところで、京師《みやこ》の配下より届きました情報《しらせ》を、酒の肴にお聞きくだされ」

旅人は年初、憶良が山辺衆という候の集団の首領《かしら》と打ち明けられていたから、驚かない。

「よかろう。何の案件ぞ？」

「立太子関係でございます」

旅人の顔に一瞬緊張が走り、坏を置いた。

（二）基王《もといおう》立太子

憶良は立ち上がって縁側に行き、口笛を吹いた。木陰から口笛が返ってきた。

——安全です——との権の返事であった。ゆっくり座に戻った。

「名は明かせませぬが、砞《あか》と呼ぶ手下の者は、昨年霜《しも》月（十一月）の基王《もといおう》の立太子に関連して、長屋親王と藤原一派の間の、微妙な雰囲気の変化を案じております」

長屋王は天皇の御子でないから、正確には親王ではないが、世間の一部では親王と呼ぶことが常態化していた。天武天皇の長子高市皇子の嫡子長屋王の地位は高かった。

「『あか』とか申す者は何と申し越しているのか？　そちの見解を含めて詳しく説明してくれ。太宰府では京師《みやこ》の情報は少なく、隔靴掻痒《かっかそうよう》の感がある」

旅人の庶弟《おとうと》で右大弁の高官であった宿奈麻呂《すくなまろ》が昨年病死していたので、朝廷の情報が入らなかった。それだけに、憶良の情報は貴重であった。

「ご承知の通り、帥殿が離京されました後、基王が生後僅か二カ月で皇太子に立太子されました」

基王は聖武天皇と光明子夫人の間に生まれた待望の皇子であった。

「立太子の年齢については、長屋親王は厳しいというか、伝統的な正論をお持ちでした」

「その通りだ。聖武天皇が首皇太子の時には、十四歳で立太子された。長屋親王は『十四歳では立太子には若すぎる』と、反対されたが、何としても皇位を藤原の掌中に固めたい武智麻呂兄弟や、ご生母宮子夫人らに押し切られたな」

「皇親の舎人《とねり》親王や新田部《にいたべ》親王も藤原に同調されました。この度の基王《もといおう》立太子は、十四歳どころか、生後僅か二カ月の赤ん坊です。長屋親王は立太子を諮る群臣の会議には——赤子を立太子など馬鹿馬鹿しい。出席するに及ばず——と、欠席されました。会議にご出席されたところで、中納言の旅人殿は太宰府への旅にあり、右大弁だった宿奈麻呂殿は故人、それがしは東宮侍講を外れ、筑紫にあります。多くの大夫《まえつきみ》――天皇の御前に伺候《しこう》する高官たち――は光明子夫人や武智麻呂兄弟の鼻息を窺っているので、反対は長屋親王のみになることは自明でした。かくして長屋親王不在の群臣会議で、基王立太子はすんなりと決まりました」

「そのこと佐保の留守宅にいる庶弟の稲公《いなきみ》より文がきた。余も腹立たしく思ったものよ。この話は、先般そなたより講義を受けた唐の則天武后の立后の話に似ているのう。骨太の武将で功臣の李勣《りせき》は、武照立后を決める朝議を無視して、出席しなかったとか」

「まともな理性と常識の持ち主ならば、生まれて二カ月の赤子の立太子など論外でございます。聖武天皇の皇太子時代、数年間教育した元侍講として、帝《みかど》は余りにも不甲斐ない教え子として、落胆せざるをえませぬ。問題はその後も続きます」

「ほう、何が起こったのか？」

「硃の報告では、――立太子が決定すると、新皇太子に拝顔《はいがん》のため、大納言従二位の多治比池守《たじひのいけもり》卿が、百官から史生《しじょう》までも引き連れ、前《さきの》太政大臣、藤原不比等卿のお館を訪れた――そうでございます。ご生母光明子夫人《ぶにん》が、お産のためにご実家に帰られていたからでございます」

「主典《さかん》の下の史生まで引率されたとは……何とも仰々《ぎょうぎょう》しいな」

「――不比等邸がまるで離宮のようになった――と、硃は書いております」

旅人は、忌々《いまいま》し気に舌打ちをした。

「本来ならば、臣下筆頭の左大臣正二位の長屋親王が、百官の居並ぶ朝堂で、祝意のご挨拶をなされるのが慣例でございます。しかし、長屋親王は、――赤ん坊に挨拶するために、皇親待遇の王族の余が、成り上がり者の臣の不比等の館へ挨拶に赴くなど、筋違いも甚だしい。光明子の思い上がりぞ。愚の骨頂――と、この役を断られました。好人物で、波風を立てない日和見主義の公家である池守卿《いけのもり》は、今は皇親派から離れ、藤原一族へ靡《なび》いています。――嬉々として引き受けられ、ご満悦だった――と、砞は描写しています」

「池守卿は、余の側妻、多治比郎女《たじひのいらつめ》の伯父なれば、余は複雑な感慨だ。池守卿はもともと政事よりも土木工事などの実務家だ。根っからの公家ゆえ武人のごとき芯はない。変節は致し方ない」

「――立太子礼の夜、宮廷で催された祝宴には、五位以上の大夫全員と、王族は無位無官であっても全員が出席されました。勿論、長屋親王とご一族は、この宴席を無視されて、欠席された――と、砞は書いております」

「長屋親王のお気持ちは痛いほどよく分かる。血筋や年齢、才智、人望では、親王の王子、膳夫王《かしわで》が、皇太子に立太子されてもおかしくはないからのう」

「その通りでございます。長屋親王は天武天皇の直系嫡孫であり、膳夫王のご生母は、吉備内親王。元明天皇の皇女です。藤原光明子夫人《ぶにん》の比ではありませぬ」

「そなたと余は、『遠《とお》の朝廷《みかど》』と、人聞きはよいが、この太宰府へ左遷され、その宴席には出席できなかったが、腹立たしく嫌な思いをせずに済んだだけでも幸せぞ」

「御意にございまする」

「まあ飲もう」

旅人は自ら壺を取り、二人の坏に口嚼酒《くちかみさけ》を注いだ。

(三) お手盛り

「硃は、こう書いております。――その宴の直後に、朝廷は光明子夫人に、食封《じきふ》千戸を給付された――」

「何と！　食封千戸だと！　知らなかった」

旅人は光明子夫人への優遇に吃驚《びっくり》していた。

食封《じきふ》とは、納税をする戸を、朝廷より与える一種の俸禄である。戸が国に納める税には、租《そ》、庸《よう》、調《ちょう》の三種がある。租は稲などの収穫の三分(三%)、庸はもともとは労役奉仕であるが、布二丈六尺か、米六斗で代納できる。調はその土地の名産物の現物である。

食封として戸を与えられた場合、租の半分、庸、調は全額が、戸を頂いた者の収入になる。

光明子夫人にとっては、千戸は莫大な収入増である。

「――長屋親王は、『皇族や王族の出自ではなく、民の不比等の女が、美貌と才気と性技で、聖武天皇を腑《ふ》抜けにしてしまったわ』と、申された由です」

「まっこと硃《あか》とか申す者の報告の如く、帝《みかど》はおかしい」

「十二月に入ると、光明子夫人のご生母、故不比等卿の後妻、県犬養橘宿禰三千代《あがたいぬかいたちばなのすくねみちよ》が、帝におねだりをしました」

「何を申し出たのか？　食封か？」

「いえ。――自分の実家、県犬養一族の内、まだ連姓《むらじ》の者たち全員を、宿禰《すくね》姓に格上げしてほしい――と、女《むすめ》の夫、聖武帝に要望され、直ちに承認されたとのことです」

「女の光明子が産んだ子が皇太子になられたので、三千代殿は外戚となったからのう」

「左大臣の長屋親王にとっては、ご自分の頭越しに、次々と私的な政事が決まるので、『光明子の寝技に、帝は完全に籠絡されたな』と、慨嘆されたそうです」

「長屋親王の孤立感がひしひしと分かるのう。しかし、筑紫に在れば、親王邸に伺って、共に飲み、語り、お慰めすることも叶わぬ。無念じゃ」

と、旅人は坏に酒を注ぎ、一気に呷《あお》った。

旅人の内なる怒気がやや鎮まる頃合いを図って、憶良は続けた。

「実は――お一方、閨房の政事を冷ややかに傍観している貴人がいます――と、砯は知らせてきました」

「ほう、誰じゃ？」

旅人が坏を膳に置いた。

憶良は静かに微笑み、坏の酒をゆっくりと咽喉に流した。

（四）葛城王《かずらき》

「橘三千代殿と、先夫、美努王《みぬのおおきみ》の長子、葛城王でございます」

葛城王。

敏達《びたつ》天皇の末裔になる。後に臣籍に降下し、――生母三千代が元明女帝（聖武天皇の祖母）から賜った「橘」の姓を継ぎたい――と請い、許された。橘宿禰諸兄《たちばなのすくねもろえ》と、改名する。しかし、この時はまだ王族であった。

「葛城王とな。そうか……思い出したぞ。余の記憶では、確か神亀《じんき》元年（七二四）二月二十二日、首《おびと》皇太子が聖武天皇に即位された折、昇叙の大盤振る舞いが行われた。余は正三位になったが、葛城王は正五位上から従四位下になられた筈だ」

「その通りでございます。長屋親王のご嫡男、膳夫《かしわで》王はこれまで無位でございましたが、同時に従四位下を賜りました。葛城王は若い頃から馬寮監《めりょうげん》の閑職にあって、職務では目立ちませぬが、――いずれ要職に就かれる逸材――との硃の人物評でございます」

「出世の遅れはやはり……」

「はい。父君美努王が不比等卿の悪巧みにより、大宰帥として大宰府に赴任、いや左遷されている間に、実母三千代殿は、横恋慕した不比等卿に強姦され、強奪されました。実の母がいい歳をして不比等卿の許へ走り、後妻になったことに、葛城《かずらき》王や弟の佐為《さい》王は怒り、悲しみ、――不比等は醜い欲望の権化だ――と、憎み、藤原一族を嫌悪《けんお》しております」

「うむ。さもありなん」

「美努王は――才媛の妻を寝取られた男――として、大宮人の酒の肴にされました。帰京された後も、大宰帥より遥か格下の、左京大夫とか摂津大夫、治部卿などを盥回《たらい》しにされ、出世されずに卒去されました。葛城王と佐為王は、肩身の狭い日々を送られ、――母は許し難し。不比等憎しとの怨念が、心の奥底に沈潜している――と、硃は申しております」

「不比等卿は怪物であったのう。余も苦手であった」

「不比等卿の好色の血統につきましては、後日、家持殿への皇統秘話の特訓の中で、詳しく説明する所存でございます」

「うむ。余も、きちんと知りたい」

「硃が――沈着深遠――と誉《ほ》めます葛城王は、まさに――能ある鷹は爪を隠す――日々のようでございます。――王族なれども、皇親派の統帥《とうすい》、長屋親王にも距離を置き、親王と藤原の暴風圏外に身を置かれ、静かにされている――と書き添えております」

「なるほど、能ある鷹か……」

「さらに硃は、こう付言しております。――ご生母三千代殿が、不比等卿の女《むすめ》、光明子を産み、異父妹光明子が聖武帝の夫人となって、基王を産んだ。その基王は皇太子に立太子された。憎い不比等の女とはいえ、光明子は同母の妹。基王は甥になる。静観されているが、葛城王の心中は複雑――」

(硃という候は宮廷の内部事情を知る、相当切れ者のようだな)

旅人は内心舌を巻いた。

「なるほど。葛城王のことはよく分かった。今後も王の動静や心境の変化などを、硃とか申す者に報告してもらいたい」

「承知致しました。やはり葛城王のこと気になりまするか？」

「うむ。今は反藤原を表面に出さぬ慎重さは、唯者《ただもの》でないと読んだ」

「それがしも同様でございます」

名武将と碩学の直感であった。

「葛城王の未来に乾杯しよう」

二人は高く杯を上げた。

葛城王は臣籍降下し橘諸兄《たちばなもろえ》と改名。後に大納言、右大臣、左大臣と出世。成人した大伴家持を寵愛する。その時旅人や憶良はすでにこの世を去っていたので、知る由もない。

（五）竹林の清談

「話が葛城《かずらき》王にそれたが、気がかりなのは長屋親王よ。豪放磊落《ごうほうらいらく》なご性格が、聖武帝には合わぬ。中納言の余と、東宮侍講だったそなたが京師《みやこ》にあれば、親王を補佐し、聖武帝にも直言できるものを……筑紫では何もできぬ。重ね重ね口惜しいのう」

「帥殿、それがしらは大唐《もろこし》に学び、日本を先進の国に近づけようと、律令を整備して参りました。しかし、律令国家が一応形成された今、創った律令に縛られている気が致します」

「同感じゃ。吾が大伴も昔は大領地を私有し、大軍団を持っていた。しかし、領地領民を朝廷に奉還し、律令の定めで官位官職による俸禄を受ける今は、たとえ収入が昔通りとしても、あるいは官職が中納言大宰帥であったとしても、大宮人の一人に過ぎぬ。律令の自縄《じじよう》自縛《じばく》か？　新興貴族の藤原のみが、鎌足、不比等の僅か二代で大臣の収入を得、かつ一族の子弟を、高位高官に抜擢して、あっという間に古来の豪族を遥かに上回る資産を形成している。鎌足卿も中臣鎌の頃は、素寒貧《すかんぴん》だったとか聞いておる。それがいつしか蘇我《そが》のように外戚《がいせき》となった。律令制度を藤原は巧く利用したのう」

「仰せの通りです。ものの見事に古来の豪族の武力を削《そ》ぎ、合法的に天下を掌中にしました。長屋親王が藤原を毛嫌いするのは、彼らが狡知《こうち》の成り上がりだからでしょう」

「なるほど。親王のご不快がよく分かる。しかし律令国家は世の進化だ。これを嘆いても、また上手く立ち回っている藤原を非難しても詮《せん》なきことか。つまらぬことを、うだうだ考えるより、酒だな……ちょっと待たれよ……一首浮かんだぞ」

験《しるし》なき物を思《も》はずは一坏《ひとつき》の濁れる酒を飲むべくあるらし
（大伴旅人　万葉集　巻三・三三八）

「お見事でございます。まさに今宵の口嚼酒《くちかみさけ》はこの歌のために在りましたな」

「ところで、昔、三国の一つ魏《ぎ》の末期に、七賢人が竹林に集まって、酒を酌み交わし、音曲を愉《たの》しみ、老子荘子の自然哲学を談論して、優雅に時を過ごしたと聞いた」

「日本にはその様に、――七賢人の清談――として伝わっております。しかし、それがしが大唐《もろこし》で調べたところでは、少し異なっております」

「ほう、どこが？」

「たしかに、阮籍《げんせき》、嵆康《けいこう》、山濤《さんとう》、王戎《おうじゅう》、向秀《しょうしゅう》、阮咸《げんかん》、劉伶《りゅうれい》の七人は、全員酒好きでございます。嵆康《けいこう》の郷里である山陽（江蘇州准安県）の竹林に集まって、酒宴を開き、音曲を奏でました。しかし、これは清談のためではありませんでした」

「では何の酒宴ぞ？」

「当時、魏《ぎ》の権臣《けんしん》司馬炎《しばえん》が、――密かに王に背《そむ》き魏を崩壊させ、自分に王位を禅譲《ぜんじょう》させる――野心を持っていました。七人は炎の腹黒さに憤《いきどお》り、魏の将来を憂い、政局を論ずる集まりでした。政治批判が暴露すると命に係わるので、音楽を奏で、牛飲馬食して、司馬炎の候《うかみ》の目を晦《くら》ましたのでございます」

「なるほど、清談ならぬ政談であったか。……どうじゃ、この歌は」

いにしへの七《なな》の賢《さか》しき人どもも欲《ほ》りせしものは酒にしあるらし
（大伴旅人　万葉集　巻三・三四〇）

「憶良殿、七賢人の酒量には及ばずとも、吾ら二人で大いに飲もうぞ、さあさあ」

大隅隼人から差し入れられた乙女の噛《か》み酒の壺は空になった。

「ではこっちにするか」

旅人は筑後米で造られた須彌酒《すみ》の壺を開けた。薫香《くんこう》が部屋に充満した。酔うほどに、旅人の口許から、漢籍の素養が迸《ほとばし》り出た。

(六) 堯舜千鐘《ぎょうしゅんせんしょう》

「七賢人よりももっと大昔の、――堯《ぎょう》と舜《しゅん》の二帝は、徳で世を治《おさ》めた――と伝わっている。他方では――堯舜千鍾、孔子百觚《ひゃっこ》――とも聞いた」

鐘《しょう》は青銅製の酒壺、觚《こ》は二升(日本では一合八勺《しゃく》)入る酒盃である。

「かの国の古代の帝王も聖人も、大酒飲みだったとは嬉しいのう。政事《まつりごと》は生真面目だけでは限界がある。酒は聖人君子にも必需品よ。そういえば魏の始祖であった軍略の大家、曹操《そうそう》が、部下に禁酒令を出した時、清酒は『聖人』、濁り酒は『賢人』という隠語で、密かに飲まれていたようだな」

(さすがは帥殿。そこまでご存知であったか)

憶良は、勉強熱心な武将で大貴族の旅人に、あらためて感服した。

「その通りでございます。しかし、禁酒令を出した曹操にして――何を以て憂いを解かん。唯杜康《とこう》あるのみ――とも申していますから、皮肉なものです。禁酒令など愚の愚でございましょう」

杜康は酒の発明者として、酒の神に祀られている。したがって酒は『杜康』とも呼ばれる。醸造に従事する者を『杜氏』と称するのは、杜康の名が由来である。

酔っぱらった旅人が叫んだ。

「憶良殿、浮かんだぞ！」

酒の名を聖《ひじり》と負《おほ》せしいにしへの大き聖の言《こと》のよろしさ
（大伴旅人　万葉集　巻三・三三九）

鮑も大海老も食べ尽くされていた。二人とも老人であるが健啖家《けんたんか》である。

「馳走に箸をつけず、やたら酒だけ飲んで青白くなり、人に絡《から》む者や、おいおいと酔い泣きする者、さてはケラケラとやたら笑う上戸《じょうご》など、酒飲みの姿は様々でございます。酒を飲むと気が緩み、ついつい人の本性《ほんしょう》が出ます」

「だが、そなたは浴びるように飲んでも崩れぬ」

「ははは、帥殿も」

「はっはっは、お互いに首領《かしら》だ。酒は飲んでも呑まれぬわ。そうだ、酔っ払いを詠んでみるか」

賢《さか》しみと物いふよりは酒飲みて酔泣《ゑひなき》するしまさりたるらし
（大伴旅人　万葉集　巻三・三四一）

「余は知識を鼻にかけ、酔って理屈を捏《こ》ねる男よりも、泣き上戸の方に可愛げを感じる」

「自慢型よりも反省型に共感されますか」

「しかし、酒を全く飲まず、酒飲みを軽蔑の目で見下す男もいるのう」

（藤原武智麻呂《むちまろ》のことだな……）

と、憶良は直感した。

旅人が唇に人差し指を当てた。

「その名は申すな。さらに一首詠むぞ」

もだをりて賢《さか》しらするは酒飲みて酔泣《ゑひ》するになほ若《し》かずけり
（大伴旅人　万葉集　巻三・三五〇）

「その男、漢籍に通じられていますが、理屈っぽいので、父御殿は政事《まつりごと》には向かないと判断されましたな。一門の嫡男だけに官位は優先されましたが、官職は大学頭《だいがくのかみ》や図書頭《ずしよのかみ》でした」

「父御殿は、酒も音曲も嗜《たしな》み、人当たりのよい次男殿を参議として重用された。父御殿の薨去後、その反動が、今来ておる。その男を歌に詠むか」

次男は房前《ふささき》である。

あな醜《みにく》賢《さか》しらをすと酒飲まぬ人をよく見ば猿にかも似む
（大伴旅人　万葉集　巻三・三四四）

「帥殿、――猿に似る――とは痛烈でございますな。藤原南家の主を詠んでいると分かりまする。京師《みやこ》へ伝わると物議を醸《かも》しませぬか？」

「構わぬ。世の中に酒飲まず理屈を捏《こ》ねまわす猿面《さるづら》の男はごまんといる。南家の主を対象にしたとは、そなたと余の胸三寸に納めておくに如《し》かず」

「心得て候」

二人は爆笑して坏を重ねた。

（七）この世なる間は

「物は考えようじゃのう。――筑紫に左遷された――と恨めしく思えば、この歳でも腹立たしく、己が矮小《わいしょう》になる。しかし、――そなたと再会し、かようにゆっくりと酒を酌み交わし、談論風発の時を持てるは幸せ――と考えれば、まさに一刻千金よ」

「発想の転換で、人生は変わりまする。それでこそ、飲まれる酒も喜びましょう」

「酒にも心があるか？」

「ございます。鳥も樹も岩も、この建物も、飲む酒も、肴も、――すべて天なる神、造物主の恵み――と、それがしは考えております。帥殿との邂逅《かいこう》もまた天の配剤――天の命《めい》――でありましょう」

「なるほど。老子荘子の自然観に通じるな。……待てよ……浮かんだぞ」

今の代にし楽しくあらば来《こ》む生《よ》には蟲に鳥にも吾はなりなむ
（大伴旅人　万葉集　巻三・三四八）

（発想が素晴らしい。楽しくあらば来世は蟲でも鳥でもよいとは……達観されている）

感服する憶良に、旅人が現実を語った。

「この太宰府にいる余には、朝議の発言力はない。何か事を為すにも大将軍ではない。しかし、そなたの申す天運だな。こうして酒を飲み、好き勝手に話し合える。いやはや次々歌ができる。これはどうじゃ」

言はむすべせむすべ知らず極《きはま》りて貴きものは酒にしあるらし
（大伴旅人　万葉集　巻三・三四二）

「この歌はそれがしの気持ちでもございます。いや多くの酒好きは喝采するのでは……」

「よし、もう一壺《こ》開けよう、さあ飲め」

旅人は憶良の坏になみなみと注いだ。

「いやあ、まっこと酒は佳いのう。――百薬の長――とはよくぞ申した。そうじゃ、家持に――成人の暁には、酒も女も楽しめ――と、伝えねばなるまい。息子に面と向かっては口にし難いが、半ば辞世として、和歌に残そう。そなたから、この旨伝えてくれ」

生者《いけるもの》つひにも死ぬるものにあれば今ある間《ほど》は楽《たの》しくをあらな
（大伴旅人　万葉集　巻三・三四九）

「これは酒讃歌としては最高の傑作ですな。帥殿の人生哲学がそのまま表現されており、多くの酒飲みの共感を呼びましょうぞ」

外で雌を呼ぶ雄蛙の鳴き声がした。

坂本の丘、旅人の帥館には池はない。蛙の鳴き声は、
――首領《おかしら》、そろそろ失礼しましょう――
との権の合図であった。

「帥殿、今宵はまことによいお酒をいただきました。京師《みやこ》を離れて以来、胸の奥に溜まっていました、もやもやした気分が、雲散霧消《うんさんむしょう》しました。蛙も『帰れ《けえ》』と鳴いておりますゆえ、これにて失礼仕ります」

「余も久々に美味い酒を飲んだ。その上思いがけず酒讃歌が次々と湧き出たわ。余には皇室讃歌などは苦手だ。詠めぬ。酒讃歌は楽しかったぞ。そなたと飲めばこそ生まれた歌ぞ。礼を申す」

二人は左遷などの些末《さまつ》な俗事を超越した世界に遊んでいた。

鬱蒼《うつそう》とした大野山の青葉風を背に受けて坂本の丘を下りながら、憶良は権に、

「権、そちも聞いていた通り、旅人殿の漢籍の素養と、歌詠みの才には驚いたな。今宵の酒の歌はすべて、万葉歌林に残すつもりだ」

「いずれも、京師《みやこ》の宮廷歌人には詠めぬ歌で、面白うございました」

二人は、旅人が詠んだ歌すべてを脳裏に刻み込んでいた。暗記は候《うかみ》の基本技であった。

「そちも庭で聴いていたように、今回の硃の密書では、帥殿が筑紫にあることを奇貨《きか》として、京師《みやこ》では藤原一族が光明子夫人《ぶにん》を使って、聖武帝を籠絡《ろうらく》している。長屋王は左大臣とて、旅人殿という強力な右腕を欠く朝議では、帝《みかど》や武智麻呂《むちまろ》のえげつない動議に対抗できなくなっておる。まことに困ったことだ。旅人殿が酒に溺れる気持ちがよく分かる。だが吾らはそうはいかぬ。甚の口から硃に伝えよ。

――引き続き宮廷の空気を熟視せよ。気にかかること遅滞なく報告せよ――とな」

「了解致しました」

憶良の胸騒ぎは的中していた。房前《ふささき》を除く藤原三兄弟、――武智麻呂《むちまろ》、宇合《うまかい》、麻呂《まろ》――と光明子夫《ぶ》人《にん》は、世にも恐ろしい殺人計画を、極めて隠密裏《おんみつり》に進めていたのであった。

天皇家系図

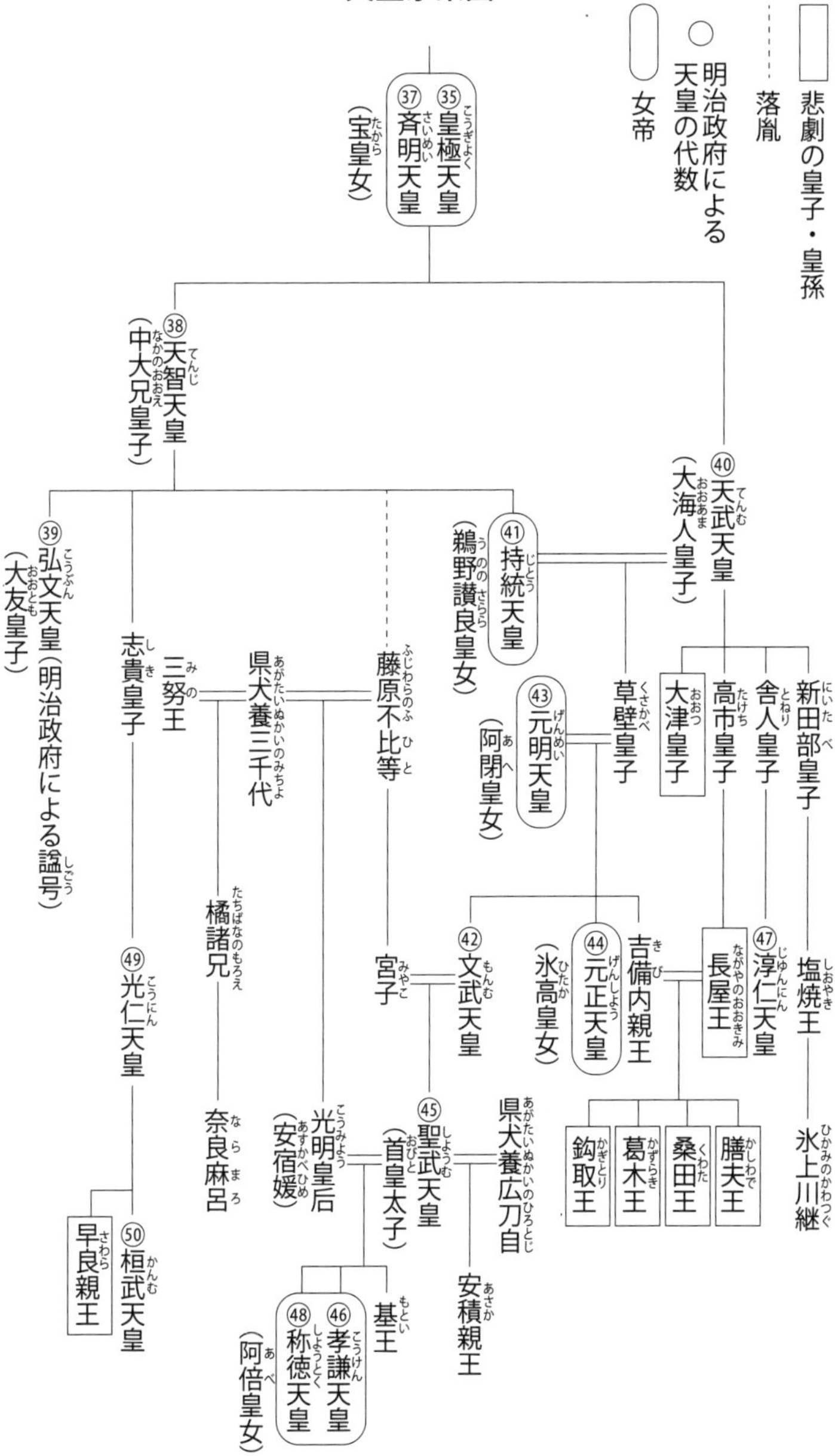
悲劇の皇子・皇孫
落胤
明治政府による天皇の代数
女帝
㉟皇極《こうぎょく》天皇
㊲斉明《さいめい》天皇
（宝《たから》皇女）
㊳天智《てんじ》天皇
（中大兄《なかのおおえ》皇子）
㊵天武《てんむ》天皇
（大海人《おおあま》皇子）
㊴弘文《こうぶん》天皇（明治政府による諡号《しごう》）
（大友《おおとも》皇子）
志貴《しき》皇子
三努《みの》王
県犬養三千代《あがたいぬかいのみちよ》
藤原不比等《ふじわらのふひと》
㊶持統《じとう》天皇
（鸕野讃良《うののさらら》皇女）
草壁《くさかべ》皇子
㊸元明《げんめい》天皇
（阿閉《あへ》皇女）
大津《おおつ》皇子
高市《たけち》皇子
舎人《とねり》皇子
新田部《にいたべ》皇子
橘諸兄《たちばなのもろえ》
宮子《みやこ》
㊷文武《もんむ》天皇
㊹元正《げんしょう》天皇
（氷高《ひたか》皇女）
吉備《きび》内親王
長屋王《ながやのおおきみ》
㊼淳仁《じゅんにん》天皇
塩焼《しおやき》王
㊾光仁《こうにん》天皇
奈良麻呂《ならまろ》
光明《こうみょう》皇后
（安宿媛《あすかべひめ》）
㊺聖武《しょうむ》天皇
（首《おびと》皇太子）
県犬養広刀自《あがたいぬかいのひろとじ》
鉤取《かぎとり》王
葛木《かずらき》王
桑田《くわた》王
膳夫《かしわで》王
氷上川継《ひかみのかわつぐ》
早良《さわら》親王
㊿桓武《かんむ》天皇
基《もとい》王
㊻孝謙《こうけん》天皇
㊽称徳《しょうとく》天皇
（阿倍《あべ》皇女）
安積《あさか》親王

大伴家系図

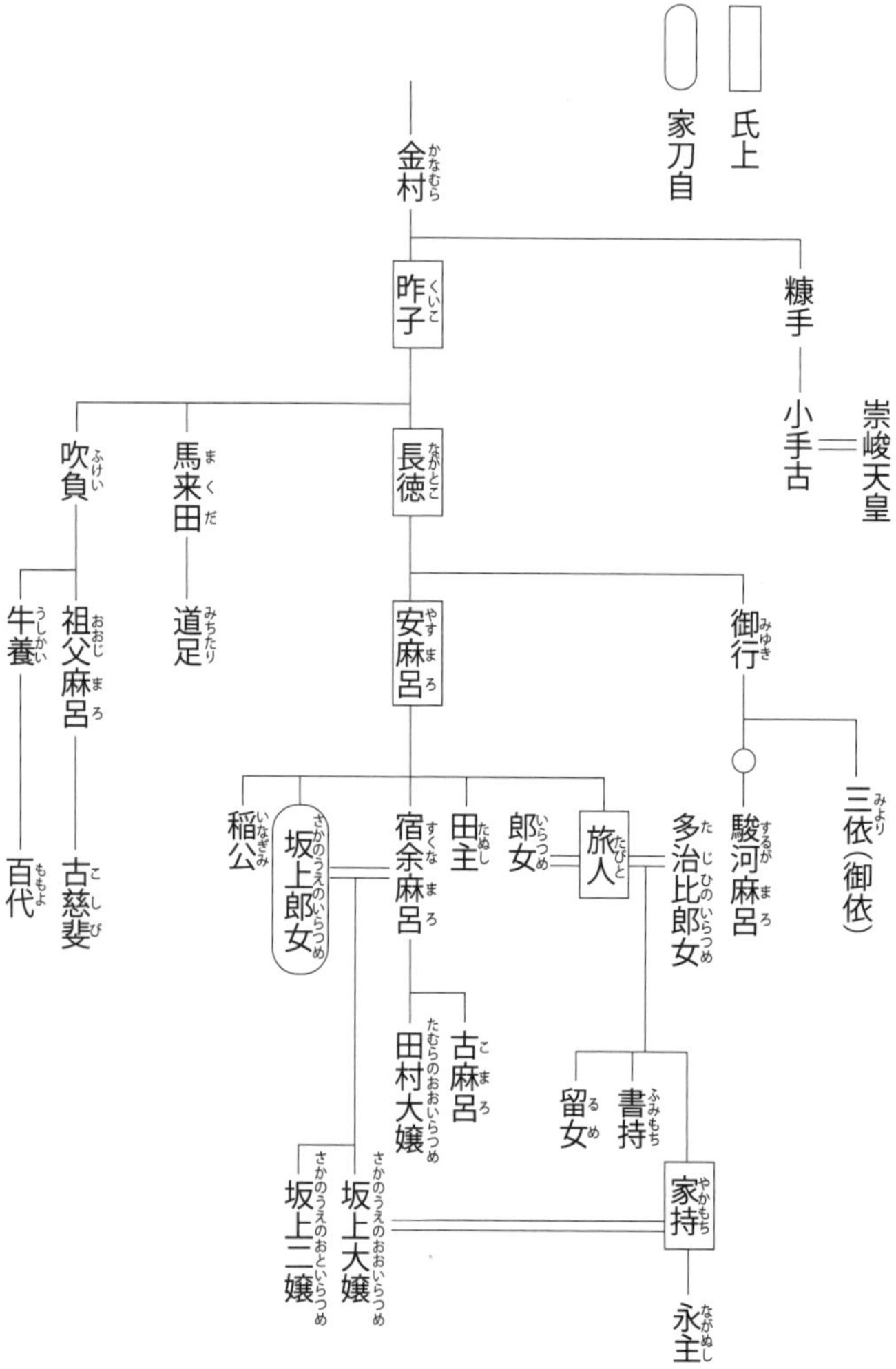

(古麻呂は田主の子との説もある)

藤原家系図（本書関係者のみ）

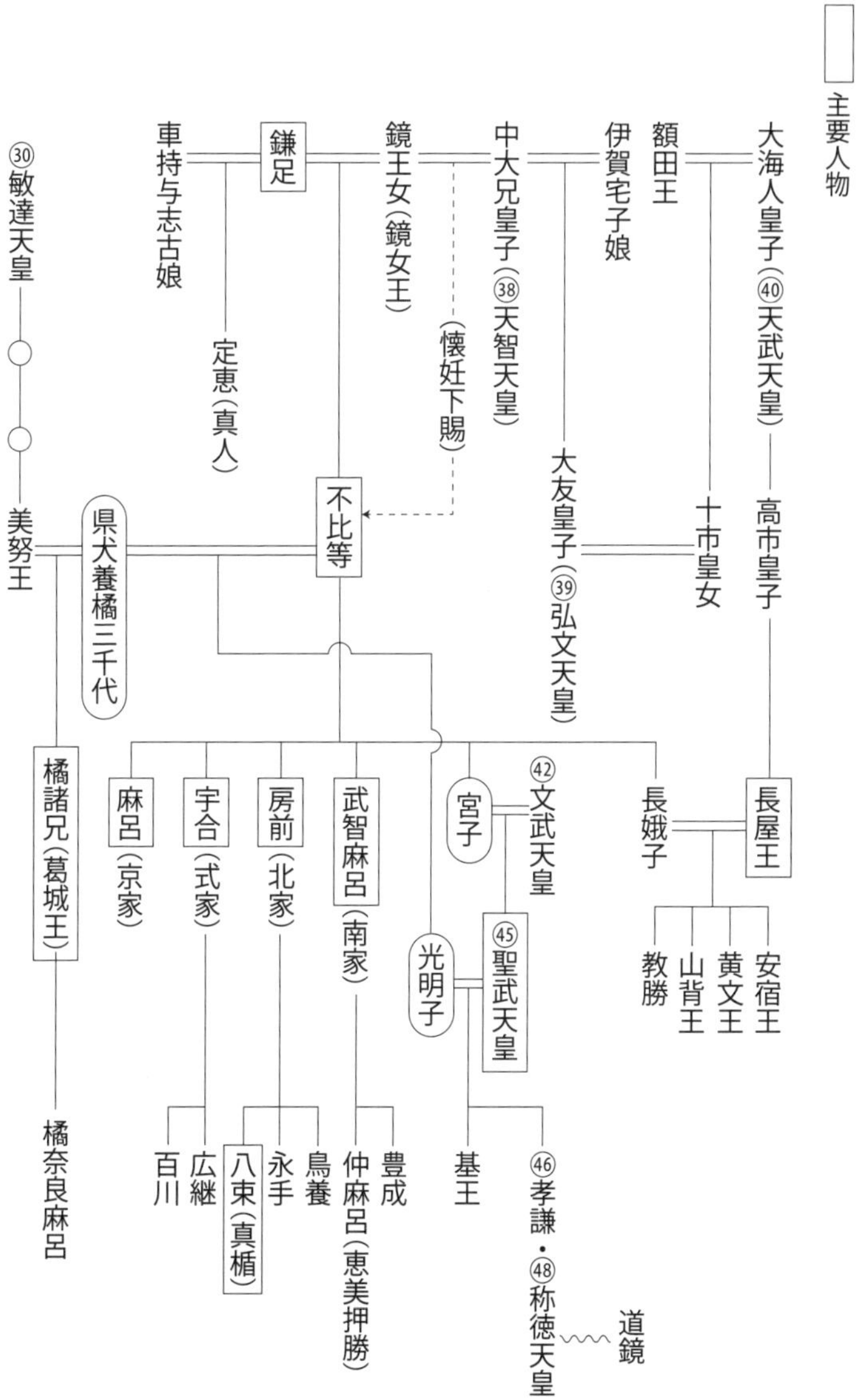

あとがき

昨年（令和元年）八月に出版した『令和万葉秘帖　―長屋王の変―』のあとがきで、ロンドン憶良の綽名《あだな》を持つ私が、万葉集を5W1Hの眼で見直す経緯を述べた。

要約すれば、英国勤務の時、新聞歌壇に何度か入選し、部下に愛称を頂き短歌で応えた。

若きらはロンドン憶良と吾を呼べり子を詠む歌の二・三載れれば
（大杉耕一　朝日歌壇　昭和五十一年三月第一回）

これが選者宮柊二先生に「作者に与えられた綽名が親しく、面白い」と一位に選ばれた。

帰国して山上憶良の実像を調べ、自分の無知を恥じた。万葉集は多くの謎を孕んでいた。

令和万葉秘帖シリーズの構想を起承転結で示せば、「長屋王の変」は大伴旅人と山上憶良の人生にとって、文字通り「転」に相当する予期せざる大事件であった。

今回上梓した「隠流《しのび》し」は、シリーズの「起」（イントロ）である。

正三位中納言の顕官として長屋王政権の中枢にあった旅人は、突如勅令により大宰帥として九州大宰府へ赴任を命じられる。本著は旅人が病妻郎女と少年家持・書持を帯同して三津（堺）の港から旅立つ場面から書いた。多くのビジネスマンが程度の差はあれ経験したであろう左遷の心境を描いてみた。左遷は辛いが、古いしがらみから離れ、新しい出会いと創造の機会を生むこともある。——旅人と憶良の筑紫左遷が万葉集を産んだ——と言っても過言ではあるまい。旅人は船長の甚と船旅を共にして、平城京の朝堂ではありえない水夫たち庶民と身近に接した。甚が若き日遣唐使船の水夫であり、嵐の時に憶良に命を助けられた秘話や、憶良の隠密の配下になったきっかけが、唐で詠んだ憶良の歌と知った。

いざ子どもはやく日本《やまと》へ大伴《おほとも》の御津《みつ》の濱松待ち戀ひぬらむ

（山上憶良　万葉集　巻一・六三）

万葉集の中では珍しく海外で詠まれた歌である。万葉学者たちはこの歌をどう評価しているのであろうか。

私の手許に齋藤茂吉著『萬葉秀歌』上下巻（岩波新書）がある。日焼けして赤茶け、装丁はボロボロ、ブックカバーでやっと体裁を保っている。裏表紙にインクで書かれた購入日は昭和二十七年八月二十日と十一月二十九日、高校三年生の時である。国語の担任森山勲先生は万葉集が得意であった。後に大分短期大学の客員教授になられた。先生の授業と、自分で求めた両書が、万葉集との付き合いの端緒《たんしょ》である。それから約七十年近い歳月が流れている。座右の書ではあるが、なんとなく違和感がある。初版は昭和十三年、太平洋戦争前なので皇国史観が芬々《ふんぷん》とするせいであろう。茂吉によれば、

「……山上憶良《やまのうえのおくら》が大唐《もろこし》にゐたとき、本郷《ふるさと》（日本）を憶って作った歌である。……中略……この歌は環境が唐の国であるから、自然にその気持ちも一首に反映し、さういう點で規模の大きい歌だと謂ふべきである。下の句の歌調は稍弛んで弱いのが欽點で、これは他のところでも一言触れて置いたごとく、憶良は漢學に達してゐたため、却って日本語の傳統的な聲調を理會することが出来なかったのかもしれない。……中略……即ち憶良のこの歌の如きは、細かい顫動が足りない。而してたるんでゐるところのあるものである」（原文のまま）

と、手厳しい。

他方、「令和」の元号提案者で脚光を浴びている中西進先生の『万葉の秀歌』（ちくま学芸文庫）では、秀歌二五二首には選ばれていない。言及歌（二七一首）の中で、

「……また、松の木の『まつ』には、家人の『待つ』思いがこめられている。万葉人はこうした二重の意味をこめることの名人で、とくに民衆歌はこのふたつの意味の転換を生命としている。山上憶良の在唐歌も『いざ子ども……御津の浜松待ち恋ひぬらむ』（63）とあり、『松—待つ』の技巧を使っている。これも、餞別の宴会の歌のようだから、多分に民衆歌の口ぶりがある。……」（原文のまま）

と、述べるにとどまっている。

万葉学者は歴史学者ではない。万葉の歌を、古今や新古今と同列に、国文学の立場から微視的静態的に、解釈中心に視ている所為《せい》であろうと思うに至った。

私は実業の世界で約四十年を過ごした経験から、人事を含め物事を巨視的動態的にも分析する癖がある。光学機器で例えれば、顕微鏡と望遠鏡の併用である。
万葉集と古今和歌集、新古今和歌集を単純に比較してみよう。

万葉集	二〇巻	約四五〇〇首	非勅撰	序文なし
古今和歌集	二〇巻	約一一〇〇首	勅撰	序文あり
新古今和歌集	二〇巻	約一九八〇首	勅撰	序文あり

万葉集は採録数が桁違いに多い。万葉集の編集者たちは、必ずしも秀歌名歌を集めたのではない事実は歴然としている。非勅撰というのは、転変激しい政治から中立の立場をとり、冷静客観の立場で収録したのではないか。質にこだわらず量を優先したのは、何か別の意図があるのではないか。これほどの歌集に序文がないのも奇異である。万葉集の歌で、当時の歴史や社会、政治経済の動きまでも読み取ってみようと考えたのではなかろうか。

茂吉からは「規模は大きいが、後半はたるんでいる」と評されたこの歌も、鳥の眼で俯瞰すると、背後には白村江《はくそんこう》の大惨敗以後約四十年途絶えていた唐との国交回復交渉や、「日本」の国号承認、先進文物輸入、留学僧派遣復活などの難しい外交折衝が浮かび上がる。交渉の相手は悪女で名高い則天武后ではないか。調べると武后は必ずしも悪女ではなかった。

賢人粟田真人卿の下で遣唐使節録事であった山上憶良は、外交交渉に立会い、記録し、報告書を作成していたはずである。大成功を納め意気揚々と帰国する使節船団には、まだまだ帰路の航海の危険が待ち受けている。数百名の若い水夫たちを鼓舞《こぶ》して荒海に乗り出さねばならない。私事であるが、私は八十五歳の今なお仲間のクルーの舵を引く舵手である。前述の史実と、私の人事管理の体験から見れば、「漕ぎ屋」（水夫）に「行くぜ！」と一発号令をかませる人心統一の素晴らしい秀歌と思える。数百名の工員に「決算だ。もうひと踏ん張り頑張ろうぜ」と声をかける工場長をも想起させる。「待ち焦がれる御津の濱松」は無事の帰国を待ちわびる家族たちであろう。四十年前、私一家の帰着を、羽田空港に出迎えてくれた多数の親戚の姿に重なる。私には「下の句はたるんでいる」（茂吉）とは思えない。

また、中西説のように「餞別の宴会の歌」「民衆歌の口ぶり」とも思われない。遣唐使節四等官録事のエリートであった中年憶良の、若き水夫たちを鼓舞する出港時の秀歌として私は受け止め、茲に小説化した。

遣唐使節の次数については諸説あるが、小学館「大日本百科事典」記載の第七次とした。

本書第十三帖、第十四帖で書いた則天武后の「仏説宝雨経」について、最近貴重な体験と発見をしたので付記したい。

令和元年十月十五日、東京国立博物館で開催されていた「正倉院の世界」展（前期）を観賞に行った。正倉院は光明皇后が聖武天皇の遺品を東大寺に献納するために建てられ、天平文化、とりわけシルクロードを経由してきた貴重な文物の宝庫として著名である。まずは東大寺献物帳（国家珍宝帳）や平螺鈿背八角鏡《へいらでんはいはっかくきょう》に感動しつつ歩を進めた。観客があまりいない経典の前に立って、その表題にわが目を疑った。「仏説宝雨経」とあった。（出品目録23）

解説によれば、天平八年（七三六）光明皇后は、写経所に一切経（全ての経典）約七千巻の写経を命じた。天平十二年（七四〇）五月一日、皇后はこれらの経典の巻末に、願文を書き加えた。それ故に「五月一日経」との別名がついているという。正倉院に残っているのは七五〇巻、諸家に約二五〇巻という。今回展示されたのは、そのうちの一巻、しかも「仏説宝雨経」（東京国立博物館蔵）であった。

私は「仏説宝雨経」は日本には存在しないと思っていた。ところが写経ではあるが実在し私の眼前にあるではないか。残存一〇〇〇巻の一巻に偶々対面できた幸運に震えた。

——光明皇后は則天武后を相当に意識し、行動していたのではないか——との私の推論が確信となった瞬間である。

私が知りたい文言

　佛授月光天子長寿天女記　仏は月光天子に長寿天女記を授け
　当千支那国作女主　まさに支那の国に女主となるべしとす

の箇所は確認できなかったが、展示されていた巻末の光明皇后発願文の内容に驚愕した。
次に雑阿含経巻第四十五（出品目録24）が展示されていた。「仏説宝雨経」より三年後の天平十五年（七四三）五月一日に光明皇后の発願である。その文を読みさらに唖然とした。私が驚き、呆れた光明皇后発願文の内容については、「いや重け吉事」で引用の予定である。

本書では万葉の長歌（部分）短歌を四十一首、懐風藻から留学僧の漢詩を二首引用した。できるだけ多くの方が、「こんな歌や詩もあったのか」と気軽に万葉を楽しみ、古代史が身近に理解される一助になれば、日曜作家（サンデーライター）望外の幸せである。

令和万葉秘帖シリーズ第二作として短時日に刊行できたのは、郁朋社編集長佐藤聡氏のご理解と、友人渡部展夫君、小林紀久子さんおよび茂木磬子さんの適切な助言と協力、並びに「長屋王の変」の読者から寄せられた手厚いご支援のお陰と感謝している。前作に続き、宮田麻希氏には旅人と憶良の心象風景を象徴する素敵な表紙を装丁頂いた。

筆者

令和二年初春

令和万葉秘帖シリーズ　参考文献一覧

引用文献

万葉の歌は佐々木信綱編「万葉集」を引用しました。そのためルビは旧仮名遣いです。文中に部分使用している時は、新仮名遣いに統一しています。

佐々木信綱編『新訂新訓　万葉集　上巻、下巻』岩波書店
宇治谷孟『日本書紀　全現代語訳（上）（下）』講談社学術文庫
宇治谷孟『続日本紀　全現代語訳（上）（中）（下）』講談社学術文庫

参考文献

斎藤茂吉著『万葉秀歌　上巻　下巻』岩波新書
中西進『万葉の秀歌』ちくま学芸文庫
佐々木信綱編『新訂新訓　万葉集　上巻、下巻』岩波書店
折口信夫『口訳万葉集（上）（中）（下）』岩波現代文庫
犬養孝『万葉の人びと』新潮文庫

北山茂夫著『万葉群像』岩波新書
森浩『万葉集に歴史を読む』ちくま学芸文庫
小林恵子『本当は怖ろしい万葉集』祥伝社黄金文庫
山本健吉『万葉の歌』淡交社
篠崎紘一『言霊』角川書店
崎山祐宏『山の辺の道　文学散歩』綜文館
季刊明日香風1『万葉のロマンと歴史の謎』飛鳥保存財団
季刊明日香風2『古代の見える風景』飛鳥保存財団
季刊明日香風4『甦る古代のかけ橋』飛鳥保存財団
季刊明日香風6『女帝の時代①』飛鳥保存財団
季刊明日香風7『女帝の時代②』飛鳥保存財団
季刊明日香風9『「興事を好む」女帝―斉明紀の謎』飛鳥保存財団
季刊明日香風10『キトラ古墳・十一面観音と一輪の蓮華』飛鳥保存財団
季刊明日香風11『東明神古墳・古代の日中交流・万葉の薬草』飛鳥保存財団
奈良国立文化財研究所『飛鳥資料館案内』奈良国立文化財研究所
東京国立博物館・読売新聞社・NHKほか『正倉院の世界』読売新聞社
奈良国立博物館第七十一回『正倉院展』目録　仏教美術協会

林順治『日本書紀集中講義』えにし書房
宇治谷孟『日本書紀　全現代語訳（上）（下）』講談社学術文庫
歴史読本『日本書紀と古代天皇』２０１３年４月号　新人物往来社
宇治谷孟『続日本紀　全現代語訳（上）（中）（下）』
関裕二『新史論４　天智と天武　日本書紀の真相』小学館新書
森公章『天智天皇（人物叢書）』吉川弘文館
川崎庸之著『天武天皇』岩波新書
渡辺康則『万葉集があばく捏造された天皇・天智　上　下』大空出版
立美洋『天智・天武　死の秘密』三一書房
中村修也『天智朝と東アジア』ＮＨＫブックス
別冊歴史読本『壬申の乱・大海人皇子の野望』新人物往来社
井沢元彦『誰が歴史を歪めたか』祥伝社黄金文庫

江口孝夫『懐風藻　全訳注』講談社学術文庫
浜島書店『解明日本史資料集』浜島書店
洋泉社『歴史ＲＥＡＬ　敗者の日本史』洋泉社
別冊宝島『古代史15の新説』宝島社
別冊歴史読本『歴史常識のウソ３００』新人物往来社

武光誠『古代女帝のすべて』新人物往来社
別冊宝島『持統天皇とは何か』宝島社
安永明子『井上皇后悲歌　平城京の終焉』新人物往来社

藤井清『旅人と憶良─東洋文化の流れのなかで』短歌新聞社
星野秀水『天の眼　山上憶良』日本文学館
山上憶良の会「今　倉吉でよみがえる山上憶良」山上憶良の会
古都太宰府を守る会　都府楼11号『梅花の宴』古都大宰府を守る会
九州国立博物館・太宰府市教育委員会『新羅王子が見た大宰府』九州国立博物館
小野寛『大伴家持』笠間書院
高岡市万葉歴史館『越中万葉をたどる』笠間書院
高岡市万葉歴史館『大伴家持』高岡市万葉歴史館
多田一臣『柿本人麻呂（人物叢書）』吉川弘文館
梅原猛『水底の歌　柿本人麻呂論』新潮社
江馬務・谷山茂・猪野謙二『新修国語総覧』京都書房
小学館『ＪＡＰＯＮＩＣＡ大日本百科事典』小学館

【著者紹介】

大杉　耕一（おおすぎ　こういち）

大分県津久見市出身　1935 年（昭和 10 年）生
臼杵高　京都大学経済学部卒　住友銀行入行
研修所講師、ロンドン勤務、国内支店長、関係会社役員
61 歳より晴耕雨読の遊翁

著書　「見よ、あの彗星を」（ノルマン征服記）日経事業出版社
「ロンドン憶良見聞録」日経事業出版社
「艇差一尺」文藝春秋社（第 15 回自費出版文化賞の小説部門入選）
「令和万葉秘帖―長屋王の変―」郁朋社

編集　京都大学ボート部百年史上巻　編集委員
京都大学ボート部百年史下巻　編集委員長

趣味　短歌鑑賞（ロンドン時代短歌を詠み、朝日歌壇秀歌選に 2 首採録）
史跡探訪

運動　70 歳より京大濃青会鶴見川最シニアクルーの舵手
世界マスターズの優勝メダル 2 及び OAR（80 代現役漕手賞）

令《れい》和《わ》万《まん》葉《よう》秘《ひ》帖《ちょう》　――隠流《しのびなが》し――

2020 年 4 月 13 日　第 1 刷発行

著　者 ― 大杉《おおすぎ》　耕一《こういち》

発行者 ― 佐藤　聡

発行所 ― 株式会社 郁朋社《いくほうしゃ》

〒 101-0061　東京都千代田区神田三崎町 2-20-4
電　話　03（3234）8923（代表）
ＦＡＸ　03（3234）3948
振　替　00160-5-100328

印刷·製本 ― 日本ハイコム株式会社

装　丁 ― 宮田麻希

落丁、乱丁本はお取り替え致します。

郁朋社ホームページアドレス　http://www.ikuhousha.com
この本に関するご意見・ご感想をメールでお寄せいただく際は、
comment@ikuhousha.com までお願い致します。

　ISBN978-4-87302-716-6　C0093